魅丽文化 花火工作室

他不温柔

闻笙 / 著

江苏凤凰文艺出版社
JIANGSU PHOENIX LITERATURE AND ART PUBLISHING

图书在版编目（CIP）数据

他不温柔 / 闻笙. — 南京：江苏凤凰文艺出版社，2022.4
ISBN 978-7-5594-6310-4

Ⅰ. ①他… Ⅱ. ①闻… Ⅲ. ①长篇小说 - 中国 - 当代 Ⅳ. ① I247.5

中国版本图书馆 CIP 数据核字 (2021) 第 195228 号

他不温柔

闻笙 著

责任编辑 张 倩
出版统筹 曾英姿
特约编辑 黄 欢 栗 子
装帧设计 殷 舍
内页设计 刘芳英
出版发行 江苏凤凰文艺出版社
南京市中央路 165 号，邮编：210009
网 址 http://www.jswenyi.com
印 刷 长沙金鹰印务有限公司
开 本 880mm × 1230mm 1/32
印 张 9.5
字 数 238 千字
版 次 2022 年 4 月第 1 版
印 次 2022 年 4 月第 1 次印刷
书 号 ISBN 978-7-5594-6310-4
定 价 45.00 元

目录

CONTENTS

第一章 一个匿名女人的投稿 /001

第二章 跟我回家 /020

第三章 我要离开 /042

第四章 失忆大作战 /062

第五章 爱心大作战 /087

第六章 尊严大作战 /102

目录

CONTENTS

第七章 出租男友 /114

第八章 侦探出马 /149

第九章 往事如昨 /225

第十章 上班大作战 /245

第十一章 落花有意，流水无情 /265

第十二章 秘书处的日常 /287

第一章
一个匿名女人的投稿

吐槽君，我要投稿，求匿名。

我跟老公结婚四年了，我是南方人，他是北方人，他大我六岁。当初是家里介绍结的婚，跟他结婚前我连恋爱都没谈过，他却有一个差点儿结了婚的前未婚妻。

我家经济条件不错，他年纪又大了，所以他对结婚的事很着急。在两家人的催促下，我们很快结了婚。

结婚以后我才发现，他准备的婚房小得可怜，还没有我娘家的房子一半大。

他在家从来不做家务，一毛钱都没有给过我，更别提其他的了。

他平时对我一点儿也不温柔，能不碰我就不碰我。我们婚后一直分房睡，这些我都忍了。

今年我过生日，他在外地，竟然只给我寄了一块心形石头当生日礼物，我连他的人影都没看见。

我想离婚，我家里人却说我无理取闹，严禁我提“离婚”两个字。吐槽君，我真的是在无理取闹吗?

炎热无风的夏夜，一条匿名投稿一石激起千层浪。

“你跟他结婚图什么？图他年纪大？图他又抠又穷又懒？”

“心形石头不要丢，集齐七颗召唤神龙。”

网络上热热闹闹，这条匿名投稿的始作俑者陈洛如此时正身处大西洋彼岸。

Dixon 酒吧素来以口味独树一帜的鸡尾酒闻名，陈洛如手持高脚杯，透明清冽的酒液随着闪烁暧昧的灯光晃动，她的舌尖留有一丝苦艾丁香的芬芳。

她卷翘浓密的黑睫下，是一双明亮如星的眸子。细细的眼线勾勒出一丝风情，微扬的红唇在酒杯上留下可爱的唇印。

她柔顺的黑发刚及锁骨，发尾刮擦着一条精致的钻石项链。黑色吊带贴合纤秾合度的曲线，瓷白的胳膊跟藕段似的，手支着小巧的下巴。

她身穿一条黑色机车皮裙，双腿交叠坐在吧台前的高脚凳上。皮裙边缘微微上拉，堪堪遮住大腿根，艳丽得让在场的男士频频回眸。

陈洛如的手指划过手机，嘴角勾起轻蔑的笑，将目光投到舞台中央的乐队演出。

这支乐队名叫 The Raspberries，不太出名，可她很喜欢。

这天是英国女王的生日，也是陈洛如公历二十六岁的生日。

从小到大，她在家过生日都是按农历来。她的英国朋友却记着她的公历生日，还调侃她这一年居然和女王同天生日。

说是朋友给她过生日，可陈洛如不会让他们破费。

这晚她自掏腰包在酒吧包场举办派对，还邀请了她喜欢的乐队。本该是一个快乐的夜晚，陈洛如却提不起什么兴致。

这天中午，她刚跟父母吵了一架。

陈洛如毕业没多久，就被爹妈要求回国好好过婚姻生活。

陈洛如觉得她爹妈在做梦，还是在做“宝可梦”。

陈洛如打定主意不回国，气得她爹妈在家族微信群里大骂。

别看陈洛如年纪轻轻，可她已经结婚了。但这段婚姻来得十分荒唐可笑，也绝非她所愿。

陈洛如有一个大她六岁的姐姐，名叫陈漾。

陈漾出生那会儿，陈家的家族企业岭盛置业刚刚起步。因为是搞房地产的，陈广龙两口子天天在外奔波，没太多工夫教导陈漾。

一没人教导，陈漾的性子就野了。坏习惯样样都学会了，唯有功课学不会。

陈漾五岁的时候被带去检测智商，结果很低。事后证明，那是陈漾为了逃避被押去学习故意使的小花招。

陈广龙两口子眼见“大号”练废了，又琢磨着搞个“小号”重新练，于是便有了陈洛如。

他们俩原本想要个儿子的，没想到又是个女儿。

夫妻俩虽略感失望，但陈家已有家底，所以两口子在陈洛如的教育问题上慎之又慎。

陈洛如七岁被父母送到香港的国际学校读书，十六岁就读声名远扬的英国九大公学之一威斯敏斯特公学，之后顺利升入剑桥，学习建筑设计。

怎么看陈洛如走的都是一条跟陈漾截然不同的康庄大道，可谁知陈洛如最终却早早地结了婚。

五年前，陈广龙想北上开疆拓土，却被拒之门外。

俗话说，易富难贵。陈家这样的家底，在圈子里看来就是一个暴发户，人家不想带他玩。

陈广龙东钻营西投机，终于有人愿意给他搭条线，搭的还是圈子里的顶级人家——京弘的孟家。

京弘想和岭盛联手，在全国范围内铺开私立医院的建设，这是一次绝佳的机会。

恰好孟家长房长孙孟见琛与陈漾同年出生，可谓是天作之合。

陈广龙和傅丽芳一琢磨，就想撮合他们的婚事。

后来孟见琛和陈漾见了面，婚约很快订了下来，进展快得超乎陈家夫妇的想象。

婚礼前夕，陈漾查出怀有身孕。陈家夫妇喜上眉梢，这还没结婚，长孙媳的位子就已经坐稳了。

直到陈漾说出那句“孩子不是他的”之前，陈家夫妇还沉浸在喜悦中。

可陈漾一句话，晴天下霹雳，喜事变祸事。

陈家夫妇：“那是谁的？”

陈漾说了一句废话：“孩子他爹的呗。”

不论陈家夫妇如何逼问，陈漾都不肯透露孩子他爹究竟是谁。眼见着婚期将至，想到一旦曝出这种丑闻可能会招致的后果，陈家夫妇几乎昏厥。

两家合作事宜正在稳步推进，要是把婚约取消了，恐怕陈广龙这辈子都别想再踏入圈子。

可要是不取消婚约，这关系到下一代血脉的事，孟家不可能让步。

所以陈家夫妇就想试探能不能让妹妹陈洛如嫁给孟见琛，没想到孟见琛一下就答应了。

于是，陈洛如就跟仅有几面之缘的孟见琛登记结婚了。

每每想起这件事，陈洛如都恨不得能穿越回去，打醒脑袋进水的自己。

她分明是被家族牺牲的棋子，谁管她婚后跟孟见琛究竟合不合得来。

好在陈洛如这四年一直在英国，能不回国就不回国，就算回国也是回南方，她才不去孟见琛那儿呢。

孟见琛倒也识相，两个人的交流极少，完完全全的丧偶式婚姻。

如果不是她爸妈这天非逼她回国，她还真把要离婚这件事给抛到脑后了。

谁知陈洛如刚提出“离婚”二字，她爸妈就像是踩了雷的猫一样奓毛了。

陈洛如觉得，要吹响离婚的号角，得先打好舆论战，不能正面硬来，于是她就采用了迂回战术。

向吐槽君匿名投稿就是陈洛如的第一步计划——必须让人知道她的老公有多渣，她有多惨！

“Christina，”有人叫陈洛如的英文名，她回头一看，是她的朋友Daniel，“生日快乐。”

Daniel 金发蓝眼，长得挺帅气，鼻侧有星星点点的小雀斑。

他举着酒杯轻轻碰了一下她的杯子，陈洛如象征性地抿了一小口酒。

“哇，项链真漂亮。”Daniel 的目光落在陈洛如的粉钻项链上。

这条项链在酒吧昏暗的灯光下熠熠生辉，无论是成色还是切工，都堪称完美。而且这枚钻石吊坠，是罕见的心形。

“我听拍卖行工作的叔叔说，上周有位中国的神秘买家拍走了一颗天价心形粉钻，难道是你戴的这颗？”Daniel 打趣道。

朋友们都知道陈洛如的父母是富商，区区一颗粉钻，自然不在话下。

陈洛如瞥了一眼这条项链，内心五味杂陈。

等等，拍卖行？孟见琛来英国了？

陈洛如刚要从凳子上跳起来，转念一想，孟见琛这个大忙人怎么会有空过来呢？肯定是他手下的人。

想到这里，陈洛如顿时心安，屁股又往凳子上挪了挪。

深夜十一点，陈洛如懒洋洋地打了个呵欠，有些乏了。

她鲜少熬夜，打算先撤。这群朋友倒是夜猫子，越到夜里就越兴奋。

她嘱咐朋友们随便玩，一切消费记她的账就行。

陈洛如拨开嬉闹的人群走出酒吧，天空下飘着绵绵雨丝。

这里城市向来多雨，她这天出门前特地看了天气预报，可夜间还是毫无预兆地下起了雨。

Daniel 撑开一把黑伞，陈洛如往路中央走去，刚刚喝了一点儿鸡尾酒，她面色微醺。

陈洛如晕乎乎地踩着高跟鞋，一不留神，细细的鞋跟卡入了地缝。她的脚一歪，Daniel 连忙伸手架住她的胳膊：“小心。”

“哦，谢谢。”二人正说话间，马路对面亮起两束刺眼的车灯，照亮了如针如芒的细雨。

陈洛如下意识地伸手遮挡突如其来的灯光，从指间的罅隙往那边看。

一位身材颀长的亚洲男性身着定制黑色西装立于车前，面容沉静。他手执一把长伞，左手无名指上套着一枚低调的婚戒，手腕处的袖扣考究工致。

雨丝凝成雨珠，顺着伞檐滑落。

他的嘴唇紧抿，下颌线条也随之收紧，目光更是深不可测。

雨还在淅淅沥沥地下，打湿苍灰的地砖，坑洼处形成小小的水涡。

陈洛如看了一眼衣着清凉的自己和身旁的英国帅小伙，最后一丝醉意也被这细雨冲刷得干干净净。

孟见琛缓缓开口，问道："玩够了吗？孟太太。"

最后那句"Mrs. Mong"，孟见琛咬得很重，生怕陈洛如的外国朋友听不懂。

一分钟后，陈洛如上了车。

司机替陈洛如关上车门，又绕到另一侧，为孟见琛打开车门，躬身请他上车。

孟见琛不问，陈洛如不会傻到主动跟他解释什么。这种事情，越描越黑。何况她也不想解释，他爱怎么想怎么想。

孟见琛收了伞，将这把长伞放入车门的内置伞槽内。伞槽有自动烘干装置，车门内侧还有导水槽，完美地解决了雨伞带水的问题。

陈洛如的右腿跷在左腿上，足尖轻点着呢绒脚垫。她斜着眼睛偷偷打量孟见琛，却对上他深潭一般的目光。

陈洛如发现，孟见琛的目光竟然落在她裙摆边缘的那一截大腿上。她当即放下腿，把裙子往下拉，恨不能遮得严严实实。

孟见琛撇开眼睛，正襟危坐，直视前方的车载显示屏。

陈洛如嘀咕着说了一句："看什么看。"

陈洛如的声音不大，可偏偏车内安静得连掉根针在地上都能听见，这句话毫不意外地进入孟见琛的耳朵里。

他以鼻息发出一声几不可闻的轻笑，这声音令陈洛如毛骨悚然。

"穿了还怕人看？"孟见琛缓缓说道。

陈洛如被噎得说不出话来，气呼呼地重新扭过身子。

她胸腔中的那股气并没有随着雨势收小渐渐消弭，她忘了问孟见琛要把她带去哪儿，现在想起这件事，却又不好开口。

她才不要主动跟他讲话呢，她不信他还能把自己卖了不成。

车子畅通无阻地在街道穿行，最终稳稳地停在了市中心的一家五星级酒店前。

司机毕恭毕敬地为陈洛如打开车门，这场雨来得快去得也快，这会儿连雨丝都看不见了。

陈洛如刚要下车，司机眼明手快地抽出雨伞，撑开伞面。

“雨停了。”陈洛如说道。

司机并没有将伞举过头顶，而是遮住她的裙子，轻声提醒道：“太太，孟总觉得您穿得有点儿少。”

陈洛如：“呃……”

敢情这是怕她走光啊，果真是孟见琛肚子里的蛔虫。

陈洛如不屑地冷哼，推开雨伞，踩着高跟鞋大摇大摆地往前走，走出了六亲不认的步伐。

陈洛如来到酒店大厅，一个身穿工作西装、戴框架眼镜的中分青年，手提购物袋，向她点头问好。

陈洛如一眼认出这是孟见琛的秘书高骞。

要说结婚这四年，高骞接触陈洛如的机会比孟见琛还多，好多事情都是他帮忙打点的。

比如说，每个月准时替陈洛如还信用卡。她有一张孟见琛的副卡——孟见琛确实没给过她一毛钱，他只帮她还信用卡。

“太太，这是孟总让我给您买的衣服，您尽快换上，孟董在楼上等着您用夜宵。”高骞说道。

高骞口中的孟董，是孟见琛的父亲孟祥东，也是现任京弘控股的董事长。

陈洛如：“呃……”

这么大的事都没人提前告知她一声？这父子俩就悄悄地来了英国？

高骞看出陈洛如的疑惑，解释道：“昨天我给您发了消息，可您没有回复我。”

所以这天孟见琛才会亲自去酒吧提人。

陈洛如早就把高骞的消息设置成免打扰，偶尔想到才会翻出来看一看。省得他天天有事没事就跑来替孟见琛虚情假意地嘘寒问暖。

如果不是孟见琛答应她爸要跟她结婚，陈洛如现在不知道有多快活。

都说婚姻是坟墓，可像陈洛如这样这么快就进了坟墓的，还真不多见。

每每想到饱读莎翁的她这辈子连一场恋爱都不能谈，陈洛如就觉得她的人生是一幕大写的莎士比亚悲剧。

陈洛如上了电梯，孟见琛随后步入。

两个人一个站左边，一个站右边，谁也不挨着谁。

到了房间门口，孟见琛停在门外，说道：“我在这儿等你。”

陈洛如旋开门把手进入房间，贴着孟见琛的鼻尖甩上门，全程无话，回答他的只有“砰”的关门声。

孟见琛站在空旷的走廊上，古井无波的脸上浮现一丝难得的兴味。

许久未见，他的小太太脾气倒是又见长了。

陈洛如换好衣服，孟见琛让人买的，料子和做工自然没话说。

就是这款式……

陈洛如嫌弃地看着镜子里的自己，衣扣都快拧到下巴了，袖子也足够长，裙摆到膝盖以下二十厘米，一点肉都不露，什么直男审美啊。

陈洛如不禁怀疑，孟见琛真的是斯坦福毕业的高才生吗？这分明是清朝穿越来的老古董吧。

陈洛如腹诽归腹诽，见长辈还是得庄重些。她换好衣服后，又打开包包对着镜子补了个妆，这才出了门。

两个人来到行政酒廊后，孟见琛朝她伸出一只胳膊。

陈洛如不解地看着孟见琛，他说：“你不挽着吗？”

陈洛如不情不愿地挽住孟见琛，对于在他爸面前假装好好夫妻这件事，两个人心照不宣。

侍者将二人引到孟祥东处。

面对这位庄严的公公，陈洛如可不敢耍什么花样，只能伏低做小，乖巧地喊一声：“爸，晚上好。”

孟祥东点了头，两个人才入座。

侍者开始上菜，是正宗的法国料理，量不大，当夜宵正合适。

孟祥东问了陈洛如的近况，她小心翼翼地一边切着鹅肝一边回答。

“嗯，”孟祥东很满意，说道，“你也该回国了，夫妻总是分居两地怎么行？”

陈洛如握着刀叉的手一顿。

孟祥东又继续说道：“先前你年纪小，两家人都能理解。现在你也该替阿琛分担一些了。”

商场如战场，男人有男人的战场，女人也有女人的战场。

作为孟见琛的太太，别的不说，至少得替他撑住场子。今天陪这位太太看画展，明天和那位小姐去看秀，这些社交活动总得有人出面。

孟见琛的母亲去得早，孟祥东出于自身考虑并未续弦。

孟家长房好多年都没有把持家室的女主人了，现在陈洛如学成归来，最合适不过了。

陈洛如怀疑两家早就商量好了，不然怎么会这么巧，中午她刚跟爸妈吵完架，晚上她公公和老公就亲自造访，要“挟持”她回国。

“这两天我跟阿琛在英国要办点公事，你收拾一下，后天我们一起回国。”孟祥东说道，“正好下个月阿琛爷爷八十大寿，他一直念叨着要你回去。”

长辈的殷切期待让陈洛如无论如何都说不出一个“不”字，只得喏喏地答应了。

陈洛如没什么胃口，没吃几口就吃不下了。

孟见琛说道：“你先回去休息，我跟爸还有一些公事要商议。”

陈洛如起身向孟祥东告别，走到酒廊外，她懊丧得用脚直跺地。

怎么偏偏就着了他们的道呢？这下真要被绑回国了。

陈洛如回到房间，把这条长袖连衣裙脱下来丢到沙发上，然后进了浴室。她一边洗澡一边在心里暗骂孟见琛，这家伙阴得很，竟然把他爸带过来了。

说好了要离婚的，她这是出师未捷身先死啊。

气也气过了，总该回归理智。

陈洛如坐在宽敞的浴缸里，任由泡沫覆上她光洁的肌肤。她思考着到底怎样才能解除这段对她而言名存实亡的婚姻。

她想了半天也没想出个一招制敌的好法子，脑袋倒是被泡得晕乎乎的。

她取出浴巾擦干水，她没带换洗内衣，身上那套再穿上怪难受的，便打算让酒店的服务人员替她买好新的，明早送到房间里来。

陈洛如身上只裹了一条浴巾，刚走出门就被吓了一大跳。

孟见琛正半躺在床上，靠着床头在看手机，两条长腿交叠着，姿态闲适。

“你怎么在这儿？”陈洛如连忙捂紧胸口，生怕孟见琛看到什么不该看的东西。

“这是我的房间。”他很淡定。

陈洛如：“孟家要破产了吗？”

孟见琛：“啊？”

陈洛如：“连第二间房都开不起了吗？”

听了这话，孟见琛嘴角勾起一丝讥诮的笑容，说道：“这家酒店一共两间总统套房，隔壁是我爸。”

“这家酒店其他的房间已经客满，明早还要陪我爸吃早饭，你想让他知道我们俩分房睡？”

这话说得有理有据，令人信服。

陈洛如的脸颊被蒸出浅浅的红晕，一双潋滟的桃花眼眨了眨，半晌也说不出一个字来。直到孟见琛进了浴室带关上门，她才回过神。

陈洛如愤懑地打开衣柜，找到酒店准备的睡袍迅速换上。

上床之后，陈洛如用被子把自己裹成了一个小蚕蛹。

酒店特大号的大床睡两个人绰绰有余，可她偏偏要像个锅贴一样，贴在床的最边缘。

她跟孟见琛婚后见面的次数屈指可数，两个人没有夫妻之实，连亲密一点的行为举止都不曾有，更别提同床而眠了。

浴室那边传来“哗哗”的水声，令陈洛如烦躁不已。她缩在被子里，打开手机，点开社交平台，想看网友们的评论。

“趁还年轻，及时止损。”

“某些男的总以为自己是个男的就能为所欲为，他家是有皇位要继承吗？”

“都能忍四年？包子活该被欺负。”

看着看着，她的眼皮子打起架。这天熬得太晚了，她实在撑不住了，不知不觉间就沉入了梦乡。

孟见琛洗完澡走出浴室，陈洛如正裹在被子里，在床的边缘摇摇欲坠，眼看下一秒她整个人就会掉到地上。

孟见琛无语，床上是长了仙人掌吗？她非要睡在那儿。

他轻手轻脚地靠近，环住那个洁白的小蚕蛹。

陈洛如乌黑的羽睫贴着下眼睑，红润的嘴唇像熟透的樱桃。她睡着的时候比醒着的时候可爱多了。

孟见琛的手臂一使劲，就把她抱上了床。

陈洛如被孟见琛这么一弄，猛然从睡梦中惊醒。她瞧见孟见琛正伏在自己身上，手还不规矩地隔着被子搭在她的腰上。

陈洛如像只受惊的小鸟一样警铃大作，这……这……他要干吗？

陈洛如的手速快过脑速，“啪”的一声，抬手便给了孟见琛一下。

孟见琛被陈洛如突如其来的动作搞蒙了，一时之间竟忘了躲开。

陈洛如睡觉前手里抓着手机，而她的手机是定制镶钻款。自然界有比钻石还硬的东西吗？答案是没有。

手机不偏不倚地砸到孟见琛的嘴唇上，那里被刮掉了一小块皮，渗出鲜红的血。

这丫头，睡觉的时候还带着防身武器吗？

“你要干什么？”陈洛如后退着钻出被窝，惊恐万分，生怕孟见琛会对她图谋不轨。

孟见琛摸了一下嘴唇，看到手指上的鲜血，不禁“嘶”了一声。

他从床头柜上抽了一张纸巾擦了擦手，然后将纸巾揉成团丢进垃圾桶里，才慢悠悠说道：“你要掉到地上了。”

陈洛如狐疑地看着孟见琛，似乎在分辨他的话是真是假。

孟见琛又抽了一张纸巾，贴上嘴唇，鲜血顿时像一朵刺眼的花一样绽开。

啧，伤得不轻。

兴许是鲜红的颜色刺激到了陈洛如，她一颗狂跳不止的心总算冷静了下来。

看孟见琛这副淡定处理伤口的模样，应该也没那种心情跟她做那种事了？

陈洛如想到明天早上还要陪孟祥东吃早饭，要是公公知道她把孟见琛打成这样，那就糟了。

陈洛如一个激灵跳下了床。不一会儿，她拎着酒店的医疗箱来到床边。

“让我看看。”陈洛如像只小猫一样凑到孟见琛面前。

孟见琛的嘴唇上只是少了一小块皮，问题应该不严重。陈洛如用纱布蘸了清水替他擦拭伤口。

酒店暖黄的灯光下，孟见琛的面部轮廓细节被放大。纵使陈洛如对他有万般成见，也不得不承认，孟见琛这个男人长得无可挑剔。

孟见琛的眉骨高凸，五官如镌刻一般棱角分明。内双的眼睛凌厉有神，高挺的鼻梁上有一处不明显的驼峰，男人味十足。

他的嘴唇生得好看，性感至极，只可惜现在遭殃挂了彩。伤口总算不再往外冒血，可还是会渗出血丝。

陈洛如拿着医用棉签，对着一箱子药品犯了难，该用什么药来着？

孟见琛抬起骨节微凸的手指，精准无误地挑出了一瓶碘伏：“消毒就行。”

陈洛如“哦”了一声，拧开瓶盖，用棉签蘸了一点碘伏，轻轻涂抹在孟见琛的伤口处。

不同于热衷商科的富二代们，孟见琛在斯坦福读的是生物医药专业，他对这些药品自然了如指掌。

据说“生化环材”是四大天坑，不知道是不是孟见琛脑子有坑才会去读这个，还一口气读到了博士，也不怕秃。到头来他还不是得回家继承规模庞大的集团公司？

陈洛如打量孟见琛的时候，孟见琛也在打量她。

孟见琛瞥见陈洛如葱般干净洁白的手指，突然问道：“你的戒指呢？”

滚动的棉签停滞了片刻，陈洛如没好气地说了一句：“在家。”

还不知道被她丢到什么犄角旮旯里去了，那玩意儿除了结婚那天，陈洛如根本就没戴过。

“记得戴上。”孟见琛说道。

“我才不要。”陈洛如一双琉璃般的眼睛跟孟见琛对视，“那又不是给我的。”

当初陈洛如跟孟见琛结婚的时候，从婚纱到婚戒都是为她姐姐陈漾量身定制的。谁都没想过在婚礼前夕能出那么的大幺蛾子，直接换了一个新娘，简直闻所未闻，所以这些婚礼用品也没空换新的。

孟见琛闻言无语。

陈洛如闷声不吭地处理完伤口，收好药品，将箱子放回原地。

陈洛如回到卧室时，孟见琛已经在床上躺好了。他只睡在左半边，右边还有一大块空地。

他说道：“睡觉，明天要早起。”

陈洛如关了灯，从右边上了床。她想了又想，还是有点不放心。

她拿过两个多余的枕头摆在两个人中间，说道：“不准越过三八线。”

陈洛如的行径太像小学生了，孟见琛没回答她——掉价。

一夜相安无事。

第二天酒店电话叫早的时候，陈洛如睡得正香甜。

她被“丁零零”的铃声吵醒，睁开惺忪的睡眼——她睡到了左半边来，两个枕头被踹到了床尾。她正挨着孟见琛，一条腿不知什么时候跨到了他的腰上。

她睡觉的时候仪态不大好，这件事她打小就知道，每天早上醒来的时候经常从床头滚到了床尾。

可是有什么办法呢？总不能找个人在旁边纠正她的睡姿吧？

再说了，她平时都是一个人睡觉，爱怎么睡怎么睡，谁管得了她。

陈洛如见此情景涨红了脸，赶忙收回腿。

孟见琛接了电话，转过头对她说道：“起床。”

那生硬的命令口吻令陈洛如一早的起床气都没法发泄。

服务人员送来新内衣，陈洛如重新换上昨晚那条连衣裙。

孟见琛一边打领带一边叮嘱道：“吃完早饭我还有事，你自由活动。”

这还没回国呢，他就已经开始插手她的行程了。

陈洛如道：“我要回来睡觉，好困。”

孟见琛套上西服外套，说道：“随便你。”

在餐厅吃早饭的时候，孟祥东毫不意外地发现儿子的嘴唇受了伤。破皮的地方结了一层薄薄的痂，还肿了一圈，确实有碍观瞻。

“阿琛，你的嘴唇是怎么回事？”孟祥东问。

陈洛如正搅拌着意大利面的酱汁，听到这话，顿时心虚发毛。她打算解释是不小心磕到的，孟见琛比她先开口：“没事，小伤。”

孟祥东的目光在他们俩之间转了一圈，恍然大悟。

谁还没有个年轻的时候？都说小别胜新婚，他们俩这么久没见面，又年轻气盛，意乱情迷之时难免失了轻重。

夫妻感情甚笃，是一件好事。只是咬下这么大一块嘴皮，多少不雅。

孟祥东说道：“夫妻之间也得注意分寸，白天还要出去见人。”

孟见琛应得很自然：“知道了。”

孟祥东又看向陈洛如，似乎在等她表态。

陈洛如一时还没明白这话是什么意思，只得顺着孟见琛的话接了一句：“知道了。”

孟祥东满意地点点头，开启了新话题：“说来你们结婚四年了，也是时候要孩子了。”

陈洛如沉默了，这话题怎么就拐到孩子上了呢？

“爸，洛如还小。”孟见琛端起咖啡轻抿了一口。酒店餐厅的手磨咖啡，颗粒均匀，入口柔润。这是地道的蓝山咖啡，苦中带甘，味道馥郁。

这说得还像句人话。陈洛如连忙点头附和。

“她的年纪还小，你的年纪可不小了。”孟祥东语重心长地说道。

陈洛如继续点头，说得太对了。

“我像你这么大的时候，早有你了，这件事得抓紧啊。”孟祥东继续说道，“你看小如也一直点头。”

孟祥东的话音一落，孟见琛转头看她。陈洛如一脸茫然，脸上写着“我不是，我没有，你可别瞎说”。

孟见琛似笑非笑道：“好，那我们就抓紧。”

陈洛如气得用鞋跟偷偷踩孟见琛的脚，他却波澜不惊，她的小打小闹在他这儿连个水花都激不起来。

用完早餐，父子俩在陪同人员的簇拥下离开了酒店。

陈洛如觉得她要大难临头了，她才不要给他相夫教子呢。

陈洛如回房间收拾东西，打算开溜。

其实她也没带什么东西，就一个包包和昨天换下来的衣物。吊带和皮裙正安静地躺在衣柜里，剩下的一套内衣——

陈洛如大叫不妙，她昨天把内衣挂在了浴室里，孟见琛昨晚去浴室洗澡，岂不是看到了？

陈洛如火速赶到浴室，却并没有在架子上看见她的内衣。她找来找去，可算在盥洗台下方的晾衣筐里找到了，估计是孟见琛怕溅上水丢进来的。

陈洛如的耳根都烧红了。她胡乱地把内衣塞进包里，然后取出一副太阳镜架在脸上。

她拎着包包下了电梯，直接往酒店门口走，却被一只手给拦了下来：“太太，您要去哪儿？”

来人是高骞。

陈洛如脚步一顿，摘下眼镜，没好气地道：“我去哪儿还要跟你汇报？”

“是孟总不放心您的安全。”高骞说道。

呸！肯定是孟见琛怕她偷偷跑了，就连昨天去酒吧抓她，也是他设计好的！

孟见琛知道陈洛如几乎不看高骞的消息，真想通知她才不会通过这种方式。假模假样地发条消息，只是为了师出有名。

她要是提前知道孟见琛来了英国，肯定第一个脚底抹油开溜。

结婚四年，陈洛如不止一次玩过这种把戏。被放过一次鸽子后，孟见琛再也不信陈洛如了。

后来她故技重施，结果被孟见琛带人在酒店抓了个现行。

打那之后，陈洛如就学乖了，每逢出行，绝对不刷他的卡。

可陈洛如觉得自己很亏，所以陈洛如在英国的时候常常报复性消费，拼命刷孟见琛的卡——谁让他非要去抓她！

好在孟见琛没有那么多闲工夫陪她玩小孩子家家躲猫猫的游戏，他从国外回来后更是忙得脱不开身。

陈洛如不怎么待见孟见琛，两个人一年也难见一次面，还得是逢年过节实在躲不开的时候。

“我出去逛逛街买点东西。”陈洛如睨着高骞，这个人是孟见琛的心腹，估计没少给他出馊主意。

“太太慢走。”高骞把胳膊放下来。

陈洛如刚要走，他又道：“孟总给您派了保镖，帮您拎东西。”

她一回头，就看见四个穿黑衣戴墨镜的男人背着手站在高骞身后。

她有手，她可以自己拎！自己的事情自己做！

陈洛如冷哼了一声，戴上太阳镜出门了。

那四个保镖果然一路跟着陈洛如，跟牛皮糖一样，甩都甩不掉。

陈洛如心想，不是派人给她拎东西吗，这天她就让这四个保镖人尽其才物尽其用，累不死他们算她输。

陈洛如去了位于海德公园附近的哈罗德百货。

哈罗德百货的内部如同宫殿一般富丽堂皇，庞大的体量几乎能满足购物者的所有需求。

陈洛如从高端奢侈品店开始，慢悠悠地挨家逛。她是这里的熟客了，销售助理们见到陈洛如，个个脸上都乐开了花。

整个店的销售助理都围着陈洛如像陀螺一样打转，她要了小山一样高的货，柜员们倾巢出动替她打包。

店内外充满了快活的空气。

保镖们看着手上多出来的一摞又一摞盒子，不禁面面相觑。

逛到下午两三点，保镖们早已叫苦不迭，陈洛如可算乏了，便找了一家餐厅吃下午茶。

这家餐厅以粤式茶点为特色，比起当地的下午茶更符合陈洛如的口味。她要了带子烧麦、腐皮虾肠粉、帝皇王蟹小笼包和特制马卡龙。

陈洛如端着一杯红茶坐在室外藤椅上。她四十五度仰望天空，就差仙女落泪了。

即将失去自由的她，和折断翅膀的小鸟又有什么区别呢？想到这里，她的悲伤都快逆流成河了。

下午茶应该和朋友分享，可惜陈洛如身边没有一个懂她的朋友。

陈洛如想到已经回国的朋友陈筱。

陈筱不是陈洛如的亲戚，只是她偶然认识的一个留学生。

陈筱在这边读研，业余时间在奢侈品店做导购补贴生活费。陈洛如常去陈筱的店里购物，两个人又都姓陈，心理上的距离被拉近很多，八百年前是一家人。

一来一回，两个人也就熟了。陈洛如留下联系方式，以便新货到的时候陈筱第一时间通知她。

两个人聊着聊着就成了朋友。陈筱每个月要冲业绩的时候，陈洛如都毫不吝啬地出手相助。

陈洛如给陈筱转发了她昨天投稿的长文，哭诉自己所嫁非人，连热心的网友都看不下去了，为她打抱不平。

陈筱一大早收到陈洛如的消息时，刚刚上地铁。她看到陈洛如发来的长篇大论，露出难以置信的表情。

陈筱不禁回忆起陈洛如和她之间的二三事。

陈洛如能说一口高贵又甜美的牛津腔英语，她长得漂亮，气质也好，走到哪儿都是人群中的焦点，一看就知道是有钱人家的掌上明珠。

陈筱最初很羡慕陈洛如，可后来她发现陈洛如看似总被人簇拥着，其实真正的朋友并不多。

陈洛如七岁就去了香港读书，后来又到了异国他乡，什么国籍、什么种族的朋友都有，却鲜少有同根同源的朋友。她的出身和所受的教育，注定了她是一个孤独的人。

七岁的女孩大多还躲在爸妈怀里撒娇呢，陈洛如却背井离乡，早早地离开了父母的怀抱。

这么多年来，陈洛如寡亲缘、情缘，或许只有一掷千金买东西的时候才能获得一点点来自他人的虚假关爱吧。

多么可怜又可爱的小姑娘，真想让人抱抱她。

可接触久了，陈筱发现，陈洛如哪有她想的那么惨啊。真正惨的人是自己，一边上学还要一边打工。

陈洛如偶尔也会向陈筱倾诉心事，陈筱渐渐知道，原来陈洛如平时购物刷的那张信用卡是她老公的。

“只是名义上的老公。”陈洛如如是强调。

听完陈洛如的故事，陈筱不知该怎么安慰她。

果然家家都有本难念的经，年纪轻轻就被家里逼着嫁给了一个老男人，好惨啊。

可当陈筱知道陈洛如的老公是京弘控股的太子爷时，她只想愤怒地竖起中指。身在福中不知福，说的可不就是陈洛如吗？

你看看，这个矫情的女人公主病又犯了。

陈筱“呵呵”冷笑。

十分钟后，陈筱发来了一段消息，将陈洛如的投稿做了满分的阅读理解。

“我跟老公结婚四年了，我南方人，他北方人，他大我六岁。当初是家里介绍结的婚，跟他结婚前我连恋爱都没谈过（那时候我才二十二岁），他却有一个差点儿结婚了的前未婚妻（未婚妻怀了别人的孩子，把他给绿了）。

“我家经济条件不错（但比起他家还是稍逊一筹），他年纪又大了（也就二十八岁），所以他对结婚的事很着急（请柬都发了能不着急吗？）。在两家人的催促下，我们很快结了婚。

“结婚以后我才发现，他准备的婚房小得可怜（半山独栋别墅），还没有我娘家房子一半大（我家有个庄园）。

“他在家从来不做家务（家里有用人，做什么家务？），一毛钱都没有给过我（但每个月帮我还信用卡债，钱都给银行了），更别提其他的了。

“他平时对我一点儿也不温柔，能不碰我就不碰我。我们婚后一直分房睡（是我拒绝跟他睡），这些我都忍了。

“今年我过生日，他在外地，竟然只给我寄了一块心形石头（天价心形粉钻）当生日礼物，我连他的人影都没看见。

“我想离婚，我家里人却说我无理取闹，严禁我提‘离婚’两个字。吐槽君，我真的是在无理取闹吗？（没错，我就是在无理取闹）”

陈筱：“陈洛如小姐，把这些补充上去，你觉得网友会骂他渣男还是骂你做作？”

第二章 跟我回家

河畔，洁白的餐布上是白底印花的成套骨瓷茶具，描金的边缘在阳光的照耀下闪着炫目的光，三层瓷盘上摆着精致的点心。

陈洛如仪态优雅地品着红茶，微风吹起她耳侧柔软的发，珍珠耳坠在小巧的耳垂上摇摇晃晃。

搁在桌上的手机屏幕一闪，陈洛如拿过来一看，两道细眉越蹙越紧。

陈洛如："我哪里说错了？我说的句句属实，要是有一句假话，我老公立刻天打五雷轰。"

陈筱："还可以这么发誓的吗？"

陈洛如："你不知道他有多过分——他来这里了。"

陈筱："吃瓜看戏。"

陈洛如："他还要抓我回国给他生孩子！"

陈筱："你们是夫妻，生孩子不是很正常吗？"

陈洛如："才不正常！我才不要给他生孩子。"

陈筱："为什么？"

陈洛如："因为我有骨气。"

陈筱无语，这是无中生……骨气？

第一次见到花别人的钱，还理直气壮的人。

陈洛如："这婚必须离。"

陈筱一个外人都看不下去了。家里有这么一个作天作地的小公主，还能维持四年的婚姻，她老公真不容易。她倒想看看陈洛如能使出什么法子把这婚给离了。

陈筱："不离不姓陈。"

陈洛如："那你得给我当军师。"

陈筱："我还要上班，回聊。"

陈洛如吃完下午茶，带着四个拎包的跟班满载而归。

回到酒店的时候，高骞问道："太太，您有什么需要带回国的东西吗？我派人去取。"

陈洛如在剑桥上学的时候，最开始是住单人宿舍。

周末她常常逛街，后来买的东西越来越多，宿舍搁不下，她就在外面买了一间屋子。

纵使陈洛如不想回国，现在也插翅难飞。

陈洛如想到自己花四年时间收集的一屋子衣服、包包和首饰，她可不能让它们孤单地留在英国。

于是她给了高骞钥匙，嘱咐他务必仔细盘点。要是弄丢了一样东西，一定拿他是问。

晚上九点，孟见琛回到酒店，高骞向他报告了陈洛如今日的行程。

"早上九点出门去哈罗德百货逛街，下午三点用了下午茶。傍晚五点回酒店，除了中途去餐厅吃了一顿晚饭，其余时间没有出过房门。"

"家里安排妥当了吗？"孟见琛问。

"刚刚联系过吴管家，已经妥当了。"高骞说道。

孟见琛应了一声，表示知道了。

高骞望着孟见琛步入电梯的背影，不禁感慨，散养了这么多年，孟总终于要动真格的了。

依他所见，把信用卡停了，太太就老实了。哪里需要这么大费周章。

听说太太结婚以前除了娇气一点儿，也没现在这么能作啊。太太现在的脾气，八成是孟总一手惯坏的。

孟见琛回到房间，毫不意外地在客厅看见了一座品牌山。各家品牌的盒子堆在一块儿，五颜六色，花里胡哨。

孟见琛走进卧室，陈洛如已经躺在床上睡着了。逛街也是一个体力活，看把她给累得。

陈洛如双眸轻合，乌发雪肤，唇红齿白，明艳又娇俏。

孟见琛停在床边静静地看了一会儿她的睡颜，这才去浴室洗澡。

第二天一早，陈洛如醒来的时候，孟见琛已经端坐在客厅的沙发上了。

矮几上摊开了一些文件，中英文都有，孟见琛正在挨个签字。

这趟来英国，孟见琛拜访了某大学的癌症研究院，并签订了合作协议。

陈洛如踩着拖鞋走出来，他身旁穿着西装套裙的女助理想必是第一次见到这位传闻中的孟太太，连忙问好："太太早。"

孟见琛不疾不徐地签完最后一个字，修长的手指扣上钢笔笔帽，发出一声清脆的"吧嗒"声。

"睡醒了？"孟见琛将文件合上，女助理俯身整理文件。

这不是废话吗？陈洛如没回答孟见琛。

孟见琛跟陈洛如倒是心有灵犀，也没指望她会回答。他出声提醒："一会儿要去机场，你还有三个小时。"

陈洛如看了孟见琛一眼，扭头走进卧室。

当地时间下午一点，陈洛如被"押"往机场。

一架空客 ACJ319Neo 公务机像一只大型蜻蜓，停泊在机场。

这架飞机隶属于京弘控股集团，经改造后能搭载二十余人，可直飞欧美任何一个国家，京弘高层带团队出差时便常常乘这架飞机。

一旁还有一架庞巴迪 Global 7500，装修更为奢华。

这是孟见琛本人名下的私人飞机，仅供他私人使用。

陈洛如马上要坐的就是孟见琛的专属私人飞机。

陈洛如上飞机前，回头看了最后一眼，跟她生活多年的英国说再见。

此情此景，陈洛如想赋诗一首——

“悄悄地我走了，正如我悄悄地来；我挥一挥衣袖，不带走一片云彩。只带走我的名牌们。”

国际长途飞行很累，可坐豪华私人飞机不累。

飞机上有娱乐套房，饿了有米其林级私厨做饭，玩累了有卧房可以休息。

陈洛如去睡觉的时候，孟见琛还在办公。她扑到大床上滚了两圈，一个人睡的感觉真是太棒了。

经过长达十余个小时的飞行，飞机在清晨六点半稳稳地降落在机场。

陈洛如经常满世界乱跑，早练就了睡一觉调节好时差的本领。

陈洛如在飞机上苏醒时，身旁多了一个人。而她，正像一只八爪鱼一样贴在他的身上。

陈洛如连忙松开孟见琛，她想往后躲，却发现他的胳膊正箍着她的细腰。

这人竟然趁她睡着的时候非礼她！

陈洛如“啪”地伸手拍了一下孟见琛的下巴。她下手不重，却足以把孟见琛拍醒。

孟见琛果然悠悠地转醒，望着怀里的女人，她像一只愤怒的小鸟，奶凶奶凶地看着他。

孟见琛：“你干吗？”

陈洛如：“有蚊子。”

孟见琛：“呃……”

“你觉得十万英尺高空的私人飞机上会有蚊子？”孟见琛看着陈洛如的眼睛说道，“还有，我刚刚只是在闭目养神，没有睡着。”

陈洛如突然生出一种被戏弄的羞耻感。她奋力地拨开孟见琛的胳膊，挣扎着坐起来：“谁让你搂着我的？

“是你自己滚过来，压到我的手了。”孟见琛慢条斯理道，“你睡觉时什么德行心里没点儿数吗？”

陈洛如像是一拳打到了棉花上，又羞又恼。

孟见琛半躺着靠在床头，双臂交叠着放在脑后，闲闲地道："我想不通你是怎么被剑桥录取的。"

"你家是不是给剑桥盖楼了？"孟见琛的眼里带有戏谑，"不然我得质疑 QS（世界大学排名）的权威性了。"

说她就罢了，还敢说她的母校？！

陈洛如气成一只小河豚，抓起一个枕头，"砰"地扔到孟见琛的脑袋上，然后气急败坏地从床上跳下来跑了出去。

孟见琛把枕头拿下来，兀自笑了。

陈洛如是正儿八经的剑桥毕业生。

别的学生想申请剑桥，英语就能卡死一大批人。可陈洛如打小在香港上学，后来又在英国读高中，一口纯正的牛津腔英语为她加分不少。

陈洛如学习竖琴，陈家赞助她跟乐团去维也纳金色大厅演奏镀金。

陈洛如还喜欢到处跑，小小年纪跑遍了大半个地球，尝试过很多新鲜事物。

国外大学并不是唯成绩论，出身越好，经历越丰富，大学越倾向于录取你。

陈家找大佬亲自给陈洛如写了彩虹屁连篇的推荐信，剑桥想不录她都难。

同样身为精英阶级的孟见琛不可能不了解这一点，所以他这么说陈洛如，摆明了是在嘲笑她。

一分钟后，陈洛如回来了。她端了一盆水果，抓起一个小苹果朝孟见琛砸去，一边砸还一边骂——

"你骂我我吃亏，你就是个小乌龟！"

"你算哪块小饼干？！"

"你就是个臭居居珠珠！"

苹果、橘子、梨子一个接一个地飞到床上。

陈洛如还是不解气，盆底还有一把香蕉，她连香蕉带盆一起扔过去。

陈洛如被气得直冒烟，上车之后侧着身子一言不发。

孟见琛被陈洛如闹腾了半天，倒是八方不动。

他嘱咐司机："回琅岳。"

琅岳壹号正是陈筱所说的半山独栋别墅群，孟见琛住的是琅岳壹号的1号别墅。

陈洛如一点儿也都不想跟他去那里，她的家在南方。

她愤愤地说道："我才不要去！"

孟见琛掸了掸西裤，淡淡地问道："那你想去哪儿？"

"我要回家！"陈洛如悲愤交加。

"太太，我们现在正在回家的路上。"司机说罢，又踩了一脚油门。

"我要回我家。"陈洛如控诉道。

"刚刚在飞机上我已经和你的父母通过电话了，他们让我好好照顾你。"孟见琛气定神闲道，"他们还说了，如果你一个人跑回去，他们是不会给你开门的。"

陈洛如气愤地想，果然，这就是一场彻头彻尾的阴谋。

陈洛如："我不信，除非他们亲口对我说。"

孟见琛从容不迫地拨通了视频电话，递给陈洛如。看到熟悉的爸妈，陈洛如喉头哽咽："爸爸妈妈，我是婠婠啊。"

傅丽芳问道："婠婠，你到了呀？"婠婠是陈洛如的乳名。

陈洛如点点头，说道："爸爸妈妈，我要回家。"

傅丽芳："孟家就是你家啊。"

这叫什么话？孟家怎么就成她家了？

"陈氏家规写了，凡外嫁者，不得入族谱。"陈广龙说，"你已经从陈家族谱上除名了。"

陈洛如震惊了，这……这叫哪门子事？她怎么一点儿也不知情？

陈广龙看出陈洛如心情不妙，语气柔和了三分，安慰她道："孟家愿意把你写进族谱，是我们陈家光耀门楣的喜事。"

陈洛如只觉一阵眩晕。她还要离婚呢，怎么都把她写进孟家族谱了？

"你结婚后就该迁出族谱，现在终于有着落了。"傅丽芳说道。

她的口吻喜气洋洋，看不出半点儿不舍。

陈洛如怀疑她爸在牌桌上输了钱，只能把她卖给孟见琛抵债，不然怎么会这样？有家都不让她回。

陈洛如护着手机，躲开孟见琛，小声说道："爸爸妈妈，你们要是被绑架了就眨眨眼啊。"

陈广龙仿佛无视她的话，他揾了揾茶杯盖，语重心长道："媗媗啊，你跟阿琛好好过日子。要是想爸爸妈妈呢，就跟他一起回来看看。"

"阿琛是个好女婿，"他抿了一口茶水，又继续说道，"他帮爸爸连着拿下三个 PPP 工程的大标，未来三年公司都不用愁业绩了。"

"是啊，他还说以后我们不用给你钱了，他来养你。"傅丽芳感慨道，"这么好的女婿打着灯笼都难找啊。"

陈洛如："……"

所以她在娘家的经济来源是被切断了吗？

千言万语，在陈洛如听来，都汇成了一句话——她被陈家卖给了孟见琛。

这都二十一世纪了，怎么还会有这么荒唐的事情？

她的人生果然是就是一个悲剧。

"Lucas 呢？"陈洛如又问。

"你说它啊，"傅丽芳道，"它怎么方便跟你过去呢？"

"不行，我要见它！"

"你见它干什么？你都结婚了，不能天天总想着在外面瞎玩。"

"Lucas 同我一起长大的，为什么不让我见它？它一定也很想我。你们把它带过来，让我看它一眼。"

"你在国外那么长时间，它早就把你给忘了。它脾气倔，你又不是不知道。"

陈洛如还想讲点什么，电话已经被孟见琛拿走了。他道："爸、妈，我先挂电话了。"

陈广龙："哎，好。替我们好好照顾媗媗啊。"

孟见琛："知道。"

孟见琛面无表情地把视频电话挂断。

这个恶人！竟然连她和家人之间的最后一丝温情都要抹杀。

四十分钟后，他们到了琅岳壹号。

庭院的大门朝对侧打开，车子缓缓驶入庭院内。吴管家带着一众用人，毕恭毕敬地站在院子里。

陈洛如一下车，他们纷纷躬身行礼，齐刷刷地喊道："太太，欢迎回家。"

她仰头看着这栋双层豪华别墅，只觉得这是孟见琛为她精心打造的囚笼。

吴管家走上前来，说道："太太，衣帽间已经为您空出来了。行李送来后，用人们会打点一切，您不用操心。"

陈洛如哪还有那个心思操心她的品牌。她的心好累。

"早餐已备好了，您需要用餐吗？"吴管家问。

"没胃口。"她一点儿兴致都没有。

吴管家抬头看了一眼孟见琛的脸色，又说："那您需要去休息吗？"

"随便。"

于是吴管家差两名女佣带陈洛如去二层的主卧休息。

见陈洛如走远了，吴管家问孟见琛："先生，太太似乎……"

"不用管她。"孟见琛扬了扬手，示意他不必再说。

女佣伺候陈洛如换完衣服后就掩上门离开了。

陈洛如躺在大床上，望着头顶瑰丽如同教堂壁画般的天花板。她悲愤欲绝，只想找一根面条悬梁自尽，了此残生。

她想起她的Lucas，心痛到无以复加。

十分钟后，一首饱含真情实感的现代诗出现在陈洛如的朋友圈。

孟见琛正在用早餐，他瞧着这首诗，不禁陷入深思。

致 Lucas：

不是所有的梦都来得及实现，

不是所有的话都来得及告诉你。

道一声珍重，道一声珍重，

那一声珍重里有蜜甜的忧愁——

再见，我挚爱的Lucas。

她倒是还有心情发朋友圈。孟见琛冷嗤一声，拨打了高骞的电话。

两小时后，CBD京弘大厦。

孟见琛下了车。他走路带风，目不斜视，员工们见了他纷纷驻足行点头礼。

孟见琛搭乘专属电梯来到位于第五十八层的总裁办公室，高骞已经在里面候着了。

孟见琛坐上办公椅，伸手整了一下袖口，这才幽幽地开口问道："交代的事如何了？"

"孟总，已经查到了。"高骞说，"Lucas是陈家的马仔。"

孟见琛一听，眉头紧皱。

她居然爱上了一个马仔？

还为一个马仔写诗？

放着好好的孟太太不做，她想干吗？

孟见琛的手指叩击着紫檀木制的办公桌，良久，他说："给他五百万让他出国，永远不准踏入国内半步。"

高骞愣住，问道："这……怎么给？"

孟见琛睨他一眼："还用我教？"

支票或者现金，美元或者英镑，怎样都行。

高骞没明白孟见琛的意思，只得再确认一遍："您确定要给那个马仔五百万？"

"嫌少？"孟见琛双手合拢，目光冷冽。

高骞思索片刻，又问道："那要不要雇个人照顾它？"

孟见琛冷笑："怎么？难道他生活不能自理？"

高骞第一次觉得跟孟见琛的沟通出了问题。他只得打开手机，调出Lucas的照片，送到孟见琛面前。

高骞小心地询问道："孟总，您看这个马崽，它怎么生活自理啊？"

照片上是一匹白色的小马驹——圆圆的眼睛里有着大大的疑惑。

傍晚时分，夕阳犹如一盏燃烧着的橘子灯，向西方缓缓坠落。连绵的山脉呈现出黛色的轮廓，飞鸟投林，留下白色的残影。

陈洛如昏昏沉沉地在柔软的床上躺了快一天，其间时梦时醒。

门外传来敲门声。

“太太，您醒了吗？”是女佣的声音。

陈洛如缓缓睁开眼睛，她懒得回女佣的话。

女佣又道：“太太，先生回来了。”

陈洛如一惊，赶忙又闭上眼睛装睡。

许是等了一会儿没有动静，孟见琛推开房门走了进来。

陈洛如正睡在床上，乌黑的秀发拢在一侧，两条雪白的胳膊搭在床畔，姣好的身段藏在天蚕丝被中，莹润的小脚从被子底下伸出来。

女佣轻手轻脚地将餐盘放在床头，掩门离开。

餐盘上有一碗生滚海鲜粥，添了贝肉、瑶柱和鲍鱼，滋补养人。

旁边精致的小碟上还有虾饺、干蒸蟹黄烧卖和英式小松饼，都是合她口味的点心。

“你还要睡到什么时候？”孟见琛居高临下地问道。

“要你管。”陈洛如索性不装了，翻了个身背对着他。

真丝睡衣被她扯出一丝波纹，隐隐可现蔷薇图样的暗纹。

“起来吃饭。”孟见琛坐在床头，刚刚用人说她一天都没吃东西，脾气还挺大。

陈洛如确实饿了，在美食的诱惑下，她没能坚持多久。她不情不愿地从床上坐起来，说道：“我只吃一点点。”

虽说陈洛如是小孩脾性，但这么多年的贵族教育下来，她到底跟普通人家养出来的女孩不一样。

陈洛如吃饭的时候仪态优雅，即使饿极了也是细嚼慢咽。就连吃小松饼的时候，都小心细致地不掉下一粒饼渣。

可惜她吃得太多，把整个餐盘都清空了。

陈洛如并不拿孟见琛当外人——要是在心仪的男性面前，她才不会不顾淑女形象吃这么多。

嗯，也对。都结婚四年的老夫老妻了，当然算不上什么外人。

孟见琛走到落地窗前，拉开厚重的刺绣遮光窗帘。

窗外暮色四合，青山绿树掩映间，气势恢宏，如凡尔赛宫似的宅院被镀上一层淡淡的金色。

孟见琛解开两粒金质袖扣，单手扯散了领带。他身段笔直，背脊挺拔，宽肩窄臀衬得他包裹在西裤里的两条长腿格外引人注目。

吃饱喝足，陈洛如的精神来了，她又有力气闹腾了。

"我不要跟你睡一块儿。"她义正词严地说。

孟见琛不疾不徐地提醒她："孟太太，我们是合法夫妻。"

一没偷人，二没抢人。同屋而眠，天经地义。

"谁让你娶我了？"陈洛如捶着枕头控诉。

"你全家。"孟见琛说得振振有词。

陈洛如被孟见琛这句话噎得哑口无言。各种复杂的情绪交织在一起，她决定吹响反抗的号角。

她穿着睡衣跳下床，踩着拖鞋"哒哒哒"地跑到卧室门口，冲着孟见琛的背影大喊一句："我要跟你离婚！"

站在走廊里的用人们顿时面面相觑，连大气都不敢喘。如果他们没听错，刚刚太太说要跟先生离婚？

刚回家就闹离婚，有钱人果然会玩。

一楼的别墅大门紧闭，陈洛如拧了拧门把手，被锁死了，她出不去。

她又跑到窗户前向外张望，外面的天色渐渐暗了，这房子又在深山老林，她人生地不熟，哪儿都不能去。

她像一只没头苍蝇一样在一楼打转，最后泄气地坐到沙发上，拾起一个抱枕，决定今晚就睡沙发了。

孟见琛站在二楼的栏杆处望着陈洛如纤细的背影，目光灼灼。

"先生，太太她……"吴管家神色忧虑。

"随她去。"孟见琛说完这句话便要离开，似想起什么，又吩咐了一句。

吴管家面露难色："我觉得这不太合适吧。"

太太是娇生惯养着长大的，先生这么做未免也太绝情了，太太哪里受得了这样的罪刑。

“听我的，就这样。”

“知道了。”霸道是霸道了些，可谁让他是总裁呢。

孟见琛回屋后，吴管家吩咐一个用人：“把主卧以外的空调全关了。”

这会儿是夏天，今年的天气格外炎热，白天太阳火辣辣的，就连夜间也有三十摄氏度。

唉，没了空调，太太可怎么办哟！

陈洛如是生生被热醒的。

这个房子就像个蒸笼一样，而她就是笼屉里的小笼包。她抬手抹了一把额头，上面满是细密的汗珠，就连身上都黏乎乎的一片。

孟见琛这个小人，空调都不让人吹了！

陈洛如一边用手扇着风，一边在心里暗骂。她的胸口像是被添了一把火，越想火越大。

她怒气冲冲地摔开抱枕，准备去楼上讨个说法。

孟见琛此时此刻正躺在主卧的大床上悠闲自得地看着电视直播的球赛。

两年前，孟见琛从国外回来做的第一件事，就是斥资三亿欧元投资了一支意甲明星球队，并成为该球队的新任主席。

外界对此举评价不一，大多是批评富二代一掷千金，玩物丧志。

而孟见琛本人只是通过这件事向外界传递两个重要信息：一是京弘控股开始涉足体育界；二是京弘控股的太子爷已经归国。

虽然，确实有一点他个人兴趣爱好的成分在。但是，三亿欧元对京弘这样的企业来说，算不上什么大笔投资。

何况这项投资从长远的角度看，是值得的。

门外传来“咚咚”的敲门声，以及某人气急败坏的声音。

“孟见琛，开门哪！

“你有本事关空调，有本事开门哪！

“开门开门快开门，别躲在里面不出声，我知道你在里面。”

孟见琛哑然失笑，他关了电视机，慢悠悠地走到门前，打开房门。

门口的人，一双上挑的桃花眼被气得圆溜溜，红润的嘴里嘟嘟囔囔地发出埋怨声。

陈洛如见到孟见琛，想厉声质问他为何如此心肠歹毒，主卧里凉风习习，他倒是会享受。

可惜她话还没说出口，整个人就被孟见琛打横抱起来。一阵天旋地转，她的双手不知不觉地环上他的脖子。

孟见琛把陈洛如抱回主卧的大床上，在她耳畔轻声地问道："还闹离婚吗？"

温热的气息拂过陈洛如的耳朵，陈洛如一阵战栗，她像看敌人一样看着孟见琛。

陈洛如的眼角有薄红，越发衬得她柔弱可欺："我……"

孟见琛以食指堵上她娇艳的红唇，制止了她的发言，说："再闹你就出去。"

陈洛如不说话了。

床头的灯被熄灭了，陈洛如被某人环在臂弯里，竟一点儿办法也没有。

清晨，金色的阳光被薄纱窗帘细细筛过，落入卧房的欧式纯羊毛地毯上，静音石英钟的指针悄悄指向了数字"7"。

美好的一天，从陈洛如的尖叫开始。

"拿开你的猪蹄！"陈洛如醒来的时候，发现她枕在孟见琛的胳膊上，而他的手臂横过她的小腹，不规矩的手掌卡着她的腰线。

孟见琛被陈洛如尖锐的叫声刺醒，她连滚带爬地从孟见琛怀里挣脱，一点儿淑女的举止也无。她抄起一个鹅毛软枕拍他。

这么一砸，孟见琛彻底清醒了。这个叫早服务很到位，他顿时睡意全无。

这女人还真是——给点阳光就灿烂。

孟见琛嘴唇上的伤还没好，这日子怕是过着过着要残废了。

孟见琛伸出胳膊抵御着雨点般落下的枕头攻击，另一只手也没闲着，一把将陈洛如又拽进怀里。

“别闹。”孟见琛说道。

陈洛如抬起头，细眉微蹙，气呼呼地看着孟见琛：“就要闹。”

“再闹亲你了。”孟见琛把陈洛如手里的枕头夺下来，丢到床下。

“有本事你亲啊！”陈洛如才不信孟见琛这种鬼话，为了威胁她真是什么都说得出口。

孟见琛垂眸看向陈洛如。

她的肌肤白里透红，眼睛灵动有神，浓密的羽睫像精致的鸦扇。她的上唇微翘，是漂亮的“M”形，即使不涂任何口红或唇膏，也泛着樱花一般娇嫩的粉色。

趁着陈洛如眨眼睛的工夫，孟见琛以迅雷不及掩耳盗铃之势在她的嘴唇上轻轻“啵”了一下。

陈洛如呆住了，这……这人来真的啊？！

他刚刚是亲了她一口吗？！

陈洛如立刻嫌弃地抹了抹嘴唇，控诉道：“你干吗？”

“你让我亲的，”孟见琛慢条斯理地下床，“又不是没亲过。”

说罢，他就大摇大摆地去了盥洗室，留下呆若木鸡的陈洛如。

孟见琛并非趁陈洛如睡着的时候偷偷亲过她，她对他说的“亲过”有着清醒且深刻的记忆。

这不是他们第一次接吻，他们第一次接吻是在四年前。

那一年陈洛如尚在英国。

威斯敏斯特公学位于市中心的威斯敏斯特教堂旁。

与受贵族精英教育的陈洛如不同，她的姐姐陈漾简直是野蛮生长。可就是这样一个姐姐，在年初与京弘太子爷孟见琛订婚了。

复活节假期，陈洛如回国，第一次见到孟见琛这个“准姐夫”。

“这位是我未婚夫孟见琛，”陈漾向孟见琛介绍道，“这是我家小妹，大名陈洛如，小名婠婠。”

“你好。”孟见琛冲陈洛如点点头，言语间带一点礼貌的疏离。

“姐夫好。”陈洛如知道陈家攀上这门亲事不容易，小嘴抹了蜜一样甜。

“我和你姐还未结婚。”孟见琛提醒道。

陈洛如像是拍马屁拍到马腿上一样尴尬，顿时不知该如何是好。

“叫哥哥就好。”孟见琛淡淡地道。

“对，叫哥哥。”陈漾附和道。

陈洛如愣了一下，小脸微红，糯糯地叫了一声：“哥哥。”

于是陈洛如就这么认识了孟见琛。

那段时间，孟见琛三天两头到陈家来。

陈洛如的父母白日里在公司忙活，她姐姐陈漾常常不在家。偌大的陈家只剩陈洛如一个小主人。

每次陈漾出去玩，都嘱咐陈洛如好生替她瞒着，能拖一阵是一阵。

孟见琛对姐姐倒是有耐心，她不在家，他就一直在陈家等。

陈洛如每每见孟见琛又到陈家来，都觉得他好可怜。头顶青青草原，还对此事毫不知情。

假期结束后，陈洛如就回英国了。

她再次回国，是暑假。

原以为她是回来给姐姐当伴娘的，没想到婚事差点黄了。

一家老小围着陈洛如，对她动之以情、晓之以理，要她代替姐姐嫁给孟见琛。

她爸妈说结婚请柬都发了，那么多政商界人士都知道孟、陈两家要联姻，这件事万万不能黄了。陈家不像孟家家世显赫，谁知道嫁给孟见琛的是陈家哪个女儿啊。

再说，孟见琛本人也同意这件事了。

于是陈洛如被赶鸭子上架，稀里糊涂就跟孟见琛注册结婚了。

之后，他们举行了婚礼。

联姻是家族利益的结合，浪漫的欧洲古堡婚礼是不存在的，有的只是大佬云集的酒店婚礼。

两家人达成共识，要发挥这场联姻的最大作用，向世人昭告两家结成姻亲。

婚礼上，陈洛如就像一个任人观赏的玩偶一样可悲。

看吧，底下坐了那么多嘉宾，个个喜气洋洋地祝贺他们新婚快乐，可是他们却连她是谁都不曾在意——他们只要知道她是陈家的女儿就够了。

也许对孟见琛来说，也是一样吧。姐姐也好，妹妹也罢，只要姓陈就可以。

婚礼仪式免不了新郎新娘互换对戒和接吻。

孟见琛牵过她的手，将那枚不太合适的婚戒套到她的左手无名指上，同时低声询问道："会接吻吗？"

陈洛如窘迫地摇了摇头。

"一会儿我来就好。"他嘱咐道。

在此之前，陈洛如对初吻有过一万种幻想，可她偏偏面对第一万零一种——众目睽睽之下的表演。

司仪宣布："请新郎亲吻新娘。"

孟见琛撩开陈洛如洁白的面纱，陈洛如全身僵硬得不能动弹。

他俯下身，覆上她的唇。

陈洛如的大脑一片空白，傻傻地睁着眼睛，眨都不敢眨一下。

孟见琛吻得很温柔也很克制，仅在她唇上略微停留。

亲吻持续了一分钟，嘉宾们的掌声也持续了一分钟，仿佛在称赞新郎和新娘是多么恩爱。

孟见琛松开她的唇，陈洛如的双脚一软，差点栽进他怀里。

他扶了她一把，安慰道："好了，结束了。"

经历了那场婚礼，陈洛如的初吻没了。她这才深刻意识到自己是被家族牺牲的棋子，没有人在意她幸福与否。

尽管孟见琛对她态度温和，她还是没来由地厌恶他。

这个夺走她初吻的男人，不仅褫夺了她爱与被爱的权利，还将她葬送在婚姻这座坟墓里。

她好讨厌他。

想到这里，陈洛如委屈极了。这个坏蛋，刚刚竟然又亲了她一口！

这对陈洛如来说是最致命的羞辱。

在早餐房用餐的时候，陈洛如的脸颊上有一抹浅浅的绯红。

她没跟孟见琛说话，只顾埋头吃饭。

厨子的手艺不错，也很讲究，深得粤式早茶精髓。叉烧包、流沙包、奶黄包等小包子松软可口，豉汁排骨、豉汁凤爪味道鲜美。

吴管家捧了一丛带着水珠的鲜花放到餐桌中央的水晶花瓶中。

这么大的别墅维护起来相当费心，每个房间的鲜花日日都换新，三百六十五天不间断，一年下来光鲜花一项的开支就是一笔不小的数目。

“太太，您吃着还习惯吗？”吴管家问道。

“嗯。”陈洛如点点头，又夹了一小块萝卜糕放入碟中。

“这是新聘的大厨，要是不合您的口味，我可以帮您换新的大厨。”

“不用换。”陈洛如在亲近的人面前爱耍小孩子脾气，可对外待人接物并不苛刻。

孟见琛取了一张餐巾纸擦嘴，之后又用湿毛巾擦手。

他说道：“我要去公司了，今晚有应酬，大概十点到家，不用等我。”

陈洛如睨他一眼，心想好大的脸，他哪里来的自信她会等他回家？她巴不得他永远别回来。

“白天你要是无聊，可以出去逛一逛。”孟见琛又嘱咐道。

“哦？”陈洛如的脑瓜子快速转起来，计划着怎么离家出走。

“出门带保镖，”孟见琛只一句话就打消了陈洛如的小心思，“安全第一。”

果然，他对她哪有那么放心。

陈洛如冷哼了一声，没再回答。

“太太，您的行李今天早晨送到了，要不要检查一下？”吴管家适时地出来打圆场。

陈洛如想到这个，总算来了一点儿精神。

孟见琛见陈洛如兴致不错，这才离开。

用人们把陈洛如一箱又一箱的行李搬到了二楼的衣帽间。

衣帽间一尘不染，空气中弥散着淡淡的木质香。

女佣拿剪刀拆开一个纸箱，从中取出一个被包装袋仔仔细细包好的包。

“当心点，”陈洛如接过这个包，小心翼翼地打开，亲一口后举高高，“这是我的小甜甜。”

陈洛如抱着这个包，在衣帽间四下搜寻，最终看到最中央最显眼的位置。

她的个头有一米六五，踮起脚才将包包放上去。

她后退几步，打量着这个包包。她是如此喜欢它，对它百看不厌——即使是用孟见琛的钱买的，她对它也不会有丝毫成见。

这几个箱子里的每一个包陈洛如都会过目，并且按照颜色分类摆放。

整理衣帽间可是一件苦差事，陈洛如坐在衣帽间中间的软沙发上，一边指挥一边玩手机。

陈洛如：“我回国了。”

陈筱：“恭喜，欢迎你。”

陈洛如：“我的命怎么这么苦？”

陈筱：“怎么了？”

陈洛如：“今天早上，他竟然亲了我一口！这日子没法过了。”

陈筱：“呃……一大早来我这里秀恩爱，你没事吧？”

陈洛如：“我要离婚。”

陈筱：“离啊，一纸诉状告他啊。”

这个女人，就是作。陈筱要是陈洛如的老公，一定连夜架设铁轨扛着火车来跟她火速离婚。

陈洛如：“不过得等夏天过去了再说。”

陈筱：“你家离婚还挑日子的？”

陈洛如：“有个词叫‘秋后算账’。”

陈筱：“有讲究。”

其实是因为夏天陈洛如还要吹空调。

陈洛如：“兵马未动，粮草先行。我要提前开始做准备。”

陈筱：“怎么准备？”

陈洛如：“你不是学法律的吗？帮帮我。”

陈筱：“我学的是商法，离婚归民法管。”

陈洛如：“我不管，你得帮我。帮我看看怎样才能跟他解除婚姻关系。”

陈筱：“我找找啊。”

不一会儿，陈筱发了一段话过来。

陈筱：“有下列情形之一，且调解无效的，法院应准予离婚。重婚或有配偶者与他人同居的；实施家庭暴力或虐待、遗弃家庭成员的；有赌博、吸毒等恶习屡教不改的；因感情不和分居满二年的。”

陈筱：“他有吗？”

陈洛如：“有！”

陈洛如：“他虐待我！”

陈筱：“他怎么虐待你了？”

陈洛如：“他不给我吹空调！”

陈筱：“呃……”

陈洛如：“夏天这么热，不让我吹空调，四舍五入就是谋财害命！”

陈筱：“我觉得分居两年的说法都比虐待的说法有说服力。”

陈洛如：“那我可以用分居的理由提离婚吗？”

陈筱：“恐怕不行。你之前因为是在英国求学，迫不得已才分居。”

陈筱：“现在你跟他已经同居了，法官是有判断能力的。”

简而言之，陈洛如提离婚就是无理取闹。

当京弘控股董事长独子孟见琛的太太有什么不好的？

她老公孟见琛两年前回国，第一次在媒体上露面，整个网络都沸腾了。

帅气多金，温文尔雅。

男人嫉妒，女人疯狂。

如果不是孟见琛戴了婚戒，他就是全国亿万少女的梦。

陈洛如这种作天作地的性子，两个人还能在分居四年的情况下不离婚，想必孟见琛对她是真爱了。

除了这个解释，陈筱想不出孟见琛不离婚的理由，就像她想不出陈洛如非要离婚的理由一样。

陈洛如：“那我怎样才能跟他离婚呢？”

陈筱："你慢慢想吧，我先去搬砖了。"

陈筱在一家券商做法务，每天忙得头昏脑涨，哪里有闲工夫来帮陈洛如断家务事。

陈筱："对了，刚刚想起来，你们是在香港注册结婚的，不适用于这边的法律。"

陈洛如："被生活扼住了喉咙。"

这边，陈洛如还在盘算着怎么跟孟见琛离婚，那边她老公已经到了京弘大厦。西装革履的男人刚迈下车，高骞就开始向他汇报工作。

一行人进了旋转门，员工们纷纷问好："孟总早。"

早两年员工们私下里是叫他"小孟总"的，可这两年孟见琛在公司做出的成绩有目共睹，大家自然而然也就摘掉了那个"小"字。

"召开上年度股东大会的提示性公告已经发出，这次会议由您来住持还是刘董秘来主持？"

"他主持。"

"您需要在大会上做总裁述职报告。"

"让钱助理先写一份送过来。"

"南郊钢铁厂地皮的竞标书做好了。"

"嗯，给我看看。"

高骞将竞标书递给孟见琛，又为孟见琛按了电梯。

趁着孟见琛看材料的时候，高骞继续说："天禧游乐场项目即将投入试运营，岭盛的陈总邀请您出席剪彩仪式。"

"哪个陈总？"孟见琛翻了两页标书，随口问道。

岭盛置业的高层十个有六个姓陈，孟见琛哪里分得清。

"就是……"高骞顿了一下，没好意思说出口。

电梯"叮"了一声，门开了。

孟见琛踏入电梯，高骞随后进入。

"陈漾，陈总。"高骞观察着孟见琛的脸色，暗自叫苦。

一边是他的上司孟总，一边是孟总的大姨子陈总，他夹在中间难做人——偏偏孟见琛和陈漾之间还有一点儿不为人知的过去。

孟见琛一时无话，狭小的电梯间里盘旋着低气压，令高骞如芒在背。

到了五十八层，孟见琛迈开长腿，走下电梯，这才说道："让太太过去，她们姐妹情深，也是时候见见面了。"

主意倒是个好主意，避免双方见面时尴尬。

可高骞又犯了难："要是太太不肯去怎么办？"

陈洛如那个脾性，孟总说的话她都不肯听，又怎会听他一个总秘的话。

"她应该会愿意去。"这话说完，隔了三秒，孟见琛又补了一句，"你让人买个包送来，越贵越好。"

这话说得淡定，可高骞琢磨出了一点儿味道。

孟总这是没底气吗？竟然还要靠包贿赂太太？

提到买包，高骞又有话说了："孟总，太太的行李已清点完毕，让人送去您家中了。"

孟见琛闻言，无奈一笑，倒也没说什么。

高骞只觉得这个笑容里包含了太多宠溺——孟总得多爱陈洛如才能纵容她啊。

唉，高骞只恨自己不是陈洛如。

高骞跟着孟见琛进了总裁办公室，这里窗明几净，窗前的万年青郁郁葱葱，叶子纤尘不染。

孟见琛突然问："京弘生物最近什么情况？"

京弘生物是京弘旗下的全资子公司，是孟见琛回国后一手创立的。

孟见琛当初以京弘控股作担保，用近百亿的价格操刀收购了国资委名下的荣阳药业，董事会内部对这个"蛇吞象"的收购案褒贬不一。

荣阳药业近年来效益节节下滑，只徒有老字号制药厂的名头。为国接盘固然伟大，可京弘是以盈利为目标的企业，不是慈善机构。

孟见琛在董事会上慷慨陈词，说京弘生物以研发 First-in-class（首创新药）型药物及疫苗为目标，他本人在国外就读生物医药专业，在这方面算是半个行家。

此次收购完成，京弘生物可以接手荣阳药业旗下的研发管线和设备厂房，国家也会相对应地给予一定扶持，这比京弘生物白手起家从头做起要好很多。

这些话在董事会成员听来完完全全就是初生牛犊不怕虎，梦想谁都有，可想要实现这个梦想太难。

国内目前所谓的“创新药”基本上都是 me-too（派生药）或者 me-better（仿制药）药物，做 First-in-class 首创药的难度不亚于上青天。

简而言之，就是以市面上现有的药物作为先导物进行研究，找到不受专利保护的相似化学结构，避开“专利”药物的产权保护，药效和同类突破性专利药物相当。

只能说是一种更为“狡猾”和“流氓”的高级仿制药。

国际头部医药公司，每年在研发上的支出是一笔天文数字。美元几十亿几十亿元地砸，才能研发出几款为数不多的首创药。

未来京弘生物能否做出有价值的创新药是一个未知数——即便成功后的利润庞大得惊人。

这种项目投入大、风险高、周期长，可能钱烧光了连个水花都见不着。

所以董事会那帮人不看好京弘生物的前景，最后还是董事长孟祥东力排众议，拍板做出决议。

孟家在京弘持股比例超过百分之五十，真想做什么事没有做不成的。

虽然会被诟病为大股东侵害小股东权益，但真给股东们赚到钱了，他们反而会像得了健忘症一样忘了这一茬。

高骞连忙在平板电脑上找出京弘生物的近期报告，说道：“目前 CS21840、CS22674、CS22907 三款药品已进入临床前研究，CS17132 刚拿到临床批件，即将进入临床一期研究。”

“嗯，时刻跟进。”孟见琛的眼神晦暗不明，站在巨大的玻璃幕墙前，俯瞰车水马龙。

第三章 我要离开

陈洛如在衣帽间忙活了半天，总算把她的东西整理得差不多了。除了之前上学时在工作室做设计作业，她很少这么辛苦。

陈洛如坐在沙发上，一只手捏着茶杯耳朵，一只手用茶匙搅拌杯中的阿萨姆奶茶。

喝茶的讲究很多，茶匙应该在六点和十二点的位置之间来回移动，不能转圈圈，更不能碰到杯沿，叮叮当当的声音很失礼。

“太太，您的琴放到哪里？”吴管家问道。

陈洛如抬起眼皮，一架金色的竖琴映入眼帘。镀金的琴身上有精美的欧式古典雕花，长短不一的琴弦错落有致地排布在琴梁上。

陈洛如从十岁开始跟着竖琴老师学习竖琴。一款入门级竖琴的价位大概在十万元，这足以将普通家庭拒之门外。

竖琴的小众造成音乐老师的短缺，在小一点儿的地方，一个城市都未必能找出一个合格的竖琴老师，想找人给竖琴调个音换根弦，更是难上加难。

“有琴房吗？”陈洛如问。

“这个真没有，”吴管家说道，“您需要的话，我帮您改一间出来，不过可能要等几天。”

“那就找个空房间先放着吧。”

吴管家对用人吩咐道：“把琴抬到负一层。”

陈洛如放下茶杯问：“这里还有负一层吗？”

“负一层是休闲娱乐区，一层是公共区，二层是生活区，楼顶还有一个空中花园，您有空可以请朋友来喝茶聊天。”

陈洛如想了想，说道：“带我去负一层看看。”

“好的，太太，您这边请。”

陈洛如乘电梯来到负一层，不禁感慨，孟见琛也太会享受了。

小型酒吧、私家影院、室内泳池、健身房都不算什么，竟然还有保龄球室和台球室。

“太太，您可以在这里做SPA。”吴管家指了指一个女佣，“她叫小柔，专门学习过。”

平日里吴管家很少安排小柔做粗活，因为要养手，手指粗糙可做不来这个。

陈洛如：“那一会儿帮我做一个。”

反正关在家闲着也是闲着，不如好好享受一把。

琴放置好后，负一层的SPA间只留下了陈洛如和小柔两个人。

陈洛如脱了衣服裹着浴巾趴到水床上。小柔用手掌搓热精油，抹到陈洛如的后脖颈处，接着便开始轻柔地按压。

小柔的手法不错，既没有弄疼陈洛如，又帮她缓解了肩颈的压力。

陈洛如平日里没少保养，全身肌肤白嫩水润。她后腰有两个浅浅的腰窝，两条腿笔直均匀，该长肉的地方也不含糊。

“太太，这种力度可以吗？”

陈洛如点点头，惬意地眯上眼，问道：“你平时也帮他做吗？”

这个“他”，除了孟见琛还会有谁?

小柔回答：“先生不爱做这个。”

陈洛如轻轻哼了一声，谁信呀，不爱做还特地搞个房间找个人来，背地里指不定享受过多少次呢。

整个SPA持续了一个多小时，陈洛如舒服得睡着了。

她醒来的时候，房间里已经没人了。她去浴室冲洗了一番，换上衣服后出了房间。

陈洛如路过某个房间时，觉得这个房间很眼生，刚刚吴管家似乎没跟她介绍过。她试着去开那扇房门，却发现打不开。

“太太，您睡醒了。”小柔突然出现。

“这个房间里是什么呀？”陈洛如问。

“这个房间先生从来不让我们进，只有他的指纹才打得开。”小柔解释，“所以我也不知道。”

陈洛如这才发现这扇门装了指纹锁。

不让人进？难道藏了什么见不得人的东西？

陈洛如没什么兴致去发掘孟见琛的私人喜好，慢悠悠地上了楼。

晚上十点，孟见琛到家的时候，陈洛如正躺在床上看书。

封面上写着“Shakespeare Sonnet”。

孟见琛解开西服扣子：“说了不用等我。”

陈洛如没好气地道：“谁等你了？我睡不着不行啊。”这天下午睡了那么久，这会儿她精神好得很。

孟见琛轻嗤，拎着一个纸袋走到床边，递到陈洛如面前。

陈洛如放下书，接过纸袋，打开盒子，里面躺了一个粉色的小手包，还配了三个可爱的小毛球挂坠。

这是一款限量手包，陈洛如之前没买到，也不知孟见琛是从哪里搞来的。

陈洛如强压住想要上扬的嘴角，故作矜持道：“无事献殷勤，非奸即盗。”

“送老婆礼物还需要理由吗？”孟见琛说。

陈洛如睁大晶亮的眼睛看孟见琛：“那我就勉为其难地收下了。”

陈洛如在心底欢呼雀跃，想抱着这个包包转圈圈。

“你想不想见你的家人？”孟见琛佯装作无意地问。

陈洛如一听，立刻问道：“我可以回家了吗？”

孟见琛将外套挂上衣架：“你姐现在在这边，你不知道吗？”

陈洛如回：“我哪知道啊？”

陈漾天天飘忽不定，自打生了儿子后才安分不少。

“下周你姐会给游乐场剪彩，”孟见琛脱了西服外套，悄悄观察陈洛如的反应，“那里有亚洲第三大的摩天轮，你想去玩吗？”

“我要去。”提到玩，陈洛如哪里还想得了那么多，一口就答应了。

第二天上午，陈洛如给陈漾打电话。

陈漾那边听上去很忙，时不时有人来跟她说话，一口一个“陈总”，应该是在忙公务。

“你在哪儿呀？”陈洛如跷着腿坐在沙发上，一只手拿手机，另一只手正在享受美甲服务。

“在分公司这儿。”陈漾的声音飘远了些，陈洛如隐约听见她说了句“合同递给我”。

“礼礼在吗？我想他了。”陈洛如说道，“我给他从英国带了礼物。”

礼礼是陈漾的儿子，也是陈洛如的外甥。

虽然他的到来令陈家上下措手不及，但到底是陈家血脉，他聪明又可爱，陈家一家老小都很喜欢他。

“他在家呢。”陈漾说道，“咱妈舍不得我带着他来，说这边气候差，对礼礼身体不好。”

什么叫偏心？这就叫偏心！

舍不得让孙子来，却狠心把闺女嫁到这里，还不让她回家！

陈洛如不禁怀疑她到底是不是陈家的亲生闺女。

礼礼大名陈斯礼，现年三岁。即便陈漾不愿告知孩子父亲是谁，大家也隐约猜出八成是她在国外时交往的前任男朋友。

陈家父母气不打一处来，非要拉着陈漾去医院把孩子打了。

可陈漾那会儿应该是对这个男朋友动了真心，一定坚持要生下来。

陈洛如为她阿姐担忧，怀了一个不明不白的孩子，跟孟家的婚事也吹了，以后再带个拖油瓶，她这辈子还嫁得出去吗？

陈漾却说：“干吗非要结婚？女人不结婚就没意义了吗？”

好吧，结婚与否是个人选择，陈洛如不该瞎操心。

在陈漾的再三坚持下，孩子可算是保住了。

礼礼长得白白嫩嫩，发色和瞳色都是黑色。他的五官很洋气，陈洛如一直怀疑他带一点混血基因。

礼礼出生后，陈漾一夜之间成熟了起来。单身妈妈非常辛苦，懂得生活不易，才能有爱心和责任心。

出月子以后，陈漾就老老实实回公司上班给礼礼挣奶粉钱了，这几年也不出去瞎玩了。

她接手了公司不少事务，天天都忙得很。

“阿姐，周一我要去参加那个什么游乐场的剪彩活动，需要准备什么吗？”

陈漾笑了，孟见琛这只老狐狸，居然把这烫手的山芋扔给了她妹妹，真是一招好棋。

“不用准备，不需要你来剪彩。”陈漾说，“晚上有一个宴会，记得打扮得漂漂亮亮的。”

“知道了。”

“我这边忙，先挂了。”

“嗯，好的。”

剪彩当天，陈洛如一早就起床开始收拾。

这些日子她跟孟见琛睡一张床，他没对她动手动脚。偶尔早上醒来发现两个人抱在一块儿，她也不会大惊小怪了——她只会一脚踢醒他。

化妆师和造型师已经在化妆间等着她了。

陈洛如底子不错，不需要太多修饰，化妆师直夸她的皮肤好。

妆容很快就完成了。奶油肌、小山眉、果冻唇，镜子里的陈洛如娇俏动人，宛若二八少女。

造型师给陈洛如做了一个简单的盘发，挑了一款香槟色欧根纱小礼裙，搭上一套珠宝，最后换上一双金色闪粉高跟鞋。

打扮完毕，陈洛如就准备出发了。

一小时的车程后，他们顺利到达位于郊外的天禧游乐场。

这个游乐场的项目启动于三年前，总投资额高达三百亿元，是一块大蛋糕。

京弘和岭盛是大股东，各占百分之二十的股份，剩下的由十几家公司瓜分。

剪彩仪式在户外举行，游乐场的一片空地被布置成会场，有几家媒体记者已经到了。

红毯两边摆满了各色花篮，陈洛如踩着红毯走过去，被工作人员引入贵宾座席。

这次来了不少重量级嘉宾，前面两排是给区领导和几家大公司的高层坐的。

以陈洛如的身份，就算坐第一排也无可指摘。但是她怕晒，所以挑了个贵宾座席最靠后的边角位子，这里正好有一小块阴凉处。

不一会儿，陈洛如看见一个女人在一群人的簇拥下走向正前方。她穿了一身利落的米色西服套装，脚踩高跟鞋，一侧长发被拢至耳后，露出一枚精致的耳环。

工作人员正在跟她交谈，她面容镇定平静，时不时偏过头跟工作人员嘱咐几句。很难想象这个职场女强人会是陈洛如那个曾经玩世不恭的姐姐陈漾。

整个仪式没什么太多乐趣，领导致辞、高层致辞完毕后才是剪彩。

剪彩仪式结束后，众人纷纷鼓掌，然后就准备散会。

陈洛如坐在椅子上没有动，因为陈漾之前说活动结束后会来找她。

于是陈洛如就坐在原地玩手机，“消消乐”玩得正开心，她突然发现裙子边角绷紧了一块。

陈洛如抬头一看，有个年轻女孩站在走道里跟人说话，一只脚踩上了她的裙子还毫无知觉。

陈洛如出声提醒道：“不好意思，你踩到我的裙子了。”

可能是陈洛如声音小，那个女孩根本没反应，另一只脚也踩了上来。

太阳开始移动，最后一小片阴凉也没了。陈洛如被晒得心里发慌，直接站了起来。

裙子从对方脚底滑出来，女孩这才回过头，发现陈洛如像个没事人一样还在玩手机。

她是某个小投资方家的千金，打小骄横跋扈惯了。她从未见过陈洛如，还坐在最后一排，不知是哪里冒出来的无名小卒。

她想到刚刚自己差点儿栽倒，顿时来了火气，伸手推了陈洛如一把："你眼瞎吗？没看见我站在这儿？"

陈洛如被这么毫无防备地一推，脚上的高跟鞋没踩稳，脚崴了一下。脚踝处传来一阵疼痛，令她不禁皱起眉头。

那女孩身边的人跟着附和："快点儿道歉！"

陈洛如刚想跟对方理论，只听见空气中传来一声清脆的"啪"，是扇耳光的声音。

陈漾甩了甩手，那个女孩捂着脸，一脸茫然地看着陈漾。

陈漾冷笑道："你是个什么东西？也配让我妹妹给你道歉？"

陈漾下手不重，只是想给对方一个教训。

方才陈漾走过来的时候，整件事的过程被她尽收眼底。陈洛如平时窝里横，出了门就是个妹妹。

陈洛如打小接受精英教育，能动口绝对不会动手——太有损格调了。

可陈漾是什么人？小时候一条街的熊孩子都怕她。她不光蛮横，还很无理，路见不平伸手就打。

这几年她的暴脾气收敛了不少，可骨子里那股野性是泯灭不了的。现在看见自家小妹被人欺负，陈漾咽不下这口气。

陈洛如跷起崴了的脚，叫了一句"阿姐"。

"你傻呀？"陈漾说，"她推你你就不会推回去吗？"

难道狗咬人人还咬狗吗？当然，陈洛如不会这么说。

陈漾是为她出头，虽然手段狠了一点儿，但是效果立竿见影。那女孩捂着脸，吞吞吐吐好半天一个字都说不出来。

"阿姐，我们走吧。"陈洛如说道。

陈漾这才搀扶着陈洛如离开。

两个人来到园内酒店的房间，医务人员给陈洛如检查了一番。陈洛如的脚没什么大碍，只要休息一会儿就好了。

陈漾中午有应酬，下午还要陪人逛游乐场，没法在这儿照顾她。

“阿姐，你去忙吧。”陈洛如说，“外面那么晒，我还不如在酒店睡觉呢。”

下午四点，陈漾终于回来了。

她忙了一天，筋骨疲乏，陈洛如挪了一下窝，让陈漾躺到床上来。

小时候陈洛如常常跟陈漾一块儿睡，姐妹俩偶尔也会闹别扭，但闹完之后又很快和好如初。

外界知道一点内情的人猜测姐妹俩会为了孟见琛反目成仇，可事实上，姐妹俩关系好得很。换句话说，为了一个男人搞得姐妹阋墙，不值当。

陈漾在这件事上对陈洛如一直有愧。

陈洛如在其他女孩自由享受恋爱的年纪为姐姐背锅嫁给孟见琛，牺牲巨大。

陈漾本来就不喜欢孟见琛这个人，也不知妹妹婚后过的是什么鬼日子。

姐妹俩聊起了天。

“他有没有欺负你？”陈漾问。

“有。”陈洛如信誓旦旦地点头。

陈漾一听，这还了得，这个孟见琛果然不是什么好东西。

“他怎么欺负你了？”陈漾摆出一副“姐姐为你做主”的架势。

“前几天，他亲了我一口。”陈洛如委屈极了。

陈漾：“亲了你一口？”

陈洛如指了指嘴唇，更委屈了：“亲的这里！”

陈漾怀疑她妹脑子坏了，可陈洛如脸上的表情很坦荡，分明就是受了委屈。

说实话；陈漾很担忧陈洛如的婚姻状况。

两家联姻，双方本就没有感情基础，这种事婚前避一避也就算了，婚后是怎么也躲不过的。就算各玩各的，那两个人也必须得有亲生的孩子，这是联姻稳定性的保障。

陈漾早已不像陈洛如那般小孩子心性，她现在考虑的东西更多。

“婠婠，你知道夫妻得过夫妻生活吗？”陈漾问道。

“知道啊，”陈洛如说道，“可我不想。”

“为什么？”

“我不喜欢他。”

“你们已经结婚了，这是没办法的事。”

陈洛如秀眉紧蹙：“那我跟他离婚不就好了。”

“离婚？”陈漾反问。

“对啊，我打算跟他离婚。”陈洛如讲得理所当然。

“陈家和孟家现在是战略合作伙伴，你想离婚，陈家是不会答应的。”陈漾深吸一口气，继续说道，“孟见琛深知个中利害，他也不会答应。”

“他不答应我就去法院告他。”

“婠婠，听阿姐一句劝，跟他好好过日子。”

“阿姐！”陈洛如埋怨道，“你现在说话越来越像爸妈了！”

“婠婠，生在这样的家庭，你没有什么选择权。就算不嫁给他，爸妈也会安排你嫁给别人。孟家好歹家大业大，孟见琛也算得上一表人才，与其嫁给旁人，不如嫁给他。”

陈洛如气得翻了个身：“他那么好当初你怎么不肯嫁？”

陈漾哑然。孟见琛这个人各方面都很完美，但陈漾知道完美不一定是真完美，也许只是善于伪装。

陈漾四年前就发现孟见琛冷心薄情，所以他就算再不喜欢陈家的女儿，也可以一口应下婚事。

“这都是过去的事了。”陈漾失笑。

休息到六点钟，陈漾换了一套黑色绸缎裙，烈焰红唇很是明艳。

陈漾作为这场晚宴的半个主人，得提前过去。

而陈洛如还不慌不忙地坐在镜子前让化妆师和造型师帮她妆点。她换了一套星空紫渐变的晚宴造型，腰畔有金箔染织蕾丝花，烟色的长纱裙摆遮住脚踝。她的黑发被卷出温婉的波浪，整个人犹如一朵盛放的紫莲花。

陈洛如磨磨蹭蹭到七点半，才乘电梯去到酒店一层的晚宴现场。

来参加这场晚宴的，大多是天禧游乐场项目的关联方。

这个项目由京弘牵头，岭盛承建，还有当地政府保驾护航，地铁和高速直接修到游乐场门口，承接京津冀三地的客流，讲道理是稳赚不赔的。

三年前项目募资时，有多少家公司虎视眈眈想跟着分蛋糕。

在这个圈子里，光有钱没用，得有门路让别人带着你上船。这就是陈家当初挤破脑袋也得挤入圈的原因之一。

现在岭盛能轻轻松松能拿下五分之一的股份，别的公司拼了命托关系能拿个百分之一二的投资额就已经喜滋滋了。

陈洛如款款步上红毯，她一个人过来，没什么人帮衬。可她长得漂亮，姿态也优雅，周围男士频频回首，猜测她是哪个投资方家的千金。

这是陈洛如归国后第一次在圈里公开亮相，当初结婚时她还小，没人认出她很正常。

这些人猜了一阵子便不再关注她了，全因晚宴现场有重量级人物——京弘控股的总裁孟见琛。

他这天上午没来参加剪彩仪式，晚上却空降晚宴，令人振奋。

陈洛如在人影幢幢中瞧见孟见琛长身玉立，不禁怀疑这又是孟见琛给她挖的坑。

她知道孟见琛不来所以才过来的，他倒好，一个招呼不打就来了，这下她不想陪他演戏都不行了。

陈洛如在家爱小打小闹瞎折腾，出门在外绝对不会任性。在人前必须给足两家人脸面，普通人家尚且如此，更何况上流社会。

孟见琛正在和人交谈，他手中的高脚杯里盛着淡金色的香槟酒，手腕上是一款铂金表。像他这样身份的人从来不需要看时间，都是直接问秘书，可这并不妨碍他需要一款衬托身价的腕表。

他品貌非凡，言谈举止间带着一种挥斥方遒的气度，旁人见了都得称赞孟家后生可畏。

孟见琛的余光瞥见陈洛如，他轻抿一口香槟，打算快点结束这个话题。

陈洛如拎着裙子去找陈漾，她不想那么早跟他手挽手假装好好夫妻。

谁知陈洛如刚走到场地边缘，突然被一个面带凶相的中年贵妇挡住了去路。仔细一瞧，旁边还有这天被陈漾扇了一巴掌的女孩。

妇人嗤笑，这姑娘在偌大一个晚宴现场都无人搭理，可不就是陈家哪个旁系的小辈吗？陈漾惹不起，这小兔崽子她们还是惹得起的。

陈漾扇了她女儿一巴掌，她就替女儿扇回来。反正是陈漾先动的手，休怪她翻脸无情。

陈洛如察觉到来者不善，并不想多交涉。

没想到那位妇人直接拉住陈洛如的手臂，扬手就要打她。陈洛如躲闪不及，下意识地闭眼，那巴掌却迟迟未落下。

一道熟悉的男声在她耳边响起："这位女士，您要对我太太做什么？"

陈洛如茫然地睁开眼，孟见琛不知何时来到她身边。

孟见琛一只手攥住那妇人的胳膊，另一只手有力地握上她的纤腰。

在招摇的灯光酒色里，孟见琛犹如神祇一般，陈洛如不禁慌了神。

被打的女孩名叫葛菲菲，是津阳国际董事长葛建民的爱女。

陈漾扇了她一巴掌，她哪里咽得下这口气，回去之后就找自己的父母告状。

听女儿哭哭啼啼告状说被人扇了耳光，她妈妈方珍顿时火冒三丈。葛菲菲是方珍的心头肉，她骄纵的性子一大半是被她妈妈给惯出来的。

方珍问："谁打你了？"

葛菲菲道："就是那个陈漾。"

葛建民权衡利弊，说道："这亏吃了也就吃了，下次见到陈漾你绕着走就行了。"

方珍却不服气："凭什么呀！岭盛又怎么了？谁敢这么撒野？他们不过是嫁了个闺女到孟家，还指望一人得道鸡犬升天啊？！陈家什么阿猫阿狗都敢骑到别人头上。"

葛菲菲委屈道："我又没怎么她妹妹，凭什么她伸手就打人啊？！"

“陈家一家老小上百口人，她妹妹多了去了，还不知道是哪个呢！”方珍安慰道，“今晚妈妈一定帮你把这个理给讨回来。”

葛建民叹了一口气，点了一支烟，说道：“你们母女俩能不能消停消停？商场讲究和气生财，哪有四面树敌的？”

方珍一把夺下他的烟，训道：“你就眼睁睁看着我们在外面受气？！”

葛建民一时无话。

只有她们母女俩在外欺负人的，哪有被欺负的理啊。这么多年，葛建民还能不了解这母女俩什么秉性吗？

葛建民不是不想帮女儿，关键问题是津阳国际现在不比当年了。

津阳国际早年做进出口外贸，这几年国际贸易形势不明朗，津阳国际开始发展其他业务。

对京弘这样的巨无霸集团企业，几十亿规模的投资算不上什么，就连开业试运营这么重要的日子，孟见琛也是想来就来，不想来就不来。

可对津阳国际而言，这个项目是近年来最大的一笔投资，一点儿岔子都不能出。现在别说如日中天的京弘，就连后起之秀的岭盛他们也招惹不起。

这母女俩任性惯了，一点小事不弄得鸡飞狗跳不肯善罢甘休。

葛建民懒得管她们母女俩，取了一支烟就出门了。没想到这母女俩竟然真的打算在晚宴上拿陈洛如撒气。

方珍想扇陈洛如一巴掌，却被一个男人劈手制止。她刚要破口大骂，却发现这男人竟是京弘控股的总裁孟见琛。

这也就罢了，刚刚孟见琛叫那个小兔崽子什么？

太太？她竟然是孟见琛的太太？

方珍是柿子捡软的捏，她以为陈洛如只是陈家一个无名小卒，可谁曾想她居然就是陈家嫁给孟家的那个飞上枝头变凤凰的女儿。

这下，方珍才意识到捅了大娄子，只恨自己有眼无珠，被怒火烧光了理智——陈漾的妹妹是很多，可亲妹妹就一个，还是陈家最最娇贵的那一个。

“孟总，我们只是想请您太太去那边喝酒小叙。”方珍连忙松开抓着陈洛如胳膊的手，满脸堆笑道，“您看我女儿跟您太太差不多大，她们一定有很多话说。”

葛菲菲被突然出现的孟见琛惊呆了，愣了几秒才附和着点点头：“是啊，就是这样。”

孟见琛敛下眼睫，看向陈洛如。

陈洛如正抬起胳膊检查，她生得娇嫩，胳膊内侧被抓出好大一块红印子。

孟见琛轻启薄唇，沉声问陈洛如：“是这样吗？”

陈洛如越想越生气，那一巴掌都要打到她脸上了，现在她们竟然还想装成没事发生？

现在孟见琛有给她撑腰的意思，她可不得顺着杆拼命往上爬？

“我跟她可没话说，”陈洛如说道，“她们俩不打我我就谢天谢地了。”

这下，那母女俩瞬间面如土色。方珍赶忙说道：“这都是误会！误会！”

葛菲菲也急了：“我们怎么会打人呢？又不是野蛮人！”

这话就有意思了，打人的人是野蛮人，那她姐姐陈漾又是什么？

拐着弯地骂人，万一让陈漾听到这话，估计抬手又是一巴掌。

孟见琛发出一声低笑，面上仍是宽和的表情。他道：“我太太年纪小，不懂事，还请多担待。”

母女俩松了一口气，孟家怎么说也是大户人家，养出来的儿子说话做事都沉稳有度。

“不过……”孟见琛顿了顿，缓缓说道，“您偏心您家女儿，我也偏心我家太太。”

孟见琛渐渐敛容，眸子里像是淬了霜：“日后若有什么事，孟某也不敢保证做到一碗水端平。”

此话一出，方珍立刻神色大变。

日后还能有什么事？自然是公司合作的那些事了。

津阳国际是托了京弘高层的关系，才得以拿下天禧游乐场百分之三的投资额度的。

本以为搭上了京弘这条大船，公司发展就能顺风顺水高枕无忧了。

可现在孟见琛发了这样的话，以后要是还有什么项目，京弘还会带上津阳国际吗？

京弘控股在圈里是一棵参天大树，无数公司都渴望得到它的庇护。

股市里有“京弘概念股”的说法，京弘一有什么动向，上百家公司都得牵一发而动全身。

没有了津阳国际，京弘控股还会有“津阴国际”。可没了京弘控股，津阳国际要上哪儿去找一家“京绿控股”呢？

这话听得陈洛如心里美滋滋。偏心就偏心了，还需要理由吗？

不服你来打我呀。

如果陈洛如身后有一条小尾巴，那现在估计已经乐得翘上天了。

难得，陈洛如挽住孟见琛的胳膊，甜甜地撒娇道：“老公，这里好无聊，我想去那边看看。”

孟见琛点头微笑道：“好，都听你的。”

说罢，孟见琛便搂着陈洛如的腰离开，只留下呆若木鸡的母女俩愣在原地。

孟见琛走到哪儿都是焦点，方才角落里这个不起眼的冲突早已吸引了全场的目光。这下，大家知道了孟见琛身旁的年轻女孩竟然就是他那从未露过面的太太，马屁自然蜂拥而至。

“孟总，您太太真是年轻又漂亮，刚刚我还以为是哪个明星来了呢。”

“听说孟太太之前在国外，我女儿要是有您一半优秀我就心满意足了。”

“孟太太，您周末有空吗？前些日子我刚得了一幅莫奈的油画，想请您到我家品鉴一二。”

一路下来，陈洛如被这些“彩虹屁”吹得晕晕乎乎的。直到晚宴散场，还有不少人围在她身边献殷勤。

人都有虚荣心，陈洛如第一次发现，原来做孟太太比做陈家小姐风光更甚。

司机将车开到酒店门口，打开车门请陈洛如上车，孟见琛紧随其后。上车后，孟见琛问道：“今天玩得开心吗？”

陈洛如靠着椅背，侧过头看孟见琛，轻轻点了点头，很快又摇了摇头：“我今天没有去游乐园玩，不开心。”

“那你下午都干什么了？”

“在酒店睡觉。”

孟见琛清了清嗓子，对司机说：“先不回家，去B区。”

车子顺着园内的道路一直开，拐了几个弯，终于到达目的地。

今夜月疏星淡，晚风习习。

现在是晚上十点，园区早已停止运营，四下里黑漆漆一片。摩天轮巍然耸立，像一个沉默的黑色巨人。

陈洛如仰头问道：“你就让我看这个？”

孟见琛没说话，三分钟后，有几个工作人员赶了过来。

“孟总、太太，这边请。”工作人员打开铁栅栏，躬身请他们进去。

摩天轮霎时被点亮，金色的光芒闪耀着，犹如一轮巨大的太阳。风的问候，树的诉说，都被笼上了一层不切实际的浮光。

孟见琛先踏入玻璃客舱，然后伸出一只手，将陈洛如牵了上去。

摩天轮缓缓转动，带动客舱升空。

陈洛如趴在玻璃上，激动不已。她望着远方的夜景，这座城市那么大，现在却那么小，像一枚发光的电极板躺在广袤的大地上。

这是为她一个人转动的摩天轮吗？

“喜欢吗？”孟见琛不知何时靠近她身后，说话间湿热的气息划过她的后脖颈。

“喜欢。”陈洛如的眼底映着碎落的灯光。

孟见琛伸手环上她的腰，她的身子陡然一僵，随后便也慢慢放松了。反正都被他搂了一晚上了，计较这一时半会儿也没什么意义。

孟见琛偏过头去看陈洛如的侧脸。

她纤长浓密的睫毛像蹁跹的黑色蝴蝶，秀气挺翘的鼻梁下是诱人的粉唇。

“轰隆”一声巨响，天地刹那间一片惨白。

陈洛如被吓了一跳，惊慌失措地转身钻到孟见琛的怀里。

客舱的玻璃微微震动，陈洛如埋首在孟见琛的肩膀处。他身上带有清冷的木质琥珀香，她恍然记起四五年前的某一次，她也曾像这样毫无防备地钻到他怀里。

显然，孟见琛跟她想到了一处。

“胆子还是这么小。”孟见琛勾起一侧嘴角，语调中带了一丝调侃。他扶着她的肩膀，将她转向另一侧的玻璃。

黑夜里一颗又一颗火种扶摇直上，在半空中炸裂成绚丽的烟花。流光溢彩，忽明忽暗，美不胜收。

这片烟火牵动着陈洛如的心脏，她嘟嘟囔囔道：“嗯，我……我……”

怎么可以这个样子？！

她竟然是一个会被摩天轮和烟花收买的肤浅的女人！

玻璃客舱在摩天轮的最高点停留了约半小时，直到所有的烟花都湮灭在夜风中，摩天轮才重新开始转动。

陈洛如晚上喝了香槟酒，又被这漫天花火炸得有点蒙，下客舱的时候脚是飘着的。

“哎呀”一个不小心，陈洛如刚刚恢复一点的脚踝又遭了罪。

孟见琛垂眸一看，想不通她是怎么在被他牵着走的情况下，还崴了脚的。

“脚崴了？”

“嗯……”陈洛如跷起那只脚，微微蹙眉。

陈洛如重新坐回客舱的座椅，孟见琛蹲下身，将她的右脚抬至他的膝盖上。

层层叠叠的纱裙从腿上滑落，陈洛如匀称白皙的小腿在灯光下呈现出玉石一般的色泽。

孟见琛扶住陈洛如的脚踝，将她的紫水晶高跟鞋轻轻脱落。

她的脚型很漂亮，脚踝纤瘦，足弓优美，趾形饱满。薄玉似的脚指甲上涂了一层透明的护甲油，骨骼突出的地方在深夜里泛着淡淡的光。

孟见琛将陈洛如的脚虚虚握在掌心，这脚真小，细细比对，还没有他的手长。

孟见琛用指尖轻揉她受伤的脚踝，说道：“有一点儿肿。”

“那怎么办？”陈洛如问。

“用冰敷一下，”孟见琛说道，“走吧，先回家。”

孟见琛放下她的脚，将她的一双高跟鞋拎在手上，转而起身去抱她。他一只手扶着她的后背，另一只手穿过她的膝弯，轻而易举地将她托了起来。

陈洛如失了重心，瑟缩在他怀里，悄悄抬头看他。

孟见琛的下颌线条棱角分明，紧抿的薄唇和凸出的喉结散发着男人特有的魅力，就连那股淡淡的冷香都透着一种说不出的性感。

陈洛如就这么被孟见琛抱上了车，到家后又被这么抱下了车。

坐到卧室的大床上，陈洛如的脑子还没有清醒过来。

孟见琛拿过一张小圆凳搁在床边，将她的脚放上去，又从制冰机里取了几块冰敷在她的脚踝上。

陈洛如被冰得“嘶”了一声，小腿下意识地往后躲。

孟见琛箍着她的脚，淡淡地说道：“别乱动。”

现在的情况是陈洛如活了二十六载都没遇见过的。

她光裸的小脚被男人握在掌心里，冰凉的冰块贴着她温热的脉搏。最开始她确实是凉的，可随着冰块融化，她竟渐渐开始有些发热。

这种热跟天气无关，全因她身体里有一簇火苗在燃烧。

而她面前的男人八方不动，镇定自若，这让她心底生出一种羞耻感。

陈洛如想起这天下午陈漾教她的，突然很想知道孟见琛是不是真如他表现出来的那般淡定。

陈洛如的好奇心和坏心眼同时作祟，她决意要试探一下孟见琛。

“嗯……”她轻哼一声。

“还疼？”孟见琛手中的冰块早已化为冰片，床脚下的地毯都被冰水淋湿了一片。

陈洛如斜靠在枕头上，轻轻摇了摇头：“我好热。”

“热？”孟见琛反问一句，她双眸半合，脸颊上有两团浅浅的绯红。

“嗯，好热啊。”陈洛如的嗓音细细柔柔的，像一根羽毛拂过心弦。

孟见琛看了一眼正在静音运作的中央空调，室内温度控制在最宜人的二十六摄氏度。她怎么会嫌热呢？

孟见琛在床头处的空调按键上按了几下，空调冷风下降到了二十二摄氏度，他说道：“这下应该不热了。”

陈洛如眨了眨眼，把孟见琛这套行云流水毫无毛病的操作看在眼里。

“那个……”陈洛如扭捏道，“衣……衣服太厚了。”

她身上这件晚礼裙是露肩款，面料是薄烟一般质地的轻纱，这条裙子要是长了张嘴都得喊冤。

孟见琛靠近陈洛如身侧，哑着嗓子问道：“你发烧了？”

孟见琛的声音如同大提琴一般低回绵长，一边问还一边伸出手来试陈洛如的额头。她的脸是有点儿烫，但应该没有发烧。

“才没有！”陈洛如微愠地偏过头去。

陈洛如被孟见琛这么一碰，脸红得都快要滴血了。

“那你去浴室冲个凉。”孟见琛扯了几张纸巾擦了擦手，顺便帮她把脚上的水珠也抹去了。

陈洛如活动了一下脚踝，好像没什么事了。她心底生出一些微妙的小情绪，刚刚对他产生的那么一点点好感瞬间消失殆尽。

想她堂堂陈家小小姐，天生丽质，仪态万方，只有男人对她献殷勤的份，哪有她向男人发出邀约的道理。

这也就罢了，孟见琛这个人竟如此不解风情。这不是故意让她难堪吗？

陈洛如气得哼了一声，下了床往浴室走去。

孟见琛望着陈洛如娉婷袅娜的背影，无奈得摇头一笑。

这糊涂是装也得装，不装也得装。

他将手中的纸巾揉成团丢进了垃圾桶里。

陈洛如站在浴室的镜子前，委屈得心底直冒酸泡泡。她看着镜子里的自己，明眸善睐，韶颜稚齿，哪个男人见了会不心动呢？

孟见琛倒好，跟块木头一样。

陈洛如："我美吗？"

陈筱："呃……"

陈筱："我又不是魔镜，你问我这个干吗？"

陈洛如："快告诉我我美不美？"

陈筱："你美不美你心里没点儿数吗？"

陈洛如："没有。"

陈筱："那你等着啊，我找点儿词夸夸你。"

两分钟后，两个人的聊天记录被陈筱的"彩虹屁"刷屏。

陈筱："陈洛如小仙女，全因上帝眷顾，创造出惊艳世俗的你。"

陈筱："天上有多少星光，世间有多少女孩。但天上只有一个月亮，世间只有一个你。"

陈筱："今夜，我不关心人类，我只想你，我的狗子。"

陈洛如："狗子？"

陈筱："不好意思，复制的时候忘记替换名字了。"

陈筱立刻将消息撤回，重新发了一遍。

陈筱："今夜，我不关心人类，我只想你，我的陈洛如小公主。"

这虚情假意的吹捧，陈洛如倒是很受用。

陈洛如："唉，像我这样的女人，竟然也会有烦恼。"

陈筱："请开始你的表演。"

陈洛如将这天发生的事娓娓道来，陈筱听完后只想"黑人问号脸"。

这天只是一个普普通通的周一，陈筱上着普普通通的班，搬着普普通通的砖。而这个陈洛如女人，姐姐疼老公宠，徜徉在自家的游乐场里，受人追捧，还享受着专属摩天轮和烟花。

可恶的是，她现在居然还在倒苦水。

陈筱："我没有理解你的点，这是什么烦恼？"

陈筱："想炫耀就说，不用拐弯抹角。认识你这么久，我的心脏承受得住！"

陈洛如："因为我是他老婆，所以他才对我好。"

陈筱："不然呢？你还指望他对谁好？"

陈洛如："换了任何一个女人在我这个位置上都一样，我的婚姻就是一场悲剧。生活不易，仙女叹气。"

陈筱："我觉得你得认清一点，不是任何女人都爬得上你的位置。"

陈洛如："那又怎样？我不稀罕。"

陈筱："那你跟我在这儿说半天是干吗？不知道的还以为你爱上他了。"

陈筱的这句话戳中了陈洛如心底隐秘的小角落，她立刻产生了应激反应。

陈洛如："我才没有！我要跟他离婚！"

没错，她不该被摩天轮和烟花蒙蔽双眼，忘记初心。趁现在她跟孟见琛还没有感情，立刻快刀斩乱麻！

陈筱："你老公对你不好是错，对你好也是错。"

陈筱："合着他就不该出生在这个地球上，对吧？"

男人真是难，陈筱很同情孟见琛。家家有本难念的经，他家这本经特别难念。

陈洛如："明早我就跟他提离婚。"

陈筱："不是说要"秋后算账"吗？"

陈洛如："来不及了。"

再拖下去她怕是要陷进去了。

陈筱："行吧，等你离婚那天，我给你放个大炮仗庆祝一下。"

陈筱："我现在要去睡觉了，明早还要起床搬砖。"

陈洛如关了聊天软件，这才去冲凉。她一边冲凉一边暗搓搓地骂孟见琛，这是什么人啊？！

第四章
失忆大作战

第二天早上，陈洛如冷着脸吃早餐。

孟见琛："脚好了没？"

陈洛如："要你管！"

六月的天，陈洛如的脸，说变就变。

陈洛如喝完最后一口粥，终于下定决心。她说道："我们谈一谈。"

孟见琛："谈什么？"

她深吸一口气，鼓起勇气说道："我们离婚吧。"

四周瞬间安静。

孟见琛慢悠悠地喝了一口咖啡，说道："不离。"

陈洛如："你又不喜欢我，干吗假惺惺的？"

这句话里掺了些莫名其妙的小情绪，听上去更像是在撒娇。

孟见琛放下咖啡，静静地打量她一番。片刻后，他缓缓说道："那我要是说喜欢，你就不离婚了吗？"

陈洛如立刻拿乔道："你想得美！"

孟见琛："呃……"

孟见琛将咖啡一饮而尽，取了一块方巾拭嘴，说道："我要去公司了。"仿佛陈洛如刚刚说要离婚就像说她这天要出门逛街一样稀松平常。

"你都不肯同我坐下来谈一谈。"陈洛如埋怨道。

——谈？怎么谈？

不喜欢她要离婚，喜欢她也要离婚。

这比“她和他妈同时掉到水里他先救谁”还要无解。因为孟见琛的母亲在他十岁时就去世了。

“结婚证书上有你我父母的名字，你先去说服他们，我再来跟你谈。”

孟见琛把锅甩给了双方家长，而他本人就是一口不粘锅。

香港的结婚证明是纸质的结婚证书。结婚证书上不仅有夫妻二人的名字，同时还有双方父母的名字。

他们俩的领证仪式充满了家族使命感——双方家长都到场作证了。

“我们的结婚证书在这边可不作数，”陈洛如双手抱臂，睨孟见琛，“在这里我还是单身。”

两边婚姻系统不互通，这么一想，陈洛如心里舒畅极了。这是不是意味着她可以冒充单身美少女？

“你倒是提醒我了，改天我们再去民政局补领一个小红本。”孟见琛整理了一下袖扣，慢条斯理道，“要不是嫌麻烦，我可以跟你去任何一个国家或者地区登记结婚一次。”

简而言之，想离婚，做梦吧。

陈洛如：“呃……”

陈洛如：“你不是要去公司吗？怎么还不滚蛋？”

孟见琛：“这就走。”

孟见琛走后，陈洛如去到楼上，翻找了好半天，终于把那张耻辱的结婚证书给找了出来。

天哪！她当初居然真的在上面签了字。

陈洛如捏着这张证书，心底萌生了一个念头——要是把这张薄薄的纸烧了，他们的婚姻关系是不是就不存在了？

结婚真是一件容易的事，一张纸就能把两个人绑在一起。这张纸又不是捆仙绳，她怕啥？

陈洛如：“他不肯跟我离婚，除了烧结婚证书我想不出别的办法了。”

陈筱：“你这张结婚证书肯定是真的，但我怀疑你剑桥的毕业证书是假的。”

陈筱：“你们的婚姻关系是登记进系统的，你烧了也没用。”

陈筱："你的烧了，他还有一份呢。"

陈筱："你就是死了，变成鬼，化成灰，都是他的女人！"

陈洛如："你这霸道的发言是从哪里学来的？"

陈筱："跟言情小说里的霸道总裁学的。"

陈洛如："我现在该怎么办？"

陈筱："我觉得，你现在的烦恼，归根到底一句话就能解释。"

陈洛如："什么？"

陈筱："吃饱了撑的。土地听了都要决定减产。"

陈筱："你找点事做一做，别天天整这些有的没的。"

陈洛如："我能有什么事？逛街吗？"

陈筱："是时候拿出消磨时间的终极武器了。"

陈筱："这是我珍藏多年的霸道总裁文，保证你看到停不下来，再也没心思瞎折腾。"

陈筱甩出一个链接，陈洛如点进去一看，这绿里吧唧的网站是个什么鬼，看着好像盗版啊。

陈筱："网站丑是丑了点，但小说还是很好看的。正版途径，千字三分，童叟无欺。"

陈筱："祝你看得愉快，我要去搬砖了。"

陈洛如闲着也是闲着，随手点开一本小说，名叫《一觉醒来我成了总裁夫人》。开篇写，女主角失忆了，她一觉醒来，发现自己居然变成已婚人士。而她的老公，竟然是"第一有钱"集团的总裁龙傲天，女主角不敢相信自己的眼睛。

总裁对她失忆的事很不满，不停地提醒她他们已婚的事实。

陈洛如陷入了沉思。

虽然听上去有点搞笑，但京弘不正是"第一有钱"集团吗？而她的老公居然跟那个龙傲天还有那么几分相似的地方。

想到这里，陈洛如脑洞大开。如果她假装失忆，那是不是就可以不用承认她和孟见琛的夫妻关系了？

天哪，这本小说的作者简直就是个小天才！

陈洛如很开心，她随手充了一万元唧唧币，打赏给这个笔名叫“白日大梦想家”的作者。

而那边，她的丈夫已经到了“第一有钱”集团，高骞正在向他汇报今日的行程。

“上午十点市场部的周部长要来汇报工作，下午三点有董事会，晚上七点有和康尔西彭总的会面，在碧云天会所。”

孟见琛点点头，表示知道了。

“对了，刚刚津阳国际的葛董致电，问您这周是否有空，他想登门拜访。”

孟见琛漫不经心地问：“最近集团跟津阳国际有什么业务往来吗？”

高骞答：“有一个自贸区的项目正在洽谈中。”

孟见琛道：“停了吧，找其他公司。”

高骞问：“那这个拜访……”

高骞讲到一半突然收声，孟见琛的意思很明显了。不光是不见葛董这个人，以后他都不想跟津阳国际合作了。

不知津阳国际哪里得罪孟见琛了，他平日很少发出这么决绝的指令。

下午五点半，孟见琛在开董事会。

搁在桌上的手机振动了一下，孟见琛看了一眼，是吴管家。他没想太多，就把来电给摁了。

一分钟后，电话又打了进来。

吴管家很少直接致电孟见琛，工作时间打电话来，兴许真有重要的事。

孟见琛拿起手机，往会议室外走去。一接通电话，吴管家立刻疾呼：“先生，不好了！太太晕倒了！”

“晕倒？”孟见琛眉头一皱，发现事情并不简单。

“刚刚用人去楼上打扫卫生，看见太太晕倒在楼梯口。”吴管家说道，“太太现在不省人事，医生正在赶来的路上，先生您要回来看看吗？”

“照顾好她，”孟见琛没有丝毫犹豫，“我马上到。”

孟见琛回会议室拿衣服，向其他董事颔首致歉："抱歉，临时有事，先行一步。"

孟祥东对儿子中途离开心存不满，说："还有十来分钟会就开完了。"

虽然孟家在京弘有绝对控股权，但是孟见琛也不能这样任性妄为。

孟见琛实话实说："刚刚家里打来电话，洛如晕倒了。"

孟祥东一惊，问道："好好的人怎么会晕倒呢？"

不知哪位董事插了一句嘴："该不会是怀孕了吧？"

孟祥东的表情瞬间从惊吓变成惊喜，他朝孟见琛挥了挥手："快点回去，有事没事都要给我回个电话。"

孟见琛看到父亲露出抱孙子一般喜悦的表情，也不知该说些什么。他心里清楚得很，不管是什么都不可能是怀孕……

孟见琛只说了一句"知道了"，便撤了。

会议室里一片喜气洋洋，纷纷恭贺孟祥东要当爷爷了。

孟见琛一路风尘仆仆回到家，陈洛如正像个洋娃娃一样躺在卧室的大床上，周围围了一圈用人，吴管家面色凝重道："医生还没到，先生先到了。"

用人们立刻让开一条道，孟见琛走到床边，看到陈洛如双眸紧闭，睡得安详。

"太太，您醒醒啊，先生回来看您了。"一个女佣大声说道。

这句话似乎起了作用，陈洛如纤长的睫毛一抖，缓缓睁开眼睛。

"醒了！醒了！"众人拍起手来庆。

孟见琛看到陈洛如无碍，紧绷的神经可算放松了。

陈洛如的眸子微微闪动，张了张嘴唇，语带疑惑："这是哪里？"

她坐起来，环顾四周，一脸茫然。

"我是谁？"她转动眼珠子，看向孟见琛，又问道，"你又是谁？"

众人倒吸一口凉气，太太这是……失忆了？

孟见琛愕怔地望着陈洛如，片刻之后才启唇说道："你是我的妻子。"

"我结婚了吗？"陈洛如眨了眨眼，似乎不敢相信这个事实，"还是和你？"

“没错。”孟见琛点头说道。

“怎么可能？”陈洛如神色惊恐，“你那么老，我怎么会嫁给你？你一定是在骗我！”

众人呆若木鸡。

太太说先生……老？

正常人第一眼见孟见琛的反应绝对是“帅”，而不是“老”。

众人一时不敢多言，孟见琛的脸色沉了沉。像孟见琛这样喜怒不形于色的人露出这种表情，说明他内心有了激烈的情绪。

“我在骗你，”孟见琛开腔，“你并非我的妻子。”

陈洛如长吁一口气，脸上浮现一个浅浅的笑：“我就说……”

“你的真实身份是我家女佣，你今天的任务是把家里上上下下洒扫一遍。”孟见琛面无表情地说，“老吴，去把她的拖把拿来。”

吴管家命人取来一个全新的拖把，孟见琛把拖把塞到呆滞的陈洛如手中，又对吴管家说道：“她睡了半天，记得扣掉工资，我家不养闲人。今天做不完活就不准吃饭。”

陈洛如望着手里的拖把，整个人蒙了，这……这怎么不按小说的套路来啊？

陈洛如瓷白的脸蛋上浮现一层赤红，漂亮的桃花眼里水光潋滟。

孟见琛睨着陈洛如，想看看她还能耍出什么花招。

陈洛如深吸一口气，总算控制住把这个拖把怼到孟见琛脸上的冲动。

这剧本肯定是哪里出了问题，怎么变成了《一觉醒来我成了总裁女佣》？

众目睽睽之下，她不能承认自己是在装失忆，那她可就理亏了。

现在，孟见琛趁着她神志不清醒让她去做家务，还不给她吃饭，恰恰坐实了他婚内虐待配偶的罪名，到时候她就可以顺理成章地提出离婚了。

自古成大事者，必不拘小节。

“愣着干吗？”孟见琛说，“还不快去。”

陈洛如掀开被子下床，拿着拖把走了。

“先生，这……”吴管家望着陈洛如离开的背影，想不通这对夫妻又在搞什么把戏。

孟见琛的心思本来就很难猜，这下再加上一个孩子气的陈洛如，他这管家夹在中间里外不是人啊。

“去看看。”孟见琛冷声道。

“是。”吴管家连忙安排几个用人跟上去。

虽然孟见琛明面上没说，但吴管家心里明白，先生哪里舍得让太太干活啊。

陈洛如的脾性是得治一治，这要是天天想一出是一出，那大家以后都别想安生了。

陈洛如拿着拖把来到走廊后，才想起来她不会干活。

这可不是装的，陈洛如打小就是陈家的掌上明珠，连一双袜子都没洗过。

她十指不沾阳春水，一双手养得幼嫩白皙——这可是弹竖琴的手啊，哪里能做拖地这种粗活？

跟上来的女佣很识趣地说道：“拖把给我，我演示一下。”

她从陈洛如手里接过拖把，又到洒扫间接了一桶水，将拖把浸透，拧干水后，这才开始拖地。

别墅的大部分区域铺设了红木地板，拖把拖过的地方顿时光亮如新。

陈洛如蹲在一旁，单手托腮看着女佣干活。

她想起小时候读过的《汤姆索亚历险记》，汤姆曾经把姨妈交给他刷墙的活变成和其他小朋友交换小玩意儿的本钱。

女佣拖完了一间屋子，拎着水桶要去下一间，陈洛如突然来了兴致：“好了，我学会了，拖把给我吧。”

用人做家务是分内的职责，陈洛如做家务纯粹是体验生活的乐趣。她拿起拖把，像是第一次见识到广阔草原的小马驹一样，欢乐地奔腾起来。

女佣手足无措地站在一旁，她现在该做些什么呢？要是让先生知道她真的放任太太在干活，她可就惨了。

没过多久，吴管家前来查看，没想到陈洛如居然一边干活一边哼着小调。他大呼不妙，难道太太真的失忆了？

陈洛如的热情只持续了三分钟，她在拖完一间屋子后，发现别墅里还有几十间屋子。

她第一次觉得孟见琛准备的婚房一点儿也不小，简直大得浪费地球资源。

更过分的是，明明地上干干净净照得出人影，为什么还要让人拖呢？这不是无意义的人类劳动吗？！

一旁的女佣看出陈洛如乏了，立刻识相地将她手中的拖把拿走：“我来拖吧。”

陈洛如问道：“你每天都做这个吗？”

女佣回答：“这是我的工作，应该的。”

陈洛如一边看女佣拖地，一边思考人生。这时，有一个用人过来找陈洛如：“先生让您去餐厅一趟。”

陈洛如心想，这人还算有点良心，知道她肚子饿了。于是，她乖乖地去了餐厅。

这个别墅光是给主人家准备的餐厅就有三个，一个早餐房、一个普通餐厅，还有一个大的晚宴厅。

孟见琛正人模狗样地坐在餐厅里用晚餐。他脱了西装外套，只穿了一件白衬衫。一条雪白的餐巾被他垫在脖子下，他双手执刀叉，优雅地切着牛排。

“地拖完了？”孟见琛叉了一小块牛排，蘸了一点黑椒酱，送入口中。

陈洛如的目光落到餐桌上——很好，他一个人享用着烛光晚餐，并没有准备她的。

她吸了吸鼻子，瓮声瓮气道：“还没。”

用人把一个餐盘塞到陈洛如手中，示意她去服侍孟见琛用餐。餐盘上有一瓶红酒和一个酒杯。

陈洛如气得要跳起来。好啊，这都使唤上她了！一个人吃晚餐还要喝上一杯八二年的拉菲。

陈洛如忍气吞声地端着盘子走到餐桌旁，把酒杯放到孟见琛手边，然后倒酒——红酒入杯三分之一即可。

陈洛如自午后便没吃过东西，刚刚又做了一点儿家务，这会儿肚子早就“咕咕”叫了。

肚子叫是很失礼的一种行为，可她现在哪里还顾得上这些礼仪，这又不是她能控制的。

“饿了？”孟见琛小酌一口酒，抬头看她，眼神里露出关切的光芒。

陈洛如噘着嘴，不肯回答他。

“想吃一点儿吗？”孟见琛一边切牛排，一边问陈洛如。

陈洛如看见孟见琛盘中那块上好的新西兰雪花牛排——小火煎至七成熟，焦香四溢。银质刀具一划，嫩肉被挤压出鲜美的汁水，令人口舌生津。

她实在难挡美食的诱惑，轻轻地“嗯”了一声。

孟见琛叉起一小块肉，淡淡地道：“你想得美。”

怎么会有这么小肚鸡肠的男人？！

今早她这么说了他一句，到晚上他还记着！

陈洛如捏着瓶子的手指用力到泛白。真的好想把这瓶拉菲从他头上浇下去啊。

不行，她必须忍，小不忍则乱大谋。这些都是孟见琛虐待她的铁证，她回头可得好好记在小本本上。

孟见琛慢条斯理地吃完晚餐，回屋之前还不忘叮嘱陈洛如：“记得把地拖完。”

这是人干得出的事吗？

陈洛如望着孟见琛潇洒离去的背影，更加笃定要离婚的决心。

吴管家哪里敢让陈洛如真去拖地，他只是让陈洛如把餐盘收一下。

陈洛如刚把餐盘收到水槽里，一个用人又来找她：“先生让煮一碗阳春面送到主卧去。”

这还没完没了了是吧？

刚吃完牛排就要吃面，也不怕撑死他！

厨房里有个大厨正在灶台旁等陈洛如，看样子是要指导她做面条。

家中一共聘请了四位厨师，分别负责中式、西式和甜品，还有一位是为陈洛如请的粤菜师傅。

“阳春面做法很简单，”大厨说，“面条和调料我都已经备好了，只要将面条下锅捞出撒上葱花即可。”

大厨将燃气灶打开，锅中的水很快便开始冒气泡。他说：“就是现在，把面条放进去。”

陈洛如将那一小团手擀鸡蛋面丢入沸水锅。

三分钟后，大厨关火。他将面和汤一起倒入准备好调料的碗中，陈洛如细细地撒上一捧葱花。

大厨说：“这样就可以了，去吧。”

说罢，他就离开了厨房。

陈洛如望着那碗面，心底硬是咽不下这口气。凭什么孟见琛好吃好喝，她却在这儿干活挨饿？

流理台上摆了好多瓶瓶罐罐，陈洛如拿了一罐盐，撒了好几撮上去，她又特地用筷子拌了拌：让你吃，齁不死你！

陈洛如端着餐盘，脚步轻盈地来到二层主卧。门是虚掩着的，她直接推开门走进去。

孟见琛此时换上了雾霾蓝的绸缎家居服，正坐在沙发上看手机。

陈洛如把餐盘放到矮几上，藏住话语里的窃喜之意，说道：“面好了。”

孟见琛并未抬头看她，他的手指在手机上不停地滑动，顺口说道：“这是你的晚饭，你就在这儿吃吧。”

陈洛如：“呃……”

陈洛如愣在原地好半晌都没动，孟见琛不禁抬头问她：“怎么不吃？”

陈洛如迟疑地坐到沙发上，又艰难地用筷子挑起几根面条。

面条的火候和时间控制得刚好，既不软烂又不夹生，富有弹性。灯光下，它泛着一层诱人的光泽，如果不是被加了几撮盐，味道一定很好。

陈洛如在内心进行了一番激烈的天人交战，最终还是“啪”地放下筷子。

她铿锵有力地道：“我不饿！”没错，她就是这么有骨气，从不吃嗟来之食。

可惜她的肚子却“咕咕”叫了一声出卖了她。

孟见琛打量了陈洛如一番，目光耐人寻味。

“你怎么穿这个？”他说道，“去把你的衣服换上。”

陈洛如身上穿的是一件酒红色绉纱连衣裙，这是她这天起床后换的一件新衣服——显然，女佣不该穿这样的衣服。

家中的女佣平日里都穿亚麻色工装，中袖长裤，方便干活。

然而孟见琛让陈洛如换的衣服并不是这样的。

陈洛如望着镜子里的自己——戴喀秋莎头饰，穿黑底连衣短裙，系白色荷叶边围裙，腿上裹着黑色吊带中筒袜，脚上是一双玛丽珍鞋。

这分明是洛丽塔女仆装。

陈洛如在心底万分鄙视孟见琛的恶趣味，可这衣服着实漂亮，她就像希腊神话中的纳喀索斯一般对着镜子自我欣赏起来。

唉，像她这样美丽动人的少女，怎能早早葬送在婚姻的坟墓里？

陈洛如用手指在镜子上写了一个“忍”字。这天孟见琛对她的所作所为，以后就是离婚法庭上的呈堂证供！

陈洛如重新踱步到主卧门外，听见孟见琛正在跟人通电话。

“没有怀孕。”

“真没有，我骗您干吗？”

“行，我会抓紧的。”

陈洛如心一沉。看来离婚的事宜早不宜迟，再迟一迟，她真得被抓去生孩子了。

陈洛如进到房间以后，孟见琛挂断电话，看了她一眼，对她说道：“吃面吧。”

陈洛如的目光落到那碗纹丝未动的面条上，他怎么还记着这个？

她嘴硬道：“说了不吃就是不吃！”

“还敢跟我顶嘴？”孟见琛摆起谱来，“你忘了你是怎么到我家的吗？”

是被他用专机绑回来的。可陈洛如不能说，因为她现在失忆了。

“哦，你失忆了。”孟见琛若有所思道，“那我就好心提醒你一下。”

孟见琛正襟危坐，嘴角扯出一抹几不可察的弧度：“四年前的一天，天空下着瓢泼大雨。你一个人走在雨里，失魂落魄。”

陈洛如心中冷笑。话筒给你，你继续编，说得还挺有画面感。

“我看你可怜，便把你带回家，赏你一口饭吃。”孟见琛继续说，“你为了报答我，说要留在我家给我当牛做马。”

末了，不知是不是怕陈洛如不信，孟见琛还特地加了一句“就是这样”。

陈洛如闻言冷笑，这人居然还指望她对他感恩戴德。她反将一军，说道：“你不会以为我什么都忘了吧？”

孟见琛指尖一顿，问道：“你想起来了？”

“二十二岁以前的事我记得很清楚，我只是忘了之后的事。”陈洛如解释道。

感谢伟大的小说，她得的是选择性失忆症——她“选择性”地忘了跟他结婚以后的事。

“我家有一个很大很大的庄园，我有爸爸妈妈和姐姐。”陈洛如说得有理有据，“怎么会沦落到给你当女佣？”

说罢，陈洛如趾高气扬地睨着孟见琛，摆出小公主的架势来。

孟见琛神色微动，片刻之后，他佯装惋惜地道：“我不想让你对你的家人产生偏见。”

“你既然还记得，那我也只好实话实说了。”孟见琛敛容，语气严肃，“你二十二岁那年，你爸赌输了钱，以一千万的价格把你抵押给我。”

陈洛如呼吸一窒，尖叫：“买卖人口是犯法的！”

孟见琛玩味地一笑，伸出一只手将陈洛如拉过来，直接抱到了他的腿上。

陈洛如惊慌失措，不安分地扭动着，想要挣脱他的束缚。

“你说得没错，我们之间怎么能叫买卖呢？”孟见琛直视她那双狐狸般的眼睛，缓缓说道，“你白天是我家的小女佣。”

孟见琛眼底藏了一抹笑意：“晚上是我的小情人。”

陈洛如怒斥：“你就不怕你老婆知道吗？”

“她跟你一样，”孟见琛抿唇轻笑，“失忆了。”

陈洛如被孟见琛说得哑口无言，一时还未想好应对的话，孟见琛突然扣住她的后颈，吻上她柔软的唇瓣。

孟见琛晚上喝了些红酒，唇齿间带着一点儿醇香的葡萄芬芳，陈洛如蒙了。

他竟然敢趁火打劫！

陈洛如心底憋着一股气，狠命张开嘴咬了他一口，用力的那种咬。

孟见琛松开她的唇，黑色的眸子里是浓得化不开的情愫。

“婠婠。”孟见琛哑着嗓子轻唤陈洛如的乳名，握着她细腰的手也越发用力。

孟见琛从来没有这么叫过她，这嗓音迷人又危险。

“你怎么这么爱咬人？”孟见琛沉声说，“你看看这里，也是你咬的。”

他指了指那天被陈洛如用手机砸伤的地方，嘴唇上的伤还没痊愈，这下又添了一道可爱的齿痕。

这人编起瞎话来眼睛都不眨一下，她只不过是撒了一个小小的谎，他不仅给她圆谎，戏比她还多。

这谁招架得住啊？

孟见琛把陈洛如抱起来，她身轻似羽，他抱起来毫不费力。她像一尾刚出海的小鱼，被丢到床上，身子还弹了两下。

“你要干吗？”陈洛如惊恐地向后退。

“别怕。”孟见琛抚上她的脸。

陈洛如意识到她摊上大事了。

卧室的落地灯旁有一台白鲸形状的香薰加湿器，袅袅白烟从鲸鱼顶端圆形的出气口溢出，空气里氤氲着沉香木的气息。

孟见琛的身影被暖色的灯光投射在床对面的墙上，被放大的朦胧身影显得格外挺拔。

“你要流氓！”一个鹅毛软枕飞过去砸向他的小腹，孟见琛一把接住，扔到床下。

他抓住她的脚，陈洛如吓坏了，论力气她哪会是他的对手。

“你放开我！”陈洛如的粉拳“咚咚咚”如雨点一般胡乱落下，孟见琛却不痛不痒。

他还要不要一点脸了？这下惨了，演个戏把自己给搭进去了。

陈洛如一时不知该怎样才能让他收手，竟急得哭出来。豆大的眼泪顺着她的脸颊往下滚动，“吧嗒”落到孟见琛的头顶，从一个点开始温润地扩散。

“老流氓！”陈洛如骂道。

孟见琛：“呃……”

“流氓”也就罢了，“老”是几个意思？

见孟见琛终于收势，陈洛如一把推开他，下了床就往浴室走，关门的声音震天响。

她站在镜子前检视自己，唇膏都被他啃没了，发丝凌乱地贴着脸颊，衣服也乱七八糟的。

陈洛如委屈得又想哭了。

谁知浴室的门被推开了。孟见琛斜倚在门框上，眼神淡漠地问道：“记忆恢复了吗？”

陈洛如瞪了他一眼，眼眶红红的，像兔子一样。

“你看你干的好事！”她暴跳如雷，气成一只圆鼓鼓的小河豚。

孟见琛走到陈洛如身边，替她整理衣服。

陈洛如的小情绪瞬间起来了，她何曾受过这等羞辱啊。

孟见琛轻轻一笑：“我们扯平了。”

两个人回到卧室，陈洛如坐在沙发上一言不发。

她不肯上床，孟见琛于是坐到她身边。她如同遇到相反的磁极一般扭过身子去，坚决不看他。

“行了，别闹了。”孟见琛道。

陈洛如噘着嘴，不肯理他。

“闹一晚上还没闹够？”孟见琛问。

陈洛如心里提着一口气，吸了吸鼻子，闷声道：“你都不跟我道歉。”

孟见琛连董事会都没开完，还推了跟彭总的会面，特地回来看她耍失忆的把戏。

陈洛如却全然忘了她才是这场恶作剧的始作俑者，现在竟摆出一副受害者的模样，要求孟见琛向她道歉，她还真是蛮不讲理。

孟见琛不跟陈洛如一般见识，直截了当说了一句："我错了。"

陈洛如用一种审判者的眼光盯着他："你错哪儿了？"

"错就错在……"孟见琛思索片刻，"我没有错。"

陈洛如的瞳孔瞬间变大，就差被孟见琛活活气死过去："没有错你道什么歉？"

"你说我有错，我却没有错，"孟见琛一本正经道，"这就是大错特错。"

"你……"陈洛如被他噎得说不出话来，他这到底是在道歉还是在说她无理取闹呢？

这个男人油盐不进刀枪不入，陈洛如的目光落到矮几上的那碗面条上，有了主意。

她跷起右腿放到左腿上，睨了一眼孟见琛，说道："道歉有用的话，还要警察干什么？"

"警察还管家务事？"孟见琛反问道，"太平洋上的警察？"

"我不管，今天这件事必须有个说法。"

"什么说法？"

陈洛如把那碗面条端了过来："这是我特地给你煮的面。"

"这是你的晚饭。"孟见琛说道。

他不可能真饿着她。怕她做得难吃，他还特地让大厨在一旁指导。

"不行，我好不容易煮的，你必须得吃。"陈洛如说道，"这是我第一次下厨，你要给我面子。"

孟见琛看了看她，又看了看那碗面，说道："我吃过了，你还没吃。"

陈洛如不依不饶："你到底吃不吃？"

她双手叉腰，怒目圆睁，活脱脱就是一只小老虎。

孟见琛瞧她这副张牙舞爪的模样，就知道这面中一定有诈，难怪刚刚她宁可饿肚子也不肯吃了。

室内的空气恍如凝固，两个人就这么僵持着，谁也不肯碰那碗面。

“辛辛苦苦做好的面被老公嫌弃，这日子没法过了，呜呜呜。”陈洛如掩面佯装哭泣，“你对我这么冷淡，还怪我天天跟你闹离婚。这能怪我吗？”

陈洛如扑倒在一侧的沙发扶手上，小肩膀一抽一抽的，不知是真哭还是假哭。

孟见琛纹丝不动地坐在沙发上，盯着那碗面出神。

良久，他说道：“那我吃一口。”

陈洛如总算停止了哭闹，揉了揉眼睛，小声催促道：“那你快点吃，一会儿凉了就不好吃了。”

她如此体贴，孟见琛何德何能娶到她这么贤惠的老婆。

在陈洛如期待的目光中，孟见琛拿起了筷子。他忽然想到什么，又把筷子放下来。

孟见琛郑重其事地说：“以后不准闹离婚了。”

“你先吃。”陈洛如双手托腮，眨了眨眼，睫毛上有细碎的小水珠。

“你先答应我。”孟见琛说道。

“好，知道了。”陈洛如说得很敷衍，她现在一心只想看孟见琛出丑。

孟见琛这才挑起一筷子面，送入口中。

陈洛如以为他会面目狰狞，他却是一副云淡风轻的样子。不对啊，她明明倒了好几撮盐进去，他连这个都能忍？

陈洛如十分惊讶：“你怎么没事？”

孟见琛挑眉：“你希望我有什么事？”

陈洛如目光闪躲，她怎么能说她希望他被盐齁死呢。

孟见琛意味深长地看了陈洛如一眼，将筷子放到碗上，起身就往浴室走。

陈洛如不甘心，她就不信这碗加了料的面能让孟见琛如此淡定。她拿起筷子，挑了一根面条，小心翼翼地伸出舌头舔了一下。

没什么味道，是不是量太少了？

陈洛如鼓起勇气又挑了几根面条，咬了一小口。她嚼了两下，并没有意料中的齁咸，反倒是越吃越回甘。

啊呸！

这面居然是甜的！她把糖当成盐放了进去！

难怪吃得那么淡定！

第二天早上，陈洛如像个没事人一样在早餐房吃早饭。

别墅里的管家和用人更是集体得了失忆症，统统忘了昨天的那场恶作剧——多多少少还是要给陈洛如这个女主人一点面子的。

陈洛如表面上淡定地吃着饭，内心深处却像猫抓一样难受。

经她费尽心思搞出来的“失忆大作战”，伤敌一百都没有，她倒是自损了一万。她不光被使唤去干了好多活，还被他亲了！

好不容易骗孟见琛吃一口面，还是甜的！呜呼哀哉！

陈洛如恶狠狠地咬了一口奶黄包，想象这是孟见琛的脑袋。

“我去公司了。”孟见琛吃完早餐，照例跟陈洛如告别。

陈洛如偏过头去，脸上写着“快滚”二字。

陈洛如：“这日子没法过了。”

陈筱：“周常打卡七分之三。”

陈洛如：“七分之三是什么意思？”

陈筱：“今天是周三，这是你本周第三天抱怨日子过不下去，我觉得到周日你能打卡到七分之七。”

陈洛如：“这次是真过不下去了，你都不知道我昨晚受到了怎样非人的虐待。”

陈筱：“闭上我的小耳朵我听不见。”

陈洛如无视了陈筱的猫咪捂耳朵表情包，开始跟她倒苦水。

陈筱是一个极善于总结的人，她很快就圈出了陈洛如诉苦小作文的重点。

陈筱：“所以你说的‘虐待’是：一，拖了一个房间的地；二，帮忙倒了一杯红酒；三，煮了一碗面（只做了两个操作步骤，放面和放葱花）。”

陈筱：“这要是算虐待，那天底下的夫妻都离婚算了。”

陈洛如：“这是对我人格的羞辱，我的精神受到了强烈摧残，你们的肉眼却看不见我心灵的创伤。”

陈筱：“我怎么觉得你老公的心里阴影面积更大呢？”

陈筱：“火急火燎地从公司回家，一路上想象着你可能得了不治之症，内心焦虑不安，也许连医院都替你找好了，结果到家发现你只是在假装失忆。”

陈筱：“就这样你老公还不跟你离婚，说明他是真的爱你。”

陈洛如：“我巴不得他跟我离婚呢。”

陈筱：“看小说都无法阻止你瞎折腾，恕我无能为力。”

陈洛如：“这一招就是我从小说里学来的。”

别人看小说里写失忆是为了体验一夜之间走向人生巅峰的快感，陈洛如却反其道而行。

陈洛如：“对了，我接着去找小说看了。”

陈筱：“啊？”

陈洛如：“我要看看还有什么好用的法子能帮我把婚给离了。”

陈筱无法理解陈洛如的脑回路。

正当陈洛如徜徉在满屏的霸道总裁小说中时，孟见琛已经到了京弘大厦。

高骞见孟见琛一切正常，便知道陈洛如无甚大碍，于是照常给孟见琛汇报行程。

这天的行程不多，孟见琛听完以后突然问道：“最近总裁信箱有什么消息吗？”

孟见琛上任总裁后特地开设了一个邮箱，京弘的员工若有意见或者建议，都可以向邮箱匿名投稿。

这个邮箱是孟见琛的秘书在管理，他的秘书不止高骞一个，但高骞是首席总秘。

高骞立刻说：“近来员工投稿有不少，主要可以分成三类：一是工作太忙，二是娱乐太少，三是总裁……”

见他有一丝犹豫，孟见琛说：“直说。”

高骞诚惶诚恐道："总裁不接地气。"

"不接地气？"孟见琛眉头微蹙。

"他们说您平时总是不苟言笑，神龙见首不见尾，不能深入员工的工作生活中去。"高骞解释。

孟见琛神色无虞，问道："那依你看，该怎么办？"

高骞迟疑片刻，提议道："您可以偶尔去公司的员工食堂用餐，拉近和员工之间的距离。"

京弘大厦内设有员工食堂，级别稍高的领导去专属餐厅用餐，两拨人是不在一块儿吃饭的。

孟见琛平日里连餐厅都很少去，更别说是员工食堂了。他决定采纳高骞的提议，这天中午就去食堂用餐。

中午十二点，到了午餐时间，孟见琛在高骞的陪同下前往员工食堂。

京弘的员工福利很好，食堂里虽说不上坐拥山珍海味，倒也荟萃八方美食。

彼时食堂里早已济济一堂，人满为患。

孟见琛来到食堂的玻璃门外，只听食堂内有一洪亮男声正在吟诗。

"有道是，不是冤家不聚头，冤家相聚几时休？早知死后无情义，索把生前恩爱勾。"

一个锅盖头男员工坐在正中央，周围乌泱泱围了一圈人。

定场词念完后，他将一个碗倒扣，在桌面上"啪"地拍了一下，说道："今天我们讲一段本市的风月事。"

"好！"众人纷纷鼓掌起哄。

"话说有一条长安街，长安街东有一户显赫人家，人称孟氏。孟氏家大业大，家财万贯。到了这一代，孟氏长房仅生养了一位少爷。"

"孟氏少爷一表人才，及弱冠之年，孟家给少爷寻了一门亲事。敢问谁家女子有此殊荣？""锅盖男"取出一根筷子，在碗上"叮"地敲了一下，又继续说道，"哎，对——就是岭南陈家。"

"话说这岭南陈家有二女，长女与少爷同年，小女年纪尚轻。陈家将长女许配给少爷，两家共结秦晋之好，实乃一段佳话。然天有不测风云。婚典当日，与孟家少爷拜堂成亲的，竟是那陈家小女！”

围观群众听得津津有味，“锅盖男”继续眉飞色舞道：“这陈家小女，奢靡成性，挥金如土，此番被少爷捉拿归……”

“国”字还未说出口，门口突然传来一阵稀稀拉拉的掌声。

众人朝门口望去，只见孟见琛面色铁青，目光如炬。他收回鼓掌的双手，冷笑道：“要不要给你搭个戏台子？”

“锅盖男”当场七窍生烟，魂飞魄散。

高骞抬手抹了一把额头上的虚汗，赶紧冲他们摆摆手。

这些人真是吃了熊心豹子胆，平日里私下八卦也就罢了，这会儿竟然还学天桥底下说书的。

还说什么工作太忙？娱乐太少？

这分明是工作太闲，娱乐过度！

一群人顿时如鸟兽散，热热闹闹的食堂瞬间变成一个死寂的冰窟窿。

孟见琛步入员工食堂，面无表情地取了餐盘，打了两个菜，要了一碗汤和一勺饭。

众人抻长脖子往这边看。

不愧是大户人家精心教养出来的贵公子，吃食堂都能吃出米其林三星的风范来，堪称一道靓丽的风景线。

这哪里叫深入员工的工作生活中来，这分明是不同流合污的谪仙做派。

兴许是食堂安静得诡异，孟见琛放下筷子说道：“怎么都不说话？”

高骞立刻把两只手往上抬，对众人吆喝道：“你们该吃吃，该喝喝，该聊聊，不要拘束。”

于是食堂里又响起了叽叽喳喳的声音，但氛围明显没之前那么热烈了。

没有人再敢作死去编排孟见琛的八卦，大家聊起了八竿子打不着的八卦。

“我前几天在网上看见了一个匿名投稿。”孟见琛后桌一个短发女员工说道。

“什么投稿啊？”同桌的三个女员工很好奇。

“有个妹子吐槽她老公，我好久没见过这么渣的男的了。”

“有多渣啊？”

“这妹子娘家条件不错，听描述应该是个白富美。”短发女细细说起来，“结果啊，她嫁了个老公，又老又懒，又穷又抠。”

“你说一男的，没钱也就罢了，好歹在家做做家务嘛。家务也不做，就一甩手掌柜。”

“现在这种男的多了去了，没钱还要摆谱，大男子主义。”

“挣一千给老婆花一百也行啊，他结婚后对老婆一毛不拔，真是奇葩。”

“他老婆也太可怜了吧？”

“还有呢，这妹子说他们婚后分房睡，男的不肯碰她。”

“是不是骗婚的啊？”

“应该不是吧。”短发女说道。

“我猜啊，她老公是那方面有问题。”

“这也太要命了吧，怎么不离婚啊？”

“她家里人不让离婚啊。”

“什么家长啊！真把嫁出去的女儿当成泼出去的水啦？”

孟见琛专注地吃饭，并未在意这些闲谈八卦，直到短发女说：“更搞笑的是，她今年过生日，她老公就送了一块心形石头。”

心形……石头？

孟见琛咀嚼的速度慢了下来。

“天哪，明星同款心形石头吗？我敢打赌他审美很不怎么样！”

“这男的，怎么跟黄桥烧饼一样，一碰全是渣啊！”

察觉到孟见琛可能会听到她们的对话，短发女故意夹带了一句“彩虹屁”：“天底下好男人不多，咱们孟总算一个。”

另外三个人也连忙附和道：“孟总对太太又体贴又大方，孟太太肯定很幸福。”

孟见琛慢条斯理地吃完饭，侧过身对高骞嘱咐了几句，便大步流星地离开了食堂。

高骞迷惑了，去查女员工说的八卦是怎么回事？真要与民同乐一起嗑瓜子聊天吗？画面太美不敢看。

自打太太回国以后，孟总的行为也跟着变得古怪起来，果然神经质是会传染的。

孟见琛走后，整个食堂才热闹起来。

“你们看见没有？孟总的嘴唇好像受伤了。”

“看见了，看见了。”

“我猜是他老婆咬的。”

“咦？！够恩爱的啊。”

“能不恩爱吗？你们听说没啊，孟总老婆过生日，孟总送了一颗天价大粉钻。”

“唉，碗里的饭突然就不香了。”

一小时后，高骞再度来到总裁办公室。

“孟总，那个说书的男员工名叫范建，是行政部的项目助理。”

范建？犯贱？

这名字取得，他爸妈真是颇有预见性啊。

孟见琛把玩着手中的白金钢笔，淡淡地说道：“这么能说会道，在行政部屈才了。”

“孟总，要开除吗？”高骞问道。

敢在大庭广众下戏说孟总和太太，真是作死。

孟见琛思忖一番道：“调到市场部去。”

孟见琛的指令自然有他的考量，高骞没有犹豫：“是。”

京弘的市场部待遇比行政部好多了，但与之对应的是繁忙的日程——天天在外面跑，恐怕是没那个闲工夫说书了。

与其把这张巧嘴用到编八卦上，不如帮公司去跑业务。这对范建来说，也不知是福是祸。

这件事处理完，高骞又说道："那条长文，我已经转发到您手机上了。"

孟见琛点点头："没你的事了。"

高骞离开办公室，轻手轻脚地将门掩上。

孟见琛这才打开手机，逐字逐句看那条长文。他一边看，一边冷笑。

结婚四年，南方人北方人，年龄差六岁，差点儿结婚的未婚妻……

各个细节都对得上号，字里行间的那股子矫情劲更是像极了他那个三天不打上房揭瓦的孟太太陈洛如。

再一看投稿时间，是回国前两天。那天他在酒吧附近布下天罗地网，总算抓住了她。

"他平时对我一点儿也不温柔，能不碰我就不碰我。我们婚后一直分房睡，这些我都忍了。"

孟见琛的目光落在这句话上，陷入深思。

被揪住小尾巴的陈洛如对此事毫无察觉，她依旧专心致志地看霸道总裁小说。她通过这几本小说看穿了这些言情小说的本质——嫁个有钱人。

她要在书里找如何跟有钱人离婚的办法，那简直是缘木求鱼。她还不如自己开动小脑筋，想想怎么让孟见琛答应跟她离婚好了。

陈洛如躺在摇摇椅上，端起手旁的鲜榨果汁吸了两口。

爱美的小姑娘都很注重保持身材，陈洛如虽不是易胖体质，但肥宅快乐水这样的饮料她通常都是能不喝就不喝的。

"太太，您的琴房已经布置好了。"吴管家上前说道，"已经帮您把琴抬过去了。"

陈洛如想起她的竖琴，也是时候练一下琴了。她回国这么长时间，基本都没干什么正事，光琢磨着怎么跟孟见琛斗智斗勇了。

"对了，先生还让人帮您布置了一个工作间。"

"工作间？"陈洛如奇怪，难道孟见琛还指望她出去养家糊口？

陈洛如在剑桥学习的是建筑设计，本科三年，硕士一年，统共四年时间读完本硕，性价比很高。

这个专业，外行人总误以为是理工科，可陈洛如知道建筑设计的本质是艺术。每天画画设计图搭搭小房子，很明显更像美术生。

当初陈洛如会申请这个专业，是考虑到以后回陈家的家族企业工作。岭盛置业靠房地产起家，这些年业务扩展到各类建筑工程，公司养了很多建筑设计师。

可谁知陈洛如还没进大学，就被陈家踢皮球一样踢到了孟家。

剑桥的建筑设计偏理论，她本科阶段学习了不少建筑史和建筑哲学的知识。说好听点叫高大上，说得不好听就是不实用。

本科毕业以后若真想去事务所或者设计院工作，那恐怕不太够看。

陈洛如为了逃避回国，还多读了一年研究生，但其实对她来说并没有什么差别。像她这样的家庭，学什么都是次要的，有一个好看的学历就行。

学的专业越冷门越好，比如哲学、音乐、文学、历史，这种专业一看就是家里不差钱——因为根本赚不了什么钱。

要真去学什么热门的计算机、软件工程、数据分析等专业，反而很奇怪。

大部分家族企业的接班人都会选择商科专业就读，“生化环材”这样的专业适合不差钱又想搞科研的人，但并不适合孟见琛这样千亿集团的继承人。

因为孟见琛没有那个精力去搞科研，也不知道他是怎么想的。

不过陈洛如才懒得管他，他就算去蓝翔学挖掘机专业，那也是妥妥的京弘继承人。

陈洛如跟着吴管家来到二楼，他们先参观了工作间。

工作间里有画架和颜料，桌上有两台高配电脑。中央还摆了一张巨型的工作台，她想在台子上搭什么样的建筑模型都行。墙壁和架子上可以展示她的设计作品。

陈洛如心想，孟见琛这个人还挺上道。她都没想过在家里搞一个工作间做些小玩意儿，他却能帮她想到。

出了工作间，隔壁就是琴房。

琴房的装修有很多讲究，房间不能太小，否则空间过于局促，回音很重，音质变差，对耳膜不好。

隔音也很重要，墙壁和门窗都需要特殊的隔音材料。虽然她住的是超豪华别墅，这点儿琴声打扰不到邻居，却也得注意不要打扰到别墅里的其他人。

琴房很空旷，正中间是那架金色的竖琴，旁边有一个乐谱架和一张方凳——竖琴演奏的时候不需要乐谱架，但平日里练习的时候还是得照着谱子来。

灿烂的阳光穿过透明的玻璃窗，细小的颗粒尘埃飘浮在半空中。阳光在琴弦上跳着舞，琴身上下的花纹被镀上一层柔和的光。

琴房最后方有七级大阶梯，每一排都放了统一颜色的抱枕，犹如彩虹桥一样。要是陈洛如愿意，在这里开一个小型的私人演奏会都可以，她对琴房的布置甚是满意。

吴管家出门后，陈洛如就坐在方凳上，手指拨过一排琴弦。

她不禁又要为自己的悲惨遭遇叹息，像她这样的小仙女，怎么甘心年纪轻轻就被婚姻囚禁呢？

第五章
爱心大作战

孟见琛这天准时下班，自打陈洛如回国后，孟见琛加班的次数少了很多。

以往他都会在办公室再工作一会儿——晚六点是下班高峰期，纵使他开着全城屈指可数的豪车，在拥挤的车流里也插翅难飞，所以还不如晚点回家。

孟见琛这天选择早点回家，原因就是那块“心形石头”。

他亲自现身拍卖行为陈洛如拍下的心形粉钻，到她嘴里就成了一块一文不值的破石头。

她分明戴那块破石头戴得还挺开心。

孟见琛并不能心平气和地无视这件事，这四年里，他对陈洛如太放纵，以至于现在她天天想一出是一出。

孟见琛到家后，吴管家问道：“晚餐还有十分钟备好，太太在琴房，需要我帮您叫下来吗？”

“不用，”孟见琛说道，“我去。”

吴管家望着孟见琛拾级而上的身影，总觉得这天先生似乎心情不佳，也不知太太又搞了什么幺蛾子。

吴管家无奈地摇摇头，唉，到底是年轻气盛的两口子，真有精力折腾哦。

孟见琛来到楼上，在推开琴房的门之前，他已经想好如何质问陈洛如了。可他满腔的怒意，在推开琴房门的一刹那，烟消云散。

陈洛如身着一袭水蓝色长裙坐在琴房中央，长发飘逸，神情专注。

她正在弹奏德彪西的《梦幻曲》，十根手指在琴弦上翻飞，琴音犹如流水淙淙作响，又犹如环佩相撞。

孟见琛静静地立在门口，听陈洛如将这首曲子弹完。

孟见琛忽然想到俄国教育家苏霍姆林斯基的名言："只有能够激发学生去进行自我教育的教育，才是真正的教育。"

陈洛如现在这么乖，谁能忍心说她一句不好呢？

若当面质问她是不是给什么乱七八糟的营销号匿名投稿了，只会激起陈洛如的逆反心理，更加不利于发展和谐的夫妻关系。

孟见琛比陈洛如大六岁，对她种种不成熟的行为着实很包容。

她是小孩脾性，嫁人时才二十二岁。陈家没来得及教她的，孟见琛这个做丈夫的有义务教她。

小仙女应当被爱的教育感化，主动承认错误，而不是被逼就范。

陈洛如一曲弹毕，才发现门口立了一个不速之客。

"你来干吗？"陈洛如一开口，乖巧劲儿就少了一大半。

"该吃晚饭了。"孟见琛说道。

"知道了。"陈洛如并没有给孟见琛什么好脸色，她一看见他就想起昨晚的事，能高兴得起来吗？

陈洛如下楼去餐厅，这天的晚餐是西班牙海鲜炒饭，配一份清凉时蔬、一碗奶油蘑菇汤和一份水果沙拉。

她坐在桌边，拿起勺子准备吃饭。弹了两个小时琴，她确实饿了。

这时，一个用人端着碟子走上前来，用夹子夹了一个荷包蛋放在她的炒饭上，并说道："太太，这是厨房特地给您煎的荷包蛋。"

陈洛如愣愣地看向那个荷包蛋，这个蛋怎么是心形的？

陈洛如顿时警惕起来，她抬头看孟见琛，他正襟危坐，姿态得体地一口一口吃着炒饭。

这个蛋煎得很好，拿叉子一戳，浓稠的蛋黄流出来，一看就知道很好吃。

陈洛如决定无视这个蛋的形状，把它吃光。

吃完饭，孟见琛佯装无意地问道：“荷包蛋的味道怎样？”

“还凑合。”陈洛如说道。

吴管家替孟见琛解释道：“不同形状的荷包蛋，味道也不同，太太吃出来了吗？”

“没吃出来。”陈洛如听得云里雾里，圆形的荷包蛋跟心形的荷包蛋味道还能不一样吗？

“那明天早上让厨房再为太太准备一个荷包蛋。”吴管家笑着让用人将盘子撤走。

陈洛如只觉得莫名其妙，漱完口再擦了嘴，便去楼上了。

陈洛如打算布置一下她的工作间。她有一本厚厚的作品集，她想把这些照片挂到墙上去。

陈洛如把作品集里的照片抽出来，挨个往墙上贴。

不知何时，孟见琛来到她身边，冷不防问了一句：“这是你设计的？”

“当然。”陈洛如对她的作品集很有自信。

孟见琛对着其中一张照片细细地端详起来。

“这是什么？”他问道。

“这是一个图书馆，”陈洛如解释道，“建筑的顶部是书页打开的形状。”

“已经建好了？”

“是呀，这是我家附近中学的图书馆。”

陈家给那所中学捐了一座图书馆，用的是陈洛如的设计，既履行了企业的社会责任，又帮陈洛如打造了履历，可谓一举两得。

年轻的建筑设计师都拥有作品集，可如果有一座自主设计并建成的建筑，那可就不一般了。

孟见琛若有所思道：“这个建筑好像少了点什么。”

“少了什么？”陈洛如不服气，这个作品可是她的得意之作，他居然说她的作品不够完美？

孟见琛：“入口处应该摆个雕像。”

陈洛如："什么雕像？"

孟见琛："心形雕像。"

陈洛如好不容易克制住自己想对他翻白眼的冲动。

图书馆门口摆个心形雕像？这还是图书馆吗？

罢了，不值得。一个建筑设计的门外汉，跟他计较什么呢？

陈洛如又拿出一张照片，想贴到高一点的地方去。可惜她的身高不够，踮起脚还费劲。

她想搬把椅子，孟见琛却将她手里的作品集拿了过来："我帮你。"

既然有人帮忙，陈洛如便坐在工作台上玩手机。

大约十来分钟后，孟见琛将照片全贴完了。

陈洛如抬头一看，蒙了。照片贴是贴上去了，可贴出来的形状为什么越看越像心形啊？

陈洛如一言不发地回了卧室，打算去洗澡。

"睡衣帮你拿了。"孟见琛指了指搁在床上的那件睡衣。

陈洛如觉得孟见琛今晚有些古怪，没事帮她拿什么睡衣啊。

洗完澡后，她把睡衣换上。

这件睡衣她从未见过，胸口处有一颗粉色的大爱心。什么老土的设计啊，陈洛如嫌弃极了。

原来孟见琛就是这样的审美，她以前可真是高看他了。

晚上十点，陈洛如躺在床上看手机。她最近在追一个选秀的综艺节目，里面的小帅哥看得她眼花缭乱。

而孟见琛睡在另一侧，两个人之间隔了一个人的距离，似乎有一条隐形的楚河汉界。

陈洛如正看得起劲，孟见琛突然给她发了一条消息。

孟见琛："这个包送你，好吗？"

陈洛如看到孟见琛发来一张图片，上面是一个红色心形斜跨单肩包。

陈洛如："我不要，好丑。"

孟见琛："哪里丑？"

陈洛如："丑还要理由吗？能不能有点基本的判断力？"

孟见琛："哦。"

陈洛如被孟见琛弄得连综艺都不想看了，她怀疑孟见琛这天晚上吃错药了，不然怎么会做出这么多奇奇怪怪的举动。

于是她直接关灯，翻身睡觉。

第二天一早，陈洛如吃早饭的时候，碗里又被放了一个心形的荷包蛋。

她盯着那个荷包蛋出神，总觉得这个蛋在疯狂地向她暗示着什么。

"太太，您瞧瞧今早刚送来的花，插得漂亮吗？"吴管家将桌上的花瓶移到陈洛如面前。

花束的外围是一圈白玫瑰，中间是攒成心形的红玫瑰。

陈洛如以前上中学的时候跟着老师学过插花，在她看来，这个花插得……一言难尽。

这造型，真是像极了淘宝"女朋友感动哭了"系列礼物，她并不想对此发表什么意见。

孟见琛上班离开后，陈洛如打算去庭院里散散步，呼吸一下清晨的新鲜空气。

她在鹅卵石小道上走了一圈，找了一架秋千坐上去。

陈洛如的足尖轻轻点地，看着园丁修剪树木。瞧着瞧着，她发现一棵胖胖的海桐被修剪成了心形。

真是要命，孟见琛到底想干吗？

陈洛如："这日子没法过了。"

陈筱："周常打卡七分之四。"

陈洛如："我觉得我老公脑子坏了。"

陈筱："洗耳恭听。"

陈洛如："从他昨晚下班以后，行为就特别古怪。"

陈洛如："先是让厨房给我做了一个心形荷包蛋，又说要弄个心形雕像，还要送我一个丑得要死的心形包。今天早上，我家的花啊，树啊，全变成心形了。"

陈洛如：“你说他是不是有病？简直可以入选迷惑行为大赏了。”

陈筱：“呃，你不觉得他是在暗示你什么吗？”

陈洛如：“暗示什么？”

陈筱：“你难道不清楚吗？”

陈洛如：“我清楚什么？”

陈筱：“那么大的爱心，不就是‘我爱你’的意思吗？你是不是傻？！”

陈洛如的脑子有点蒙。

她觉得，以她现在对孟见琛的态度，他要是还能爱上她，那他这个人绝对有受虐倾向。

陈筱：“很明显，他爱你，但是说不出口，所以只能用这种方式来委婉地表达。”

陈洛如：“呃……我想静一静。”

陈洛如呆呆地看着园丁“咔嚓咔嚓”地用园艺剪刀修剪树木，除草机“轰隆隆”地从草坪上碾过。

孟见琛……爱她吗？

她迷惑了。

暮色四合，太阳渐渐褪散光芒，天空隐隐泛着藏青色。

孟见琛踏着一抹夕阳的余晖回到家中，陈洛如正抱着一个抱枕安静地坐在一楼沙发处，目光凝视着正前方五颜六色的玫瑰花窗。

依照陈洛如的性子，她通常会对孟见琛视而不见。

可这天，她主动跟孟见琛打了一声招呼：“下班了？”

“嗯。”孟见琛点点头，脱下西服外套交到女佣手里。

陈洛如放下抱枕，朝孟见琛走过来，问道：“你是先吃饭还是先洗澡？”

平日里陈洛如是只狡黠的小狐狸，现在却变成了温顺的小猫咪，像极了日剧里贤惠的家庭主妇。

陈洛如突如其来的热情令孟见琛产生些许不适，他说：“先吃饭。”

这天厨房准备了意大利面，番茄肉酱上撒一点奶酪，配上生火腿炼乳和香煎熏鸭肉，味道好极了。

晚饭期间，孟见琛注意到陈洛如偷偷拿眼睛瞟他。

他不经意地一抬头，对上她那双灵动的眼睛，她像偷吃糖果被抓包的孩子似的赶忙埋头吃饭。

很显然，陈洛如的眼睛里藏了心事，她有话要对他说。

“先生，这是太太让厨房给您煮的咖啡。”一个用人端着盘子走过来，毕恭毕敬地将咖啡放到孟见琛手边。

孟见琛晚上很少喝咖啡，除非要熬夜加班。可这咖啡是陈洛如的心意，他得给她面子。

孟见琛端过这杯卡布奇诺，这才发现咖啡的拉花是一颗奶白色的大爱心。

孟见琛看向陈洛如，她的小脸不知何时染上了一层淡淡的绯色，犹如一个粉嫩的水蜜桃。

孟见琛顿时像老父亲般倍感欣慰。看来，他的小太太在他的疯狂暗示下明白了他的良苦用心。

难怪她这天这么乖巧，原来是爱的教育起到了作用。

匿名投稿的事是她不对，可孟见琛给了她机会反思己过。

既然陈洛如用一杯咖啡来表明她的悔过之心，那他就决定原谅她的过错，回卧室后好好跟她谈一谈——对他有什么不满完全可以当面把话说开，何必背地里给营销号投稿呢？

吃完晚饭，两个人心照不宣地回到卧室。

孟见琛去浴室简单地冲了一个凉，洗完澡后他看见陈洛如正慵懒地倚靠在鹅毛软枕上。

她换了一身豆沙色的吊带冰丝睡袍，薄薄的衣料紧紧贴合着她姣好的曲线，两根细细的带子钩住纤瘦的肩膀。

孟见琛用毛巾擦了擦头发上的水，问道：“你不去洗澡吗？”

“早就洗过了。”陈洛如的话语里藏了一丝讨好的奶里奶气，如同一只娇气的猫咪。

孟见琛脱掉拖鞋，掀开被子上了床。

他打开手机看邮件，下班前让高骞发了明天的会议材料，他得提前看一看。

谁知两只细嫩的小手抓住他的胳膊，陈洛如突然贴了过来。

“唉，下了班还要工作。”她凑过头来看他的手机，柔软的黑发蹭上他的鼻尖。

陈洛如平日里身上总是带着一种淡淡的蜜柚气息，这天却是浓郁的玫瑰香。

“明早要开会。”孟见琛解释道。

“好辛苦哦。”陈洛如的尾音带着一丝轻颤，像一根羽毛挠过心尖。

陈洛如转过头来看他，媚眼如丝，风情万种，着实令人移不开眼睛。

“咖啡好喝吗？”陈洛如问道。

她的嘴巴涂了一层透明的护唇膏，像融化的蜂蜜一样泛着亮色。

“嗯，味道不错。”孟见琛说道。

陈洛如伸出一根手指，轻轻地划过孟见琛睡衣衣襟处细细勾勒的花纹，小声说道：“我今天……想了很久。”

孟见琛心头一暖，语气温柔至极：“想明白了吗？”

陈洛如将小脑袋靠上他的肩膀，害羞地点了点头。

孟见琛对她这副乖巧认错的模样很满意，轻抚着她的发丝说道：“你想明白就好。”

“其实，”陈洛如的嗓音软软糯糯，“如果你是那个意思……我也不是不能接受。”

她咬着下唇，抬起一双湿润的桃花眼看孟见琛。

陈洛如这天在家想了整整一天。

之前她对他是有那么一些误会。可转念一想，联姻的事大家都不想，孟见琛也没对她做过什么特别伤天害理的事，他还陪她坐摩天轮给她放烟花。

原来孟见琛平日里对她好，并不只是因为她是他的孟太太。

如果这个男人是真心爱她想要呵护她，那陈洛如觉得这似乎也不是什么坏事。

平心而论，孟见琛这个男人，从各方面看都无可挑剔，唯一的缺点大概便是他曾经是她的“准姐夫”。

陈洛如一直认为，嫁给一个不爱她的男人，她的下半生会过得很痛苦。可如果孟见琛是真心的，那她愿意暂时抛弃成见，试着去接受他。

孟见琛久久地凝视她的侧脸。

陈洛如雪白的肌肤藏在鸦青色的发丝里，整个人像是一朵含苞待放的玫瑰一般羞答答。

陈洛如这般温顺可爱的模样，令孟见琛回想起四年前在陈家初见她的时候，他很怀念那个时候的她。

孟见琛：“那我就直说了。”

他一直以为陈洛如是禁不起批评的性子，没想到爱的教育如此成功。

陈洛如羞赧地点点头，“你说吧。”

她活了这么多年，都没有跟男人谈过恋爱，一颗粉色的少女心稚嫩又纯真。她已经迫不及待地想听孟见琛跟她掏心掏肺地讲情话了。

孟见琛从手机里翻找出陈洛如的匿名投稿，将手机举到她面前，问道：“这是你写的吧？”

陈洛如瞥了一眼，神色愣怔。她身子顿时僵住，收回手，不经意间在身侧捏成小拳头。

“你为什么要说我送你的粉钻是心形石头？”孟见琛继续说道，“我知道你对结婚的事心里有怨气，有什么事你直接对我说，不要拿出去让外人看笑话。”

不明真相的吃瓜群众肯定以为孟见琛虐待她，这样颠倒黑白地胡来可不行。

“我们是夫妻，应当是一体。一荣俱荣，一损俱损。”孟见琛说教的口吻里少了一分柔情，多了一分训诫。

陈洛如如同一座即将喷发的火山，她努力克制着自己的满腔怒火，可身子还是止不住地颤抖。

“不过既然你认识到了自己的错误……”孟见琛的话还没说完，一个鹅毛软枕便劈头砸来。

“孟见琛！你给我滚！”陈洛如震天的怒吼声刺破云霄，方圆十里恐怕都要拉响防空警报。

树林里栖息的鸟儿受到惊吓，张开翅膀扑棱棱地冲出鸟巢飞上夜空，只留下几道黑色的残影。

现在是晚上九点，孟见琛抱着被子和枕头孤零零地站在走廊里。

陈洛如使出了吃奶的力气，把他踢下床不说，还将卧室的门反锁上。他拧了拧门把手，看样子今晚是别想回主卧睡觉了。

这个女人阴晴不定，前一秒还乖得像只猫，后一秒就凶成老虎。

孟见琛去了隔壁次卧，躺在床上翻来覆去也没想明白陈洛如为何翻脸比翻书还快。不是说愿意接受批评吗？怎么他才说两句，她就成了这副模样？

孟见琛打开手机，从聊天列表里找到陈洛如，打算给她发一条消息。谁知这个女人如此绝情，竟直接把他的微信拉黑了。

孟见琛的手指在屏幕上停留了好一阵子，终于点开好友祝明峤的头像。

祝家跟孟家算是世交，二人打小就是同学，后来又一同去国外留学。

像孟见琛这样的人，想和他交朋友的人很多，他交的朋友却不多，祝明峤算是一个。

孟见琛：“问你一件事。”

祝明峤：“什么事？”

孟见琛思忖片刻，这才开始打字。

孟见琛：“我有一个朋友，他对老婆很好，但他老婆每天都在闹离婚。他该怎么办？”

祝明峤：“你跟我说实话，你的这个朋友到底是不是你自己？”

孟见琛没有回复，祝明峤了然于心。

祝明峤：“怎么了？小娇妻不好哄？”

怎么能叫不好哄呢？那是相当难哄啊。

祝明峤："夫妻之间有什么事不能用温存解决呢？"

祝明峤："一次不行，就两次，保证她没精力跟你闹。"

孟见琛跟陈洛如结婚四年，他念在她年纪小，所以至今没有夫妻之实。更何况她对他有抵触情绪，这时候碰她并不是明智之举。

现在倒好，她连房间都不让他进了。

孟见琛："我不知道她在想什么。"

祝明峤："哎呀，像你老婆这么单纯的小姑娘，心思很好猜的。"

孟见琛："怎么猜？"

祝明峤："她要是有什么心事，肯定都写在社交账号里，我女朋友就是这样。"

孟见琛："你怎么知道你女朋友的社交账号？"

祝明峤："趁她睡觉的时候偷偷拿手机看一眼，然后用小号加关注。"

孟见琛："这不合适吧？"

祝明峤："这有什么不合适的？本来就是发布在公共社交平台上的内容，陌生人能看，难道老公看不得吗？"

孟见琛："我想想。"

祝明峤："不要犹豫了，犹豫就会败北。"

祝明峤："我女朋友在情人节前转发过一条种草清单，我照着上面买了，果然效果很好。"

但陈洛如不是一般的女人，想用这种敷衍的方式搞定她太难了。

要是陈洛如知道他偷偷用小号监视她，估计会像只被激怒的小公鸡一样竖起全身的羽毛。

唉，男人真是难啊。

这边孟见琛还在琢磨怎么哄好小娇妻，那边小娇妻满心满念想要跟他离婚。

陈洛如把孟见琛踢出卧室后，抱着膝盖坐在床头委屈得直掉眼泪。

她以为孟见琛搞出那么多爱心是想告诉她，他爱她。结果倒好，他不光不爱她，还要批评她，她的小心脏哪里经得起这样的大起大落啊？

陈洛如越想越难过，她的婚姻果然就是一场彻头彻尾的悲剧。

陈洛如：“这日子没法过了。”

陈筱：“陈小公主，现在还没到十二点呢，你这卡打早了。”

陈洛如：“他根本不爱我！”

陈筱：“怎么可能呢？又是心形荷包蛋又是心形花束，不是爱你还能是什么？”

陈洛如：“他发现了我的匿名投稿，还指责我不该把他送的破钻石说成‘心形石头’。”

陈洛如：“我从来没见过这么小肚鸡肠的男人，他只是想用这些爱心来报复我、羞辱我！”

陈筱沉默了。那么贵的礼物被说成淘宝九块九包邮的“心形石头”，论谁也咽不下这口气啊。

陈筱：“你们这对夫妻还真有趣。”

陈洛如：“你住口，我没有他这样的老公！我宣布我现在是单身！”

陈筱：“什么单身？”

陈洛如：“精神单身。”

陈洛如：“我要跟他离婚。”

陈筱：“那你倒是离啊。”

陈洛如：“我要是能离，还会像现在这么痛苦吗？你根本不知道我过的是怎样水深火热的日子。”

陈洛如取出一张纸巾擦了擦眼泪，在心里告诉自己，渣男不值得仙女落泪。

陈洛如：“你说男人最不能接受什么事？”

陈筱：“你要干什么？”

陈洛如：“既然他不肯接受我离婚的请求，我就要让他主动跟我离婚。”

陈筱：“你来真的？”

陈洛如：“当然是真的！我就不该对渣男抱有任何期待！”

陈洛如：“曾经的陈洛如已经死了，现在站在你面前的是钮祜禄·洛如。”

陈筱："我觉得你得好好想清楚这件事，恋爱是两个人的事，婚姻是两个家庭的事。"

陈洛如："不用想了，我已经想得够清楚了。"

陈筱："好吧……我没法给你建议，你就算在外面找个人，你老公为了维护两家人的面子估计也不会跟你离婚。"

陈洛如忽然灵机一动："你说……我要是出轨了，他身为一个男人怎么能忍呢？"

陈筱在心底暗叫不妙，她只是随便举个例子，哪里想到陈洛如居然当真了。

陈筱："我劝你还是打消这个念头，就当我没说过，行了吧。"

陈洛如："不，我觉得你说得很有道理。"

陈洛如："没有男人能忍受的。"

陈筱："求求你了，姑奶奶，你千万别这样想啊。"

陈筱："你要是出轨了，对你没好处。离了婚你也是声名狼藉，何必呢？"

陈洛如："谁说我要出轨了？"

陈筱："你刚刚说的啊。"

陈洛如："我找一个男人扮演一下不就好了吗？"

陈筱："这没差别啊。"

陈洛如："我自有分寸。"

陈洛如关了台灯，躺在床上，胸腔中憋着一股闷气。

这日子要是再过下去，她迟早被孟见琛活活气死。

陈洛如越想越睡不着觉，拿出手机，看了一眼时间，已经是晚上十一点了。

她漫无目的地刷着手机，心中愤懑不平。把他拉黑了竟然就真的不联系她了！

陈洛如刚腹诽完，一条短信发了过来。

孟见琛："把我从黑名单里放出来。"

陈洛如气呼呼地回复一条短信。

陈洛如：“我不。”

孟见琛：“发短信要花钱。”

陈洛如：“你还能再抠一点吗？”

之前是不给她吹空调，现在跟她发两条短信都嫌浪费钱，省下两毛钱是打算冲击今年的福布斯排行榜吗？

三分钟后，陈洛如收到了一条来自电信供应商的短信。

“您已和号码为138××××8888的用户绑定“畅聊无限”情侣套餐，每月10元，电话随便打，短信任你发，幸福你和TA。”

孟见琛：“这下随便聊。”

这种情侣套餐难道不是世纪初遗留下来的东西吗？谁知到了这天竟然还有用武之地？

可被这么一哄，陈洛如的气反而消了些，就是嘴上依旧不饶人。

陈洛如：“谁要跟你聊了？在键盘上撒把米，鸡都比你会聊。我要睡觉了。”

孟见琛：“那我也睡了，晚安。”

这个人是认真的吗？竟然真的睡觉了？

陈洛如内心天人交战一番，决定不再给他发消息。她把手机一关，翻身睡觉。

不就是不说话吗？这点骨气她还是有的！

第二天一早，两个人顶着黑眼圈，像两只熊猫一样相遇在了早餐房。

陈洛如是被孟见琛气得睡不着，孟见琛则是因为喝了一杯卡布奇诺，硬生生熬到两点才睡着。

这天早上厨房给陈洛如准备了一碟凉拌米粉，还配了些许小菜。

她用筷子夹断碟子里乳白色的米粉，想象这米粉是孟见琛，她正在将他粉身碎骨。

孟见琛又要了一杯咖啡，他这天必须用咖啡提提神，否则早上的会议怕是要睡过去了。

陈洛如看见咖啡，火气更大了。

昨天她晚上特地让甜品师傅做一个心形拉花送给孟见琛，委婉含蓄地向他表达她的回应。

他呢？他倒好，喝了她的咖啡，一转头就训起她来。还说什么“夫妻本是一体”这种冠冕堂皇的话，谁要听这些了？

吴管家站在一旁看着这俩熊猫，不禁叹息，早晨的饭桌是没有硝烟的战场，也不知道这两个人天天晚上都干些什么，每天早上太太的脾气都那么大。

“太太，您今天有什么安排吗？”吴管家从茶具架上取了一个透明的玻璃杯，为陈洛如添上一杯花茶。

“我要出门逛街。”陈洛如不假思索地说道。

何以解忧，唯有买买买。

“那一会儿我给您安排司机和车。”吴管家说道。

“记得带上保镖。”孟见琛放下筷子，叮嘱了一句。

“我不带。”陈洛如的逆反情绪很严重。

“听话，现在外面的坏人很多。”孟见琛用方巾擦擦嘴，慢悠悠地说道。

见陈洛如不信，孟见琛又说道：“鉴于你的身份，被绑架的可能性更大。”

陈洛如冷笑：“怎么？难道你在外面还有仇家？”

孟见琛睨她一眼，说道：“这我就不清楚了。”

把监视说得这么好听，谁信啊？

孟见琛走后，陈洛如去楼上换了件衣服，戴上遮阳镜，背上一只新包，这才出发。

陈洛如坐了一辆白色的车，四个便衣保镖单独开了一辆车跟在她的车后。

“太太，去逛街？”司机转动方向盘，将车缓缓驶出别墅区。

“嗯。”陈洛如跷着腿，望着车窗外不断变化的风景，陷入沉思。

第六章 尊严大作战

这条商业步行街，南北长约两公里，规划管理得不错，兼有高端商场和中端商场。

在附近的地下停车场停好车后，保镖前来为她打开车门，陈洛如背着包包下车。

保镖主动撑开一把伞，替她遮阳。现在是六月，外面太阳毒辣辣地吐着火舌，可不能让太太晒着。

路边有一个甜品窗口在卖抹茶冰激凌，窗口外排了长长的队伍。

陈洛如说道："我想吃那个。"

保镖立刻去帮她排队，她则进了旁边一家特产店，像只好奇的小猫一样看来看去。

陈洛如很少在国内的城市闲逛，她对这些新鲜的小玩意儿还挺感兴趣，比如这个可以戴在头上的七彩小雨伞。

不一会儿，保镖拿了一支抹茶冰激凌过来。

陈洛如尝了一小口，抹茶味很馥郁，跟她在国外吃过的抹茶冰激凌味道相似。

陈洛如吃着冰激凌，突然看见不远处有一对小情侣。

他们两个人只买了一支冰激凌，你吃一口我吃一口，吃着吃着，还接了个很短促的吻。

陈洛如再看向自己手里的这支冰激凌，突然觉得冰激凌不好吃了。

人家小情侣吃一支冰激凌都能这么开心，这样简单的快乐她却不能拥有，买再多的奢侈品又有什么意义呢？

孟见琛每天除了上班就是吃饭和睡觉，哪里有空陪她做这些事。想到这里，陈洛如连逛街的兴致都削减了一半。

不行！想到孟见琛对她的所作所为，陈洛如立刻燃起了雄心斗志。

奢侈品门店的柜员们个个八面玲珑，陈洛如姿态优雅，一看就知是家教良好的富家千金。

陈洛如安静地门店里逛了几圈，看中了好几款包，销售助理都说没有现货。

“那你们什么有现货？”陈洛如十分奇怪，怎么这个没有那个也没有，他们开门做什么生意啊。

“这些都有现货。”销售助理向陈洛如展示柜台上的丝巾和皮带。

“可我不想买丝巾和皮带，我只想买这个包。什么时候有货你们告诉我，我让人来拿。”陈洛如瞥了一眼，说得干脆直接。

“请问您有我们门店的会员吗？我可以帮您登记一下。”销售助理说话很周全，这个会员是一店一制，门店和门店之间不能分享客户信息。哪怕陈洛如在英国能买下一个，她在这里也什么都算不上。

“等等，我找找。”陈洛如突然想到什么，从包里取出一个皮夹。这是回国后孟见琛给她的，好像是有那么几张会员卡。

陈洛如在皮夹的夹层里翻找了一会儿，果然发现了一张会员卡。

“这是你们门店的吗？”陈洛如问道。

“我帮您查一下。”销售助理将卡取走，去系统里一查，登时傻眼了。

这张卡的消费额说是超级贵宾也不为过了。再一看信息，竟然是那个……整个城市又有几个人不知晓他的姓名呢？

这小姑娘跟他是什么关系？为何会有他的卡？难道是他的太太？

孟见琛来店里的时候，柜员们聚在一块儿讨论过——他左手无名指上戴有一枚婚戒，是已婚男人。而这个小姑娘的左手干干净净，什么都没有。

这些疑惑销售助理自然不会问，他们都是看碟下菜，知道她背后有人愿意为她花钱就够了。

销售助理将卡还给陈洛如：“抱歉，刚刚我去系统里查了一下，您看中的包目前是有货的。”

陈洛如开心了，又在店里逛了一个多小时。

买完东西的陈洛如心情不错，脚步欢快地迈向下一家，保镖们拎着包装盒跟在她后面。

曾经那一日的购物体验给保镖们留下的心理阴影还没消除，这天陈洛如又开始了。

也不知她要买多少东西，这么多包她背得完吗？

下午三点，陈洛如在商场一层找了一家咖啡馆坐下来休息。

她要了一杯冰摩卡和一小块黑森林蛋糕，一边看手机一边打发下午茶时光。

这天是周五，上班族哪有闲工夫出来逛街，也就陈洛如这样无所事事的豪门阔太太在街上乱晃。

陈筱忙着写报告，说下班前要交，没空搭理她，她只能自娱自乐了。

陈洛如漫无目的地划着手机屏幕，忽然注意到自己前两天看小说的那个软件冒出了一个提示的小红点儿，她才想起之前自己针对小说里的品牌做了一些科普类评论。

强迫症迫使她点进去，这才发现她之前留的评论竟然多了几十条冷嘲热讽的新回复。

陈洛如好不容易被购物治愈好了心情，现在又开始变得阴霾。

陈洛如看到后面有一条留言："看到作者大大的动态特地赶来评论，这种人是在现实中多失败才会来网上找存在感啊？"

作者的……动态？

陈洛如打开社交平台，将作者的笔名输进去，果然找到了一个十万粉的账号。她刚点进那个账号，就看见自己这条评论被作者给展示了出来。

于是陈洛如在这条动态下留言：

"我是留言的读者，我买了你的书，连发表一句评价的权利都没有了吗？"

陈洛如在国外时，用 Facebook 和 Instagram 更多些，她的账号有小几万个粉——有事没事发点生活日常，涨粉快得很。

孟家有钱，陈家也不差。陈洛如刚出生那会儿陈家的家族企业就已经形成规模，走上正轨了。

到今天，岭盛置业发展成为国内地产行业的龙头企业之一，总市值近千亿，陈家家族共持有百分之六十左右的股权，其中陈广龙夫妇占了大头。

陈洛如出生赶上了好时候，她打小就泡在蜜罐子里长大，从来就没缺过钱。可她的宠爱之路，到她出嫁那天，差不多就走完了。

现在她一回国，被送到夫家去，在陈家看来，她在某种意义上来讲就算不得陈家人了。

陈氏家规写道："凡外嫁者，不得入族谱。"

这并不是一句玩笑话。

陈洛如出生于传统的东方家庭，接受的却是西方的教育。她在国外听到的都是独立自由，可一回到家，她就必须服从家族的使命。

这就是她矛盾的地方。

只要孟家不让她出去工作，她的娘家再切断她的经济来源，她什么都做不了。

如果她不嫁给孟见琛，这些事情就都不会发生。她可以自由恋爱，找一个情投意合的伴侣，还可以搞搞自己的事业。

可现在，什么都没了。

哪个二十二岁的小姑娘对爱情没有憧憬呢？只有陈洛如，人生刚开始就嫁给了一个差点成了她姐夫的男人。

孟见琛和陈漾当初好歹还装模作样地谈了半年多的恋爱，她呢？一天都没有。

就连在婚礼上，婚纱和戒指都是为姐姐量身定做的，她心里能不委屈吗？

陈家养育她多年，从感情上来说，陈洛如不会恨陈家，但她讨厌孟见琛。

所以陈洛如花起孟见琛的钱来从不手软，也毫无歉疚之心。谁让孟见琛当初非要跟刚成年的她结婚，害得她落入这般进退维谷的田地呢？

陈洛如很羡慕她姐姐陈漾，姐姐现在有事业又有孩子，还没有婚姻的束缚，想去哪儿去哪儿，想干什么干什么。

哪里像她，如同一只被折断翅膀的小鸟，就连出个门都要被几个保镖盯着，一点儿隐私都没有。只要没人盯着，她肯定立刻卷铺盖逃跑。

想到这里，陈洛如不禁又自怨自艾起来。

陈洛如这一发呆就是十多分钟，直到杯子里的冰摩卡被她吸完，她才回过神来。

她垂头看手机，账号上又冒出了十来个小红点提示。

陈洛如的账号只有几十个粉，还都是打广告的僵尸号。而一个有着十万书粉的大 V，其能量不容小觑。

陈洛如的这条评论被粉丝发现后，短短十分钟内收获了十几条回复。

“不是我们不信你，主要大家伙儿想见见世面。”

“你家的私人飞机是模型吗？”

这几条还算温和，还有一些简直不忍直视。

陈洛如纳闷，她只不过是评论了一本小说，怎么就惹了一身骚呢？

陈洛如本来就是一个爱较真的人，遇到这种事当然不能忍了。她愤怒地发了一条动态：“你们给我等着！”

这条动态在网友看来，不过是狗急跳墙，大家笑得更开心了。

“怎么了？回家找家长了？”

“我们等着呢，放学后山见！”

陈洛如被挑衅得火气直冒，孟家的私人飞机平时都是停在机场，有专门的机库和维护保养团队。

陈洛如哪有工夫特地去机场给他们拍私人飞机，那是真闲得没事干。

陈洛如当即打道回府，准备拿出十二分的精神来跟这些人斡旋。

她给孟见琛发了消息。

陈洛如：“你的飞机呢？”

孟见琛：“什么我的飞机？”

陈洛如：“你有没有你那架飞机的照片？”

孟见琛：“你要这个做什么？”

陈洛如："跟人吵架！"

孟见琛："你先把我从黑名单里放出来。"

陈洛如二话没说就把孟见琛从黑名单里拖了出来。

陈洛如："快点给我。"

孟见琛："发生什么事了？"

陈洛如："有人嘲笑我，说我没有私人飞机！"

在孟见琛看来，陈洛如真是幼稚得可笑，不过这倒是一个缓和夫妻关系的好机会。

孟见琛："需要我帮你吗？"

陈洛如："不用，我自己来。我吵不过了你再来。"

孟见琛嗤笑，在手机里找了一会儿，他还真存了一条飞机的机舱内饰小视频。

孟见琛："没照片，视频可以吗？"

陈洛如拿到这条小视频，欢天喜地把视频传到了账号上。

Christina 陈："飞机来了！！！"

她得意扬扬地要看那群人还有什么话说，孟见琛先发来消息。

孟见琛："老婆，今晚我可以回主卧睡觉了吗？"

陈洛如思索片刻，还没拿定主意，账号那边又弹出了新消息。她无暇回复孟见琛。

不少人年轻气盛之时，爱为了某些东西在网上跟人斤斤计较，那股子较真劲犹如工地抬杠的。

等心性稍微成熟以后，心态变得平静，网络虚拟世界的纷纷扰扰就很难扰乱心神了。

可惜，陈洛如明显属于前者。

外人觉得陈洛如漂亮得体、优雅从容，可真正了解她的人知道，陈洛如就是一个被宠坏的小孩。

孟见琛下班回到家，吴管家说陈洛如一回家就去了主卧，到现在还没出来。

给她发消息到现在也不回，这小没良心的拿到飞机的小视频就翻脸不认人了，也不知她一个人在卧室里捣鼓些什么。

孟见琛走上二楼，主卧的大门紧闭。

孟见琛试着用手拧了一下主卧的门把手——开了。

只见他的小太太陈洛如正抱着笔记本电脑窝在卧室的沙发上，噼里啪啦地打着字。从她敲击键盘的速率和力度来看，火气不小。

她激情四溢，连孟见琛进了房间都未察觉。

孟见琛进来后身子斜倚着门框，语气里带着一抹揶揄：“吵赢了吗？”

“还没有！”陈洛如一边敲键盘一边愤怒地道，“他们居然说我发的飞机是酒店样板间！”

她发的那段视频，如果不告诉别人这是一架私人飞机，那么大部分人都会觉得这是高级公寓或者酒店。

孟见琛缓步走到她身边，陈洛如将电脑从膝头移至矮几，转过身来跟孟见琛告状：“他们还骂我幼稚！”

孟见琛不知道自己该说什么，骂得……好？

“井蛙不可语海，夏虫不可语冰。”孟见琛在陈洛如身边坐下，说道，“别跟这些人一般见识。”

陈洛如：“我偏要计较！”

孟见琛无奈轻嗤，余光瞥见她电脑界面右上角的 ID 名。

“那你慢慢吵，我去洗澡了。”孟见琛起身就要往浴室走，却被陈洛如一把拉住。

孟见琛回头，陈洛如说道：“你帮我拍一个小视频。”

方才她思考了一阵子，既然那些照片她们不信，那她直接用视频说话不就好了？看谁还会说她的视频是偷来的！

陈洛如必须维护自己的尊严！

陈洛如把孟见琛拉进了衣帽间，让他坐在沙发上，然后把手机塞到他的掌心，叮嘱道：“别拍脸，别的随便拍。”

孟见琛按了下开始录制的按钮，陈洛如像个时尚博主一样开始做自我介绍：“Hello，everyone. I am Christina Chan.”

孟见琛提醒了一句：“说中文。”

言下之意，陈洛如要是用英文录这个小视频，恐怕那些人根本听不懂。

陈洛如像个乖学生一样“哦”了一声。

孟见琛重新按下开始按钮，陈洛如说道：“我是博主 Christina，接下来请各位网友看好了。”

简易的小视频录制结束，陈洛如检查了一遍，便将视频上传到了账号上。

孟见琛见陈洛如这架势，不禁叹息。这么一点儿小事还亲自下场大动干戈地跟网友互怼，他都不想承认这个人是自己的太太——有损格调。

“没事的话我先去洗澡了。”孟见琛说道。

“你去吧。”陈洛如无暇搭理孟见琛。

孟见琛去浴室后，随手给高骞发了一条消息。以高骞的业务能力要是不能摆平这件微不足道的小事，那他就可以卷铺盖走人了。

孟见琛洗完澡，见陈洛如已经惬意地抱着电脑躺在床上了。

“不吵了？”孟见琛用浴巾擦了擦半湿的头发，顺口问了一句。

“突然冒出来好多热心网友帮我说话，”陈洛如倍感欣慰，“人间有真情，人间有真爱。”

孟见琛掀开被子上了床，侧过身子看她。她一副小人得志的模样，真是又可气又可爱。

陈洛如一看时间，已经晚上十一点了，她心满意足地准备关灯睡觉。

孟见琛躺在她身边默默地看手机，冷不防说了一句：“下周我要出差。”

陈洛如听了这话，眼底像是有两颗黑色的小星星在跳跃：“什么时候走啊？”

“后天晚上，”孟见琛问，“你跟我一起去吗？”

陈洛如都闲到在家跟网友论战三百回合了，孟见琛觉得也该找点事儿让她做做了。她天天嚷着要回家，倒不如带她一起过去。

“我不去。”陈洛如果断拒绝。

“你不想回家看看？”

“我觉得待在这里……挺好，”陈洛如点点头，“特别好。”

陈洛如才不想跟孟见琛一起出去，当个漂亮的花瓶有什么好，还不如在家当快乐的人。

“你不问问我什么时候回来？”孟见琛淡淡地道。

陈洛如对孟见琛的事一点不上心，换了旁人，丈夫出差肯定得盘问好久。

陈洛如假模假样道：“你去多久？”

“四天，周五回来。”

“太少了吧？”陈洛如惊呼，“要不要给你推荐几个好玩的地方？你可以在那边玩上十天半个月。你工作这么辛苦，要学会劳逸结合。”

陈洛如一点儿都不掩饰话语里的喜悦之情。

孟见琛面无表情地道：“我会早点回来的。”

陈洛如睨了孟见琛一眼，眼中写着失望。

罢了，关灯睡觉。

盼星星盼月亮，周日晚上，孟见琛要离开了。

陈洛如就差锣鼓喧天、鞭炮齐鸣地欢送他了。

陈洛如贴心地为孟见琛整理好旅行用的行李，临行前还整了整他的领带，嘱咐道：“你在外面好好照顾自己，家里一切都好，不用挂念。世界那么大，你多去看看。”

孟见琛：“呃……”

孟见琛前脚刚走，陈洛如后脚就一蹦一跳地回了主卧。她扑到大床上，抱着枕头滚了好几圈。

孟见琛走了，这真是太爽了！

陈洛如打算好好利用这几天的时间，制订详细的离婚计划。

陈洛如想起那天晚上和陈筱讨论的——如果她找一个人扮演自己的“出轨对象”，孟见琛十有八九会跟她离婚。

可是，她上哪儿去找这个人呢？

陈洛如认识的朋友们不是在海外就是在南方，她在这个城市人生地不熟，没什么朋友。

上次去参加剪彩仪式，晚宴上确实有不少夫人跟她攀谈，可陈洛如不想跟这些人交朋友。

社交名利场，逢人三分笑，明面上都是情谊，背地里全是生意。

陈洛如更喜欢跟陈筱这样的人当朋友，没有什么压力，相处起来也舒服。

陈洛如不禁开动小脑筋，上哪儿去找个男的呢？

突然，她灵光一闪。

之前过年的时候，网络上曾有个“租男友回家过年”的热搜。据说是当代年轻人为了逃避长辈夺命催魂般的催婚，发展的一项新兴业务。

既然可以租男友，那她也可以上网租个男友气死孟见琛，让他主动跟她离婚。

想到这里，陈洛如立刻放下抱枕，从床上坐了起来。她在搜索引擎里输入“租男友”三个字。

别说，真有，还不少。

陈洛如打开一个网站，里面密密麻麻全是出租和招租信息。

陈洛如筛选了地区和年龄，找到一个貌似还不错的出租帖。

陈洛如心想，看样子这个人还挺专业。她迅速注册了一个账号，开始与对方攀谈。

小小陈：“你好。”

Fantasy（虚幻）：“你好。”

小小陈：“下个周末有空吗？我想请你扮演我的临时男友。”

Fantasy：“请问是见家长还是参加同学聚会？”

小小陈：“见我老公。”

Fantasy：“呃，这位小姐，我听不懂你的意思。”

对方对这样的诉求闻所未闻，租男友都是没对象装有对象，她都结婚了还租什么男友？

更可怕的是，她还要带着租来的男友去见老公？

小小陈：“我受够了现在的日子，我想跟我老公离婚，但是他死活不肯。所以我打算告诉他我出轨了，让他主动跟我离婚。”

对方犹豫了一阵子。

Fantasy：“对不起，这个我真接不了。”

小小陈：“为什么？”

Fantasy：“你这个活风险太大，你老公要是打我怎么办？”

Fantasy：“我工作日还要上班的，这只是兼职。”

陈洛如仔细思考了一下，孟见琛会报复对方吗？

这还真说不准，这男人心眼比芝麻还小。

小小陈：“要是被打了，我帮你出医药费，行吗？”

Fantasy：“先不提医药费的事，你打算出多少租金？”

陈洛如想了一会儿，试探了着发了一个数字过去。

小小陈：“十万元，行吗？”

这么点儿钱也不知道人家愿不愿意。

谁知对方消息来得很爽快。

Fantasy：“随便打！不打死就行！”

小小陈：“可是我老公这个人不太好骗。”

Fantasy：“我演技贼好，就差一个奥斯卡了。”

小小陈：“我们得编一个像样的故事出来，他才会信。”

Fantasy：“你打算怎么编？”

小小陈：“是这样的，我之前在英国上学，你就说你是英国的华人，名叫Edward，跟我两情相悦多年。”

Fantasy：“你的诉求是让你老公跟你离婚，对吧？”

小小陈：“没错。”

Fantasy：“行，到时候看我临场发挥，保证让你老公恨不得立刻拖你去民政局离婚，当天小红本就刷绿漆。”

小小陈：“太感谢了，那我争取早点把时间和地点告诉你，你等我的消息。”

Fantasy：“没问题，随时待命。对了，这位小姐，我到时候该怎么称呼你？”

小小陈：“我姓陈，你管我叫Christina就好了，在国外我们都喊英文名。”

Fantasy：“陈小姐，很高兴跟你合作。”

Fantasy：“我叫范建。”

第七章 出租男友

孟见琛此次出差主要任务是考察子公司京弘生物刚落成的研发中心。

五年前，京弘和岭盛达成战略关系以后，京弘旗下的所有建筑项目几乎都由岭盛承建。得益于这一点，近几年京弘的发展更是如虎添翼。

这个研发中心建筑面积过万，主要包括 SPF 动物房及实验室。

SPF 动物即无特定病原体动物，想要推进药物研究，临床前的动物实验质量必须牢牢把关。目前京弘的动物实验种类主要包括大鼠、小鼠、豚鼠、兔子和猴等。

据统计，五千个临床前化合物中大概只有五种化合物可以进入临床试验，而这五种化合物最终只有一种才能被批准用于临床治疗病人，成为上市流通的药物。

一个创新药从立项到获批大概需要十到十五年的时间，超长的研发周期、巨额的资金投入和极大的研发风险是当初董事会反对收购荣阳药业的主要原因。

孟见琛深知这条路不好走，所以他对于自己一手创立的京弘生物投入了极大的关注。

董事会那帮人是药物研究的门外汉，他们只看得懂年报上的数字。荣阳药业是老字号制药企业，近年来利润水平节节下滑，很多人认定是企业经营不善。

其实荣阳药业大可以躺在功劳簿上生产一些没太大技术含量的感冒药，但这样的发展没有前途。

这几年公司一直在寻求转型和突破，他们瞄准了创新药市场。

创新药的研发不是一朝一夕的，公司投入了大量的研发资金，短期内暂时无法收回这些沉没成本，导致账面上的财务数据一年比一年难看。

中国股民大多风声鹤唳，看见公司的财报纷纷认定这家公司前途未明，这直接导致荣阳药业市值大幅缩水。在这样的恶性循环下，荣阳药业无力继续维系高昂的研发支出，投入无法转化为产出，公司濒临破产的边缘。

孟见琛当初收购这家国有制药企业，经过了多次考察，绝非一时冲动。

荣阳药业有一个癌症疫苗项目有重大进展，依孟见琛看，只要朝着这个方向研究下去，未来大有可期。除此之外，其他正在推进的研发管线也有一定的保留价值。

孟见琛执意以近百亿的价格收购荣阳药业，京弘控股作为母公司，向京弘生物注入了大量资金，京弘生物完成此次重组。

他在下一盘很大的棋，只允许成功，不允许失败。

周四晚上，孟见琛和京弘生物的高层、岭盛置业的高层在市中心的高级会所应酬。

这次岭盛来的高层叫陈广豹，是陈洛如的一个堂叔。按辈分，孟见琛也该叫他一声“堂叔”。

陈家在当地家族势力庞大，陈广龙夫妇目前是陈家的主心骨，而陈家的支系亲属也纷纷在岭盛置业谋了个一官半职。

甭管做事不做事，唤一声“陈总”总不会出错。

孟见琛和陈家人在一起吃饭，除了聊聊工作事业，家庭问题总是绕不开。

这不酒过三巡，陈广豹就开始问候孟见琛这个侄女婿：“阿琛啊，婠婠跟你还好吗？”

“劳烦堂叔记挂，一切都好。”孟见琛说道。

“我们陈家这个小婠婠啊，从小就被一家人给宠坏了。”陈广豹说道，“她年纪小，心性不成熟，你得多担着些。”

孟见琛与陈广豹碰了一下酒杯，说道：“她乖巧得很。”

“果然结了婚就懂事了。”陈广豹欣慰道，“前些日子她父母还说她来着。”

“说她什么？”孟见琛问。

“不提也罢，她说的事你别当真就行。”陈广豹笑了笑，“她小性子耍惯了，心地并不坏，单纯得很。”

“她是我妻子，我自然了解。”

“她现在回了国，孩子的事你们可得抓紧些啊。”陈广豹说道。

孟见琛笑笑，并未多言。

应酬结束，司机将孟见琛送回酒店。

丈夫出差几日，陈洛如一个电话都没有，也不知是对他太过放心还是太过漠然。

孟见琛洗完澡，正打算拨个电话过去，陈洛如的电话倒是先打来了。

“喂，老公啊。”听听，陈洛如这口气，喊得人筋骨酥软，“你明天是不是要回家了？”

“对。”孟见琛走到酒店窗边，半推开窗，让夜风流入室内。

“你的周末可以为我空出来吗？”

“你有什么事？”

“现在不能告诉你，是秘密。”

听吴管家汇报，陈洛如这几天大门不出二门不迈，完全不像他想象中那样——成了一匹撒丫子狂奔的野马。

小别胜新婚，也不知她是不是想他了，还跟他玩起这种把戏。

孟见琛对着楼下川流不息的车水马龙，淡淡地应道：“好。”

陈洛如挂断电话，内心欢欣鼓舞。她立刻给范建发了一条消息。

小小陈：“这周六中午十二点，邹家大院海棠厅。”

Fantasy：“OK，按计划行事。”

周六当天，范建起了个大早。

这天他要扮演的角色是一名旅居英国多年的华人，名叫Edward，在金融城工作，叔叔是英国下议院的议员。

他居住在市中心的繁华地段，四年前与Christina相遇在牛津街，二人一见钟情，私定终身。

Christina本想与他定居在此，谁知却被父母安排嫁给了一个她不爱且也不爱她的男人。她每日生活在水深火热中，只想早日解脱，与心爱的Edward厮守终生。

范建站在镜子前，将头发梳成大人的模样，穿上一身帅气的西装。

他的锅盖头变成了大背头，还抹了些发胶定型。他换上锃光瓦亮的皮鞋，戴上手表和眼镜，力求自己看上去像一位金融精英。

这几天，陈小姐每天晚上都找他核对剧本，两个人就各种细节沟通了很久。

虽然他现在从京弘的行政部被调到了市场部，每天忙得很，但是为了这个愿意给他出十万块的客户，他可以排除万难。

范建是一个土生土长的本地人，打小就是个油腔滑调的主儿。

如果不是父母让他找一份安安稳稳的工作，他真的很想去影视城发展一下自己的演艺事业。

一身的戏，无处安放。

正巧，他发现了新兴的“出租男友”业务，演戏的同时还能赚点外快。

俗话说，艺术来源于生活而高于生活，这么好的事情，何乐而不为呢？

范建对着袖口喷了一点儿古龙香水，犹豫着要不要穿上一件护甲。可想了想，他还是放弃了。

人有多大胆，地有多大产。打一顿换十万元，不亏。

出门后，范建打了个车。他这天不挤地铁，挤地铁会带上生人味，这不高级。他要充分贯彻了“成功细中取，富贵险中求”的理念。

车子在邹家大院门口停下。

邹家大院是一个高级会所，一般都是商务宴请才会来这里，普通人对这样的地方都是敬而远之。

能出十万块钱请他演一场戏的客户，出手果然阔绰。

侍者带着他穿过一路的曲折回廊，来到海棠厅。

海棠厅一片金碧辉煌，大理石地板光可鉴人，门口正对着的假山石水淙淙流淌。

范建在海棠厅的客厅沙发处坐下，等待着那个“面目可憎”的男人到来。

终于，门口有了动静。

范建深吸一口气，右手凌空舞动了一番——这是击剑手的招式，他这天一定要一剑封喉。

“我接个电话，你先去。”是一个男人沉稳的嗓音。

“那你快点。”是一个女人娇俏的嗓音。

海棠厅的门被侍者推开，一个从长相到身材都完美到无可挑剔的年轻女人走了进来。

“你到得真早。”陈洛如坐到范建身边，她身上有一阵淡淡的蜜柚香气，令人心旷神怡。

“应该的。”范建说道。

虽说宁拆十座庙，不毁一桩婚。但他不能眼睁睁看着这位漂亮可爱的客户生活在丈夫的羞辱中。

“我老公接电话去了，他马上就来，我们现在应该做什么？”

范建伸出一只胳膊：“你挽住我，这样看起来会比较亲密，也更容易激怒你的丈夫。”

陈洛如松松地挽住范建的胳膊，问道：“记住你的台词了吗？”

“放心，背得滚瓜烂熟。”范建胸有成竹。

“这位先生，今天我请你来这里，不为别的，只为我身边这个女人。”为了让陈洛如放心，范建重复了一遍台词，“在她同你结婚前，我们俩已经坠入爱河。她嫁给你，实属迫不得已。而我爱她，胜过世间一切。”

陈洛如点了点头：“情感再饱满一点就更好了。”

“再饱满就太夸张了，”范建说道，“我们虽然是演戏，但是绝对不能让他看出我们是在演戏。”

陈洛如一想，有道理，对方果然有经验。

正说话间，海棠厅的门再次被推开，一个身材颀长、气质卓然的男人走了进来。

孟见琛看了一眼陈洛如，又看了一眼她身旁的男人，凌厉的目光落到她挽住对方胳膊的手上。

“事到如今，我不得不跟你坦白了。”陈洛如一脸严肃地说，“这位是 Edward 先生，我们已恩爱多年。”

“对吧，Edward？”陈洛如用胳膊肘捅了捅范建，示意轮到他说台词了。

“Edward，你怎么晕过去了？”

“叮咚——”

水珠从浓绿的富贵竹上滚落至圆缸中，江南小桥流水的景色浓缩于这一方雾气渺渺的盆景中。

孟见琛挑起眼角，薄唇玩味地上扬，对陈洛如说道：“这就是你要带我见的……朋友？”

陈洛如哪有空跟孟见琛掰扯，她推了推范建的胳膊，急忙道：“快醒醒啊，我老公来了。”

孟见琛慢条斯理地在两个人对面的沙发上坐下，将手机搁在玻璃茶几上，语气慵懒：“是你朋友胆子小还是我长得太吓人了？”

范建明明还闭着眼，却悄悄地把被陈洛如挽着的胳膊给挪开了。

“怎么办呀？”陈洛如急了，她想去掐范建的人中。

孟见琛慢悠悠地倒了一杯茶水，他手执青瓷杯，看茶叶在杯底舒展开，闲闲地道：“用茶泼一下试试。”

听了这话，范建立马立刻睁开双眼，坐直身子。

“你终于醒了。”陈洛如长吁一口气，向范建介绍，“这就是我的老公。”

“幸会。”孟见琛主动打了个招呼，他端起茶杯，冲着滚烫的茶水徐徐吹了一口气，说道，“这位仁兄颇为眼熟，总觉得在哪里见过。”

“不是，我没有，您记错了。”范建连忙否认三连。

“怎么可能呢？”陈洛如觉得孟见琛在瞎说，忙说道，“Edward 旅居英国多年，这次他特地为我回国……”

“没有的事！”范建听到这话，早已魂飞魄散。

他纠正道："我只是来出差！"言下之意，绝对没有"特地为她回国"。

"出差？"孟见琛说道，"原来你喜欢跨国出差。"

范建手心直冒汗，只觉得头顶有白烟在蒸腾。这下惨了，夹在老板和老板娘中间，里外不是人。

这两个人他谁都得罪不起。唉，这真是天要亡他范建，这么倒霉的事怎么偏偏就让他给碰上了呢？

"Edward，"陈洛如不满地皱眉说道，"你说过要娶我的。"

"我没说过！"范建大声疾呼，就差写个"冤枉啊"在脸上了。

陈洛如难以置信地睁大眼睛，这……这个人怎么不按剧本来呢？说好的《罗密欧与朱丽叶》一样绝美的爱情故事呢？

"哦，我懂了。"孟见琛抿了一口茶水，对陈洛如说道，"你被男人给骗了。"

陈洛如偷偷踩了范建一脚，范建连忙像只尖叫鸡一样发出声音："我没有！"

陈洛如得意地道："听见没，Edward才不会玩弄我的感情，他对我是真心的。"

孟见琛把杯子往茶几上一放，磕碰出清脆的声音。

范建下一秒又说道："是不可能的！"

孟见琛嗤笑："到底有没有？"

陈洛如一双桃花眼瞪着范建，眼神里写满了疑惑。

孟见琛则是微微偏首，望着窗前的一丛绿萝。

范建看看陈洛如，又看看孟见琛，只觉得呼吸越来越急促，一股热血涌入脑门——他只想选择当场晕倒。

陈洛如见范建不说话，只得亲自开口："Edward与我情投意合，在英国的时候我便认识了他，我爱他……"

"我们只是普通朋友！"范建急得就差跳上房顶了。

"普通朋友？"孟见琛倚着沙发靠背，右手拇指和食指把玩着他左手无名指上的那枚婚戒。

"对，普通朋友！"范建笃定地道。

“Edward，你……”陈洛如气得想骂人，可她硬是咬着牙忍住了。

她回头冲孟见琛说道：“总之，我出轨了，你要离婚，我没有怨言。”

岂止是没有怨言，简直是求之不得。

“嗯，我想想。”孟见琛看着气呼呼的陈洛如，装模作样考虑了一阵子，这才说道，“我不离婚。”

“为什么？”陈洛如提醒道，“我给你戴绿帽子了！”

“我原谅你了。”孟见琛说道。

这句原谅来得太容易，让陈洛如蒙了。

孟见琛不是最不能忍受别人给他戴绿帽子吗？

为何到了她这里却表现得如此大度？

果然他并不爱她，他只是想维持这段名存实亡的婚姻！

范建立刻趁热打铁将功赎罪：“陈小姐，你看你先生对你这么好，你就别离婚了。这么好的老公上哪儿找？”

陈洛如十指抓住腿上的裙子，兀自思考了一番。事到如今，只能放出终极武器，破罐子破摔了。

她深吸一口气，说道：“孟见琛，我怀孕了，不是你的孩子，是 Edward 的孩子。”

范建这下真要两眼一抹黑栽过去了。

“没有！不是我的孩子！”范建这下是跳进黄河也洗不清了，他连忙辩解道，“一定是您的孩子！”

孟见琛眯了眯眼，不置可否。

“孩子几个月了？”孟见琛问。

陈洛如看着自己平坦的小腹，怎么都不像怀孕的样子，于是咬咬牙说道：“一个月了。”

“嗯……一个月前，我想想你在做什么？”孟见琛拿回手机，翻了翻日历，说道，“我把你从英国带回来，你是怎么跟他怀的孩子？”

“这还能让你知道？”陈洛如哼唧道。

“好吧，既然你已经怀孕，那就……”

“那就离婚吧！”陈洛如欢欣鼓舞地打断了孟见琛的话。

“那就把孩子生下来。”孟见琛的话掷地有声。

“这又不是你的孩子！”陈洛如惊叫。

孟见琛抬起头看向陈洛如，语气分外真诚：“你是我太太，你的孩子就是我的孩子。我一定会将这个孩子视如己出，把他养大成人。”

陈洛如瞪大眼睛：“你……”

孟见琛这副油盐不进、刀枪不入的模样真是欠揍极了。

“还有别的事吗？Edward先生？”孟见琛掸掸长裤，将褶皱抹平，“没事我和我太太就走了。”

陈洛如偏过身子，噘着嘴道：“我不走！”

“那你想去哪儿？”孟见琛问。

“我……”陈洛如一时又说不出来。

孟见琛倒也不理会她，径直拉着她的手腕将她拽出了海棠厅。

范建捂着胸口靠在沙发上喘着气。亲娘咧，小心脏都要吓得停止跳跃了。他好不容易强撑着虚软的身子坐起来，打开手机开始搜索辞职信怎么写。

京弘这个鬼地方他是待不下去了，与其被孟见琛大老板直接开除，不如自己识相点卷铺盖滚蛋。

范建刚搜索完范本，服务员走进来问：“先生，菜已经备好了，要上菜吗？”

范建哪还有胃口吃饭，他说：“不用，我这就走。”

“那麻烦您结一下账。”服务员递上账单，“一共消费一万零八百元。”

范建望着账单上的那串阿拉伯数字，又一次昏厥过去。

孟见琛把陈洛如塞进车里，自己从另一边打开车门坐到了驾驶座上。

他以为陈洛如想让他带她出去玩，便亲自开了车，且没有让司机跟着。谁知陈洛如给他来了这么一出好戏。

说不生气是不可能的，别人舍不得说她，她倒好，恃宠行凶，想一出是一出。

她最近这么乖，看样子全是在家写剧本了。难怪睡前读物都变成了斯坦尼斯拉夫斯基的《演员的自我修养》。

她怎么不转行去当编剧呢？还是错漏百出被观众唾沫星子淹死的那种。

陈洛如还委屈上了："你怎么不跟我离婚？"

孟见琛插上钥匙，发动跑车，语带嘲讽道："你说呢？"

陈洛如默默地思考了一会儿，问道："你看出我是在演戏了对不对？"

"终于聪明了一回。"孟见琛打着方向盘，斜眼睨她。

"你怎么看出来的？"陈洛如不解。她的戏明明很好，没有一丝破绽。

"自己猜。"孟见琛轻嗤，不想回答她。

陈洛如可怜兮兮地窝在副驾驶座上，手指抠着安全带。她的离婚大作战又失败了。

车里放着一曲不知名的英文DJ曲，孟见琛按了几下按钮，切了一张专辑。

熟悉的前奏响了起来——张信哲的《过火》。

陈洛如一开始还没注意，可这歌词越听越不对味。

让你疯让你去放纵

以为你有天会感动

关于流言我装作无动于衷

……

怎么忍心怪你犯了错

是我给你自由过了火

让你更寂寞

才会陷入感情旋涡

怎么忍心让你受折磨

是我给你自由过了火

如果你想飞……

那句"伤痛我背"还没唱出来，孟见琛就把车载音乐给掐了，转过头冷冷地道："打断狗腿。"

陈洛如身躯一颤。

回到家后，陈洛如就一脸怨气地冲回二楼主卧，把门反锁上。

明明是她的错，她却装出一副受害者的模样。找人演戏欺骗自己的丈夫，她倒是还有理了。

孟见琛这回没由着她胡闹，他让吴管家拿出主卧的钥匙，直接开了门。只见陈洛如像只鸵鸟一样把自己裹进了被子里。

孟见琛坐到床这边，陈洛如便把头扭到另一边，死活不肯看他。

“谈一谈。”孟见琛说道。

“我同你无话可说。”陈洛如背过身去。

孟见琛拽着陈洛如的被子，把她连人带被捞了过来。

陈洛如挣扎着要钻出来逃跑，却被他结结实实地拍了一下屁股。

“啊！”陈洛如立刻伸手去揉自己圆翘的小屁股，“你敢打我？！”

“你说你该不该打。”孟见琛把陈洛如抱着坐到腿上，质问她，“玩够了吗？”

陈洛如吸吸鼻翼，酸溜溜地道：“你根本不爱我，为什么要抓着我不放手？”

孟见琛看着陈洛如晶亮的黑眸，不知何时她的眼底还泛一层泪花，嗓音顿时软了软：“你到底想怎样？”

“我二十二岁就嫁给你，凭什么啊？”陈洛如抽抽噎噎道，“我连一天恋爱都没谈过，我就是你们用来交易的物品。”

陈洛如越说越委屈，眼泪“吧嗒吧嗒”地往下掉，温热的泪珠砸到孟见琛的手背上，溅出一朵朵晶莹的泪花。

“根本没有人在乎我的感受，我也是个人，心也会疼。我……”

话音未落，她的唇就被封缄。

陈洛如受到了惊吓，她先是瞪大眼睛，反应过来后便缩着身子想往后躲，却被孟见琛一把箍住了腰。

他的吻很温柔，像是在安抚她不安的情绪。

陈洛如的一颗心先是“扑通扑通”地狂跳，随后便慢慢平稳下来。

一吻毕，孟见琛松开她的唇，用手指轻轻擦去她脸上的泪珠，语气柔和了几分，说道："看你委屈得……"

陈洛如执拗地不肯说话。

孟见琛道："周末已经为你空出来了，明天你想去哪里玩？"

为了筹备明天的一日游，陈洛如一头扎进了衣帽间挑选衣物。

陈洛如："你看我穿这个好吗？"

陈筱："好看。"

陈洛如："你怎么这么敷衍？"

陈筱："姑奶奶，你都试了两个小时了，我的形容词已经匮乏了。"

陈洛如："这个颜色会不会有点土气啊。"

陈筱："牛油果绿，今年流行色。"

陈洛如："不行，我还得再换一个，这颜色像是打仗的。"

陈筱："话说，你不是要离婚吗？怎么他一说要带你出去玩，你就把这件事给忘了？"

陈洛如："我这不是要观察他的表现吗？"

陈筱："行，你说什么就是什么。以后你再要离婚，我一定闭上我的嘴巴。"

陈洛如："为什么？"

陈筱："呵呵，女人。嘴上说不要，身体却很诚实。我已经看透你了。"

陈洛如在衣帽间待了一下午，回卧室时却没看见孟见琛的身影。

"他去哪儿了？"陈洛如问用人。

"先生去负一层了。"用人毕恭毕敬地答道。

陈洛如走到电梯处，按了个"B1"。

出了电梯门，负一层有三两个用人正在清洁维护设施。

陈洛如以为孟见琛去锻炼了，谁知转了一圈也没见着他的人影。她问："他人呢？"

"先生在那个房间。"用人指了指最里面那间屋子，正是上次陈洛如没能进得去的地方。

陈洛如想去敲门，用人却拦住了她：“太太，先生不让人打扰，您最好不要过去。”

“我是他老婆。”陈洛如蹙眉。

“这……”用人犹豫了。

两个人正僵持着，那扇带指纹锁的门被打开了。孟见琛走出来，顺带把门掩上。

陈洛如窝在茶水室的懒人沙发里，整个身子像是陷入柔软的细沙中。她问道：“你在做什么？”

孟见琛端正地坐在一旁的方凳上，用人分别给他们倒了两杯水果茶。

他若无其事地把一杯水果茶推到她面前，漫不经心地岔开话题：“你想去哪里玩？”

陈洛如一只手撑着下巴，另一只手端着水果茶。

茶水里泡着金桔、百香果和柠檬，加一勺蜂蜜中和酸味，还捏了一小撮茉莉花增添芬芳。

陈洛如晃着玻璃茶杯，说道：“我想去吃好吃的。”

孟见琛微微颔首，“好。”

第二天一早，陈洛如换了一条清凉的薄荷绿吊带连衣裙，戴一顶白色遮阳帽和一副深棕色蛤蟆镜，脚上踩了半高的坡跟凉鞋。

孟见琛破天荒不再西装革履，而是穿一件鸽灰色圆领薄衬衫，配黑色休闲裤和运动鞋。

这趟出去玩孟见琛亲自开车，他开了一辆黑色的车。车库里的车停了好几排，这辆并不扎眼，却很显稳重。

孟见琛发动车子，往别墅区门口开去。

陈洛如昨晚兴奋得没太睡得好觉，这会儿正好补眠。

她靠在柔软的座椅上，侧着身子看向孟见琛。高眉骨、深眼窝，晨光给他的睫毛镀上了一层淡淡的金色。

他开车的时候目不斜视，薄唇轻抿。安全带横过他的宽肩，轻薄的布料隐隐勾勒出他健硕的身躯。

孟见琛的车技不错，陈洛如睡得很安稳。等孟见琛停下车叫她的时候，时间已经过去半个多小时了。

这里是灯市街。明朝时，每年农历正月初八至十八在此设灯市而得名。

灯市街见不到高楼，都是矮旧的房屋。

不同于那些年轻的城市，这里保存了不少古建筑，是这座城市历史文化底蕴的体现。

这条胡同里均是四四方方的四合院，一看就知年代久远。

雀儿衔着草枝筑巢，在门檐上落下草籽。草籽发了芽，从瓦缝里钻出一抹抹盎然的绿意，平添一丝生机。

孟见琛推开一扇古旧的朱红门，带着她跨过门槛，走进院子。

原来这处别有洞天，竟是个小饭馆。位置这么偏僻，连块招牌都没有，想来在这儿吃饭的都是老主顾。

“哟，您来了，里边儿请。”老板招呼孟见琛入内。

屋内摆几樽长桌板凳，筷笼里插一把竹筷，方头一端有瓦蓝花纹。顾客不多不少，刚好坐满桌子。

“没有菜单吗？”陈洛如打量着这里，用手掸了掸长凳，这才坐下。

“没有，”孟见琛问道，“你想吃什么包子？”

“在家就天天吃包子，我才不吃。”陈洛如将浅蓝色的包取下，搁置在长凳上。

这时，隔壁桌有人叫道：“老板，豆汁焦圈，一份炒肝。”

“好咧。”老板立刻应道，随即又向厨房那边大喊：“豆汁、焦圈，炒肝一份。”

“那是什么？我想吃。”陈洛如说道。她不想吃包子，她想尝试一下这里的特色食物。

“你吃不了。”孟见琛道。

这时，新来了一桌顾客，又叫了豆汁焦圈和炒肝。

陈洛如哼唧道：“人家都吃这个，我怎么就不能吃了？”

孟见琛淡淡地解释，“你吃不惯的。”

陈洛如一脸的不服气。

孟见琛拗不过她，只好给她来了一份。

“你是怎么找到这里的？”陈洛如问。

“爷爷的老宅就在附近，”孟见琛说，“小时候常跟爷爷来。”

“那爷爷现在还住这儿吗？”

“他搬去棠山养老了。”

“那老宅呢？”

“空着了。”

灯市街一座标准一进四合院售价已是天价，孟见琛爷爷的老宅三进三出，市场价令人咋舌。

孟家空着老宅，不出售也不出租，每年还要定期找人来维护修缮。

两个人正聊着天，点的吃食来了。陈洛如一看，有点后悔。

俗话说，好吃的东西，色香味俱全。可面前这个……色香味，貌似一个都不占。

这个豆汁，颜色像工地上和的稀水泥，闻起来还有一股隔夜泔水的馊味；这个炒肝，黑乎乎黏稠稠油腻腻的一碗，看了就倒胃口；只有这个焦圈，长得有点像油条，勉强能看。

孟见琛当着她的面喝了一口豆汁，神色无虞。

陈洛如心想，也许这东西就跟臭豆腐一样，闻起来臭吃起来香。

毕竟是她非要点来吃的，不吃一口面子上过不去。孟见琛喝了都没有中毒身亡，那她也可以。

于是陈洛如端起面前这碗豆汁，鼓起勇气尝试了一口。

那一瞬间，陈洛如心想，如果她百岁以后，躺在床上奄奄一息，这时让她评选人生中最后悔的时刻，尝豆汁一定榜上有名。

这到底是一种什么奇妙的食物啊？犹如城市里经年未开盖的下水道，又像涮锅水。

一股子臭味和馊味直冲天灵盖，陈洛如差点儿连隔夜饭都要吐出来了。

陈洛如急忙要喝茶，没想到茶有点儿烫，她像只被烫的猫一样叫了出来。

孟见琛忍着笑意，将她的茶水倒入一个空瓷杯中晾凉，重新递给她。

“这是泔水吗？”陈洛如恨不能用香皂把自己的嘴巴里里外外都清洗一遍。

“说你喝不了，不听话，非要喝。”孟见琛取了一张餐巾纸，仔细地替她擦拭嘴角。他将餐巾纸丢入垃圾桶，又吩咐老板给她来一份油条豆浆加包子。

要是不给陈洛如亲自喝上一口，她肯定一整天都得吵着要喝，非得让她吃点儿亏才知道收敛。

“你以后不准亲我了。”陈洛如闷声说道。

陈洛如想到孟见琛用喝了豆汁的嘴亲她，就想哭。

“油条豆浆来咧——”

南北矛盾最终在油条豆浆中达成共识。

陈洛如喝了一口甜豆浆，不禁感慨，油条豆浆真是我国劳动人民伟大的发明。一样食物能做到南北统一，实在不简单。

直到吃完饭，陈洛如都无法理解孟见琛为什么能喝下那么难喝的玩意儿。

她突然觉得他有点可怜，从小就跟着爷爷喝泔水。

陈洛如看孟见琛的眼神多了一丝怜悯。

孟见琛开车载着陈洛如又逛了一圈，中午两个人去了一家烤鸭店。

吃过午饭，陈洛如打了个呵欠，有些乏了。

平日里她有睡午觉的习惯，这会儿她吃饱喝足，眼皮撑不住，便放下座椅，躺下来休息。

孟见琛开车去了一家娱乐会所，此处地理位置极其优越，租金高到令人咋舌。能在这样的黄金地段开店，没有些背景和实力肯定做不到。

这里是孟见琛朋友的场子，喝酒唱歌玩牌洗浴，一条龙服务。

“稀客呀。”周炜亲自赶来迎接，他敲开孟见琛的车窗玻璃，笑道，“孟总今儿个怎么有空过来玩？”

周炜的目光不经意间越过孟见琛的肩头，瞥见一抹俏丽的身影——女孩双眸紧闭，柔软的发丝贴着脸颊，睡得很熟。

“借你地方睡个觉。”孟见琛侧过身，将陈洛如挡住。

“哟，还紧张上了。”周炜向来个没正经，调笑道，“这是哪个妹妹？我怎么没见过。”

陈洛如就是在这个时候转醒的。她好像听到了什么……妹妹？

“醒了？”孟见琛回过头，替陈洛如解开安全带。

陈洛如扶着座椅坐起来，看向窗外的周炜，神色中有些许疑惑。

“我是孟总的朋友，叫我周炜就好。”周炜主动自我介绍。

“你好。”陈洛如冲他打了个招呼，模样倒是乖巧。

“这位妹妹你好，”周炜笑道，“第一次过来吧？”

孟见琛胳膊搭上没升玻璃的车窗，冷声说道：“叫嫂子。”

周炜嬉皮笑脸的表情顿时收敛，眼前这位漂亮小妹妹竟是孟见琛的正宫夫人，这能不叫人胆寒吗？

“原来是嫂子，”周炜连忙殷勤地绕到副驾驶座旁，为陈洛如打开车门，“幸会幸会。”

陈洛如没见过什么孟见琛的朋友，连他的家人都很少见。他这趟带她来这里见朋友，也不知是什么意思。

陈洛如在家爱胡搅蛮缠，出门在外则像变了个人似的。在孟见琛朋友面前她得装出一副善解人意八面玲珑的样子，她不能让外人指摘。

于是陈洛如款款笑道：“早听他说起过，今天第一次来。”

“去歇会儿。”孟见琛抬起手臂，搭在她光裸的肩头，带着她往里走。

周炜让人开了最豪华的套房，套房里卡拉 OK、麻将室、台球室等设施一应俱全，最里边有一间卧房，可供人休息。

关上卧室房门后，陈洛如往床边一坐，取下包搁到床头柜上，抱臂冷嘲道：“你还带哪个妹妹来过？”

孟见琛从桌面上拿起空调遥控器，将温度调至二十六摄氏度，然后漫不经心地说了一句：“没有的事。”

陈洛如瓮声瓮气地挑着刺：“有没有，反正我也不知道。”

她这逻辑真是无可挑剔，孟见琛百口莫辩。

他坐到她对面的椅子上，取出一个青橘剥了皮，掰了一瓣塞进陈洛如嘴里，问道："酸不酸？"

陈洛如嚼了两口，这橘子确实酸得人口舌生津。她皱眉道："好酸，别喂我了。"

孟见琛闲闲地道："醋碟翻了？"

陈洛如一时哑口无言，他竟是这个意思。想到自己昨天还跟他闹离婚，今天就吃起飞醋来，陈洛如有点儿无地自容。

陈洛如扯开被子躺进去，背过身去不理他，闷声道："我睡觉了。"

孟见琛将吃了一半的橘子搁到圆形茶几上，起身去拉窗帘。

厚实的窗帘遮住了光，不一会儿，陈洛如听到身边传来窸窸窣窣的声音，紧接着她身旁的床铺塌下去一块——孟见琛躺了上来。

家中那张大床，他们俩可以一人一半，井水不犯河水。可这张床有点儿小，孟见琛躺上来后陈洛如便跟他挨到了一块儿。

"你挤到我了，往边上去一点。"陈洛如嘟囔着埋怨道。

孟见琛的手环抱住她的腰。他轻轻贴上她的耳侧，低声问道："还满意吗？"

陈洛如知道他是在问这天的行程是否满足了她的期待。分明她一路上笑得还挺开心，却偏要口是心非："一般般。"

孟见琛的手稍微收紧了一些，说道："下次带你去更好玩的。"

"你还挺会玩？"陈洛如有点儿吃味。

"你不会玩？"孟见琛反问，"上次把酒吧包下来的人是你吧？"

"你怎么知道？"陈洛如蹙眉。

孟见琛松开陈洛如的腰，将她翻过身来。

陈洛如一双乌溜溜的眼睛好似天上星，她这天出门特地化了美美的妆，可这双眸子是纯天然的，没有一丁点儿修饰。

"你花我的钱找乐子，"孟见琛缓缓说道，"我会不知道？"

"都怪你。"陈洛如不高兴了，怨气很大，"结婚以后，爸爸给我的钱都少了。"

言下之意，不花他的钱，她花谁的钱。

她都被陈家“清理门户”了。

“你是我的人，当然花我的钱了。”孟见琛说得理所当然。

“谁是你的人了？”陈洛如中午没有喝酒，此时此刻脸却微红。

“嫁都嫁过来了，不算我的人？”孟见琛的薄唇轻轻贴上她的额头。

往常他们睡一张床，能在没有激烈矛盾的情况下和平共处，可是鲜少有亲昵的举止。

孟见琛垂眸看着陈洛如，平日里作天作地无所不能的陈洛如，这会儿竟乖得没有闹腾。

陈洛如的手指揪着他衬衫的下摆，他的衬衫很柔软，延展性好，揉成什么形状都能恢复如初。

“谁嫁给你不都一样？”兴许是被孟见琛亲得脸红，陈洛如半晌才支支吾吾说了那么一句。

沉吟良久，孟见琛问道：“你还怕小强吗？”

“小强，在哪儿？”陈洛如神色大变，身体如秋叶般瑟瑟颤抖。她一动也不敢动，嗓音像绷紧的弦。

孟见琛轻笑道：“这里没有。”

“你吓死我了。”陈洛如长舒一口气，愤懑地看着他。

小强就是蟑螂，北方的蟑螂一般只有西瓜籽那么大，南方的蟑螂却能长到鸡蛋大小。所以北方的小强是真小强，南方的小强准确地说应该叫大强。

南方蟑螂不光个头大，而且还会飞。

别说女孩了，就是男人见了也得头皮发麻。

经这么一提醒，两个人同时想起了某段尘封的回忆。

十七岁那年的春季，复活节假期。陈洛如从英国回家，正好撞上南方的回南天，天气阴晴不定，异常潮湿。

回南天，满窗泪。

窗外雾蒙蒙，屋内湿漉漉。

偏偏陈洛如的家还在人工湖中央的岛上，即使门窗紧闭，湿气也无孔不入，家具上凝着水珠。

陈洛如平日里睡午觉好静，家中的用人通通自觉回避，生怕扰了她的清梦。

那天陈洛如睡得半梦半醒，朦朦胧胧中瞧见一只巨大的小强挥舞着触角，在床头缓缓爬行。

陈洛如“啊”地尖叫一声，睡意顿时全无。

陈洛如这声尖叫没唤来用人，倒是惊着了睡在隔壁的孟见琛。

孟见琛那天来陈家拜访，陈漾“恰巧”又不在。陈洛如做半个小主人，给他递了茶水和吃食，又让用人安排他去客房休息。

孟见琛那时并未休息，坐在椅子上，随便找了一本书翻阅。他捻着书页，指尖漫上一股子潮气。

南方人嫌北方干燥，北方人嫌南方潮湿。吸一口气，整个肺都像是泡在水里，更别提这湖中岛了。

陈洛如的尖叫仿佛见鬼了一样。

孟见琛放下书，出门查看情况。刚到走廊，一具馨香柔软的少女身体便撞入他的胸膛。

陈洛如脸色惨白，嘴唇嗫嚅着说道：“有……有小强……”

陈洛如没有穿鞋，赤着白嫩的脚丫踩在湿润的地面上。棉白吊带睡衣在奔走的过程中，一侧吊带从肩膀滑落。

孟见琛登时移开眼睛，额角微跳。

兴许是想到在客人面前这般冒失并不得体，陈洛如挪开了身子。可她尚未站稳脚步，一个黑色不明飞行物便朝这边扑来。

“啊！”陈洛如吓得魂飞魄散，再次躲进孟见琛怀里。她是真的怕，肩膀抖似筛糠，眼角红润一片。

“别怕，虫子而已。”孟见琛倒是神色自若，没有半点慌张。

“害怕就把眼睛闭上。”他稳住陈洛如的情绪，护着她往走廊另一侧移动。

见陈洛如紧张地闭上眼睛，孟见琛悄没声息地将她滑落的细带拢上肩膀。

大约过了一分钟，走廊里响起一声沉闷的“啪”。

孟见琛说道：“好了。”

陈洛如睁开眼睛，只见小强被拖鞋拍了个半死，躺倒在地板上。几条触手凌空挣扎着，似乎随时会凭借顽强的生命力卷土重来。

用人从楼下跑上来，他们处理蟑螂很有经验，拍死还不够，必须要用开水清理墙面。

雌性蟑螂死后，身上携带的卵仍然能够存活并孵化成小蟑螂，只有用高温将虫卵杀死，才能避免后顾之忧。

陈洛如惊魂甫定道：“家里没有除蟑吗？”

用人解释道：“小姐，除蟑也不能保证一只不留，这也许是从外面来的。”

几个用人进了陈洛如的房间，确保没有任何一只小强出现在她的视线里。

陈洛如在房门口张望片刻，这才想起要向孟见琛道谢：“谢谢。真是不好意思，让你看笑话了。”

“没事儿。”孟见琛言语间是一如既往的客套。

孟见琛回房间后，没再想着小强的事，反倒是陈洛如身上清淡的蜜柚气息令他衣角生香。

直到傍晚，陈漾才从外面回来。

晚上三个人围坐一桌吃晚饭，陈洛如感念孟见琛今日挺身相救，替他在陈漾面前美言：“阿姐，哥哥他今天好厉害。”

“哪里厉害了？”陈漾敷衍极了。

“他把那么大一只小强拍死了。”陈洛如指了指笼屉里一个不大不小的叉烧包。

“陈洛如！”陈漾“啪”地放下筷子，伸手去拧她的小耳朵，教训道，“你还让不让人吃叉烧包了！”

姐妹俩在餐桌上打打闹闹，感情甚笃。

孟见琛的目光却落到了正在揉耳朵的陈洛如身上。

某些莫名的情绪滋生在谁也无法察觉的隐晦的角落。

空气陷入短暂的沉寂，朦朦胧胧的光穿透薄纱窗帘，在陈洛如的脸色落下斑驳的影。

两个人回想起那一段掩藏在时光里的小插曲，对视的目光倏然暧昧。

孟见琛的掌心摩挲着陈洛如的肩膀，倏而将手掌翻过来，去捏她的下巴。

陈洛如是标准的鹅蛋脸，下巴像猫科动物一样窄尖，最底端却是个圆润的弧形。捏在手里软弹柔软，好似半颗雪白的小鱼丸。

因陈洛如这样的动作，她红润的唇微微张开，露出粉嫩的下颚牙龈和一排整齐的小白牙。

陈洛如偏过头，躲开孟见琛的手，轻声嘀咕道："你干吗？"

孟见琛："牙口不错。"

仿佛他是个牙科医生，只是在给她检查牙齿的健康状况。

大部分亚洲人的牙多多少少都有些美观上的问题，但陈洛如有一口漂亮整洁的牙。

陈洛如打小就很爱护牙齿，私人牙医的专业护理和矫治价值不菲，效果也是极好的。

她红着脸，嗔怪道："你真是讨厌死了。"

陈洛如挣扎着要转过身去睡觉，却被他搂着腰。她还是第一次在清醒的状态下，被男人这样亲密地拥着。

她脸颊红似朝云，只听到胸腔里那颗小心脏"扑通扑通"狂跳，犹如小鹿乱撞。

陈洛如强迫自己不要乱想，可偏偏他温热的呼吸一下又一下拂过她的发顶，她仰着脑袋，睁开眼睛偷偷看孟见琛。他的脖子曲线遒劲，一枚微凸的喉结被蜜色的肌肤覆盖。

她看到他的喉结，微微滚动了一下，这激发起她无限的好奇心。

陈洛如悄悄抬起手，微热的指尖轻轻碰了一下那枚喉结。

她以为会像石头一样坚硬，没想到手感如此奇妙——隔了一层皮肉，那坚硬被柔和了大半。

“你做什么？”孟见琛忽然发问。

孟见琛一说话，那枚喉结就跟着滚动，陈洛如的指尖顿时酥麻。

“好好玩。”她说道。

“好玩？”他不解地挑眉。

这段对话太过无厘头，孟见琛翻了个身，正躺在床铺上。他舒展开右侧手臂，当陈洛如的枕头。

这里的枕头有点儿硬，陈洛如不习惯，枕着他的胳膊刚刚好。

陈洛如确实困了，她像一只趴在主人胸口的猫一样，很快便陷入梦乡。

陈洛如睡到下午三点才悠悠转醒，她的头抵着孟见琛的腰，而他正倚在床头看手机。

她睡眼惺忪地撑起胳膊，下意识去检查自己的衣着——很整齐，一点儿不露。

平日里她睡觉会摆出各种姿势，这种衣服根本禁不住她折腾，这次却整齐得有点假。

“醒了？”孟见琛的长指在手机屏幕上滑动，另一只手去揉她的头发。

她额前一缕头发像狗尾巴一样翘了起来，可爱极了。

陈洛如问道：“我睡了多久？”

“两个小时。”孟见琛说道，“你饿吗？”

陈洛如有吃下午茶的习惯。她对待吃饭这件事，秉持少量多次的原则，所以才能保持这样苗条纤细的身材。

陈洛如点了点头，孟见琛摁了服务铃，让人送些小食过来。

见她一双眼睛像是蒙着雾，孟见琛道：“你再躺一会儿？”

“我睡饱了。”陈洛如下床，两只小脚碰到鞋，用脚趾钩过来，穿好。

“吃完东西去哪里？”陈洛如问。

“待会儿有朋友过来。”孟见琛起身，对着前方的镜子整理衣服。一丝暖阳从窗帘的缝隙里射下，映出镜子里肩宽腿长的人影。

孟见琛的目光扫过腕上的手表，随口问道：“会打台球吗？”

“高尔夫我都会。”陈洛如从床头捞过自己的包包，拿出一盒粉饼，对着小圆镜检查妆容。

她用粉扑蘸了些散粉，轻轻扑在额头和脸颊上。又取出一管西柚色口红，在嘴唇上抹了几下，再抿一口，完美。

“技术怎样？”孟见琛又问。

“那当然……”陈洛如顿了一下，将粉饼收入包里，哼唧道，“还可以啦。”

这时候有人来敲门，门一开，进来五六个人，有男有女，都是孟见琛从小到大的朋友。

在这几个人里面，陈洛如只认出祝明峤一个。因为他性格比较活跃，而且参加过他们的婚礼。

陈洛如从沙发上站起来，露出标准的淑女笑容，跟他们打招呼：“大家好，这边坐吧。”

“孟嫂好，最近跟孟总感情不错啊。”祝明峤冲孟见琛挤眉弄眼，似乎是在嘲笑他前些日子还“无中生友”，向他咨询婚姻情感问题。

“我女朋友，康奈。”祝明峤揽着身旁女孩的手臂耸了耸。

祝明峤带来的女伴是他的现任女友，他这个家伙隔段时间就会换一个新女友。他的历任女友，孟见琛一个都记不住。

可孟见琛这天是带老婆出来的，大家不得不正经起来。

被祝明峤揽着肩膀的女孩冲陈洛如打了个招呼。她很漂亮，但略带拘谨，跟陈洛如不同。

陈洛如有一种浑然天成的自信靓丽。

“这是衣思博。”祝明峤指了指旁边一个穿深蓝外衣的男子。

“什么 yi 啊？”陈洛如问，这个音的姓好少见。

“衣服的衣。”祝明峤笑着说道，“孟嫂平时看新闻吗？有一个跟他一个姓的。”

衣思博没说话，只看了祝明峤一眼。

陈洛如登时了然——像衣思博这样的人平日里行事低调，若不是跟孟见琛玩得好，也许陈洛如连他们的真名都不会知道。

陈洛如讪笑着冲衣思博打了个招呼：“你好，这边坐吧。”

还有一位脸胖胖的，还没等祝明峤介绍，他就自我介绍道：“我是曾绍祺。”

这个名字有一点儿耳熟，可陈洛如仔细回想一番，却不记得认识这个人。

“前些日子他投了个科技公司，做了一个APP（手机程序）叫荔枝视频。这公司在港股上市快半年，股价是一路高涨啊。”祝明峤笑嘻嘻地拍上曾绍祺的肩膀，对陈洛如说道，“结果他哐当砸了十个亿，现在公司爆雷，他连一条底裤都没剩下，哈哈哈。”

难怪陈洛如觉得耳熟，当时大街小巷的媒体都报道了这个APP爆雷的新闻，曾绍祺的名字自然被频繁提及。

明明是件很惨的事，不知为何陈洛如很想跟着笑。

不行，要忍住，要得体，不能嘲笑孟见琛的朋友。

“商场变化莫测，阴晴不定，赔点小钱很正常。”陈洛如安慰道。

孟见琛顺着祝明峤的话说：“以后想炒股就跟着他学。他买多什么，你就卖空什么，保准挣得盆满钵满。”

曾绍祺本人倒对这件事看得开，他说：“区区小钱，不足挂齿。”

“不足挂齿？”祝明峤调侃道，“你家老子没拿扫帚追着你打吗？”

曾绍祺瞪他一眼，道：“赔了就赔了，他还能杀了我不成？”

“当然不能，你是他的命根子。”祝明峤笑，“跟咱们孟总一样，全家唯一的希望。”

只不过这个希望偏偏成了个股市反向信号员，跟无往不胜的孟见琛一比，那可太惨了。

一行人落座后，周炜带着人来给他们添茶倒水，同时送来了两盒点心。

点心被装在红木盒中，盖子打开，里面整齐地码着五颜六色形状各异的糕点。

周炜热心地一样一样介绍道：“孟嫂，这个是枣花酥，这个是牛舌饼，这个是核桃排。”

陈洛如见那枣花糕做得像朵花似的，便挑了一块，尝了一口。入口松软，馅心绵密，味道很好。

吃了一会儿点心，大家便提议去台球室玩。

孟见琛用巧克粉慢悠悠地擦着球杆头，不放心地追问了陈洛如一句：“你真会打？”

陈洛如道：“这有什么不会的？”

孟见琛摆了一颗白球在桌上，又递了一根杆给陈洛如，说道：“打给我看看。”

他指了指边上的一颗红球：“就打那个。”

陈洛如伏下身子，撑着杆，瞄准红球，还没动，就被孟见琛握住了手。

“你这姿势不对。”他说道。

“怎么不对了？”陈洛如不服。

孟见琛展开她的手掌，将她的五指平放，同时把她的大拇指往上掰，固定住球杆。

“这样才对。”孟见琛靠在她身侧教她，低沉的声音划过她的耳畔，“不容易滑边。”

孟见琛替陈洛如调整好球杆的位置后，又亲身示范——用大拇指和食指虎口夹住球杆，另外三根手指轻轻握住。

“用手腕的力量击球。”孟见琛说道。

陈洛如的脸忽然发烫，一抹淡淡的绯红攀上她的耳朵。

“你跟谁学的？”孟见琛问。

“跟我姐。”陈洛如实话实说。

“难怪，跟她能学个什么好出来。”孟见琛冷道。

这话说得……半分亲狎，半分不屑。

若换了往日，陈洛如定会跟他吵，她姐姐怎么就没教好她了？

怎么放到今日，她心底却生出一丝吃味？

“就你会教，”陈洛如一把推开孟见琛，绕过他来到球桌的另一侧，“我这样打得挺好。”

一旁的祝明峤抓着根球杆坐在椅子上，闲闲地打趣道：“行了，孟总。又不是要带孟嫂去打斯诺克比赛，朋友们私下里玩玩，爱怎么打怎么打。

是吧，孟嫂？”

陈洛如瞄准一颗红球，她想把这颗球打入右下角的袋中。

明明这是最简单的三点一线，可球的方向还是产生了偏移。

“哎呀，差一点。”陈洛如懊丧道。

“你这不是差一点，”孟见琛把那颗红球重新摆到了原来的位置，说道，“你这差多了。”

孟见琛绕到陈洛如身边，替她纠正姿势。

“差之毫厘，谬以千里。”他将陈洛如的手撑开摆好，又握住她抓着球杆的另一只手，继续说，“姿势不标准，角度和力道就容易出现偏差。”

陈洛如睫毛微颤，气息不稳。

全因孟见琛此时此刻正在她的身后，叫人心悸不已。

“这下你再瞄准。”孟见琛在她的耳边说话。

陈洛如的掌心渗出一丝汗，她腿脚发软。

孟见琛另一只手一发力，那颗球按照预定的路线滚动，“哐当”一声后稳稳地落入袋中。

“知道了吗？”孟见琛将陈洛如滑落的一缕长发夹回耳后，转而看她。

陈洛如没回他的话，看他一眼，扭着腰挣脱他的怀抱。

孟见琛还真会趁火打劫，就这么点儿工夫，又是搂又是抱的。还假装好老师，哪有好老师这么教学生的？

这个台球室共有三张球桌，另外两桌已经开打了。

孟见琛将散落的十五颗台球放入三角架中，这是美式黑 8 的摆法，黑 8 放在第三行中间，花球、色球相间摆放，呈一个等边三角形。

孟见琛让陈洛如先上，她一开杆，一堆球便稀稀拉拉地往四周滚，没一个入袋的。

孟见琛调侃道：“刚刚不是才吃过饭吗？”

陈洛如知道孟见琛是在嘲笑她力气小，于是愤恨地看着他，说道：“你今天话好多。”

祝明峤刚打完一杆球，在旁边吆喝道：“孟总给孟嫂露一手啊。”

孟见琛捏了一下陈洛如软软的脸，用眼神示意她好好看。

结果，陈洛如就真的抱着球杆全程看戏了。

孟见琛打桌球是一把好手，他的大脑像是一台高速运转的仪器，观测着球的每一个角度。

各种颜色的球一颗接一颗地精准落袋，完全不给她机会。

直到最后一颗黑 8，孟见琛道："你来打吧。"

换陈洛如上，一杆下去，那颗黑球不知怎么拐了山路十八弯，陈洛如的心情像坐过山车一样起伏。

黑球最终稳稳地停在了中袋口，陈洛如气得想冲它吹一口气。你说它怎么就这么不争气呢？

孟见琛用手指轻轻一拨，球进袋了。他嘴角浅浅向上勾起一个弧度，说道："高手。"

祝明峤也哈哈笑道："这么刁钻的角度，这么迂回的路线，孟嫂都能进球，果然是高手。"

陈洛如知道他们俩是在揶揄她的球技，不禁微愠，说道："我平时都没机会打。"

"回家慢慢打。"孟见琛看出她又羞又恼，便接过她手里的球杆，放到一旁。

"孟嫂，去打麻将啊。"祝明峤放下球杆，指了指隔壁的麻将室。

提起麻将，陈洛如终于重拾信心。

想当初，每逢过年，她玩麻将，打遍陈家无敌手。

往牌桌上一坐，陈洛如顿时来了底气。

孟见琛、陈洛如、祝明峤和曾绍祺按照东南西北的方向坐好，剩下几个人在旁边开了一桌。

祝明峤："孟嫂，咱们玩麻将可不能白玩，得拿点什么当添头才有意思。"

陈洛如："多少钱一番？"

祝明峤："你想多少？"

陈洛如："一万？"

孟见琛："一万一番，你想被警察抓走？"

祝明峤笑着拍拍曾绍祺的肩膀，回过头对陈洛如道：“可别，一万一番，到了天亮，他得输掉裤衩。咱们我们就一百一番。”

曾绍祺捋了把袖子，干劲十足地说道：“前些日子霉运也该到头了，今天这场麻将我肯定赢。来，决战到天明！”

有时候，命这种东西很奇妙，你不得不信。

曾绍祺是逢投资必亏本、逢赌必输的体质，可偏偏他还不信命，天天喊着“我命由我不由天”，嗑到头破血流都不认输。

也亏他家禁得起他造，换了普通人家，早倾家荡产了。

孟见琛抓了一把牌，幽幽地说道：“今晚又有人要当慈善家了。”

曾绍祺暗搓搓道：“肯定不是我，这次咱们我们牌桌上多了一个新人。”

言下之意，今晚陈洛如要输牌。

陈洛如码开手里的牌，冷笑道：“知道我外号叫什么吗？”

曾绍祺问：“什么？”

“岭南小雀姬。”陈洛如打出一张东风。

“我怎么没听过这外号？”孟见琛碰了对东风，打出一张一条。

陈洛如：“你又没跟我打过麻将。”

孟见琛：“回家办一桌。”

曾绍祺问：“玩麻将得四个人，你们两个人怎么打？”

孟见琛睨他一眼，没说话。

祝明峤笑：“让孟嫂生两个呗，回头你们一家四口，天天凑齐一桌麻将。”

孟见琛淡淡地道：“好主意。”

陈洛如听他这么一说，登时面红耳赤，默默丢出一张八万，都没好意思叫牌。

陈洛如的牌起手就整齐，很快就听牌了，只差一个将头。结果她等了一圈又一圈，始终没有七饼打出来，倒是她扔出去一张危险的三条，点了祝明峤的炮。

祝明峤一推牌，说道：“小牌小牌，也就红中一番。”

陈洛如闷闷道：“我早就听牌了，一直没人打给我。”

孟见琛问："你听什么？"

陈洛如翻开牌，单拿出一张七饼给他看。

她凑到孟见琛那边，发现他居然有三张七饼，立刻气得拍了一下孟见琛的手背，娇嗔道："原来都被你藏着。"

祝明峤笑着说道："不愧是夫妻，打麻将都那么巧。"

陈洛如睇看了祝明峤一眼，将牌推到麻将机中间。

她今晚摸牌的手气还可以，偏生缺了和牌的命。把把听牌，把把胡不了，这不是要命吗？

打牌的间隙，大家也会聊聊别的话题。

祝明峤："孟总最近在忙些什么？"

孟见琛："子公司的事。"

祝明峤打出一张三万，说道："你那个公司，做 IPO（首次公开募股）吗？不做的话，我给你介绍一个纳斯达克的壳公司啊。"

孟见琛抓了一张牌，放在手中摩挲，猜测这张是不是他要的牌。

"暂时不上市。"孟见琛将这张一饼反手打出。

"干吗不上市？"祝明峤道，"资产包装一下，去国外溜一圈，几十个亿轻轻松松到手。"

曾绍祺听得一愣一愣的，怎么赚钱在他们俩看来那么容易呢？

动不动几十亿几十亿地挣，怎么到他这里就是几十亿几十亿地亏呢？

曾绍祺说道："上市好啊，你去上市，我去投资，孟哥带我飞。"

孟见琛："呃……"

孟见琛："你离我公司远点。"

陈洛如听不太懂他们在讲什么，便问了一句："什么公司啊？"

祝明峤道："京弘生物，孟总搞的。"

"哦。"陈洛如似懂非懂地点点头，她对孟见琛的工作了解很少，便问了一句，"做什么的啊？"

"研究……"祝明峤一时语塞，这东西说起来还挺复杂的，"你让孟总跟你说呗。"

陈洛如眨眨眼，看向孟见琛。

“就是做药品和疫苗。”孟见琛解释得很简洁。

这时，曾绍祺打了张五万，孟见琛说了声“胡了”。

曾绍祺竟然点了孟见琛的清一色碰碰胡，差点儿直接被击飞出局。

陈洛如：“呃……”

他手气那么好？再看看她，沦落到跟曾绍祺你追我赶，角逐第三。

“‘岭南小雀姬’今晚飞不动了？”孟见琛抿了口茶水，这才按了掷骰子的按钮。

“我要憋一把大的。”陈洛如自然不服，她三两下抓好牌，九张九牌，这可是十三幺的起手式啊。

陈洛如沉住气，丢出一张五饼。

祝明峤：“孟嫂这把牌不错啊，起手打五饼。”

陈洛如：“这种牌没用就早点丢掉，以免后患。”

曾绍祺长吁短叹：“难道我要倒数第一了？”

孟见琛：“你哪次不是倒数第一？”

曾绍祺：“呃……”说得好有道理，他竟无法辩驳。

陈洛如猜得不错，她今晚运气不佳，果然是在憋一把大的。

她的十三幺很快凑齐，只差一张九饼。可是一看桌面，九饼已经出了三张，只剩最后一张。她的赢面并不大。

孟见琛摸回一张牌，放在指尖摩挲片刻，游移不定。

曾绍祺敲敲桌子催促道：“快点儿啊，长考出臭牌。”

孟见琛道：“这张牌很危险。”

祝明峤催促道：“打出来看看才知道危险不危险。”

孟见琛道：“我老婆应该在等这张。”

曾绍祺笑：“既然是嫂子要的牌，那就更得打了。”

陈洛如紧张到呼吸加速，说真的，胡一把满贯，可遇不可求。她殷切地看向孟见琛，眼睛里有光在闪动，小眼神里满是期待。

孟见琛莞尔，翻手打出这张九饼。

“嗨，谁要九饼啊。”曾绍祺觉得孟见琛杞人忧天，满地都是九饼，就没见谁要这张牌。

谁知陈洛如“啪”地将牌推翻，欢欣鼓舞道：“国士无双十三幺！满贯十三番！”

一个房间的人都惊呆了，纷纷赶来看大牌：“真是啊！”

“我现在是不是第一？”陈洛如的小尾巴翘得有天高。

“是是是，孟嫂当然是第一。”祝明峤笑道。

曾绍祺感动极了：“我终于不是倒数第一了，孟哥也会有今天，哈哈。”

祝明峤推了他一把，骂道：“人家给自己老婆点的炮，你还笑得那么开心，活该你这辈子倒霉。”

陈洛如高兴坏了，拿出手机对着这副牌“咔嚓咔嚓”拍了两张，编辑朋友圈，然后发送。

孟见琛云淡风轻地问她：“再来一把？”

“来啊。”陈洛如兴致勃勃。

祝明峤道：“难道孟总是想翻盘？至于吗，惦记牌桌上这点钱？”

孟见琛闲闲一笑，望着欢呼雀跃的陈洛如，并未多言。

陈洛如牌兴不错，旁人也知今日是孟见琛组的局，为的是哄老婆高兴，纷纷使出浑身解数逗陈洛如开怀一笑。

这麻将一打就到了晚上，周炜让后厨做了一顿大餐，送入套间。

吃完饭，陈洛如还想打麻将，却被孟见琛制止了：“你忍心看他输得片甲不留？”

孟见琛指了指曾绍祺，他这一晚上输得都没脾气了。

“那我们换一种玩法，”陈洛如提议，“就玩骰子，比大小。”

“你会的花样还挺多？”孟见琛挑眉。

陈洛如：“以前没事的时候，会经常跟朋友去赌城玩。”

原来婚后陈洛如这么能玩，孟见琛还真是小瞧她了。

摇骰子的道具送到后，一行人挨个排坐在沙发上。

祝明峤道：“来钱没意思，不如喝酒。”

曾绍祺笑：“这我可不怕。”

孟见琛道：“我老婆不会喝酒。”

陈洛如立刻狡辩：“我能喝。”

孟见琛睨她一眼，似乎在质疑她的话。

祝明峤笑："孟总，这就是你的不对了，你得多带孟嫂出来锻炼锻炼酒量。"

陈洛如点头似小鸡啄米："就是就是。"

孟见琛不屑地道："你还挺积极？"

陈洛如催促道："哎呀，快点开始吧。"

兴许是运气在打麻将的时候用完了，陈洛如摇骰子是真的惨，回回垫底。

眼看着她几杯啤酒下肚，脸上浮起两抹红晕，孟见琛说道："不玩了，回家。"

陈洛如却腻歪在他的肩膀上，说道："我不走，我还要玩。"

看来是真喝多了，平日里她出去玩也是这么个德行吗？孟见琛不由得蹙眉。

祝明峤替陈洛如将面前的空玻璃杯满上，对孟见琛说道："孟嫂不能喝，孟总，你替她喝呗。"

孟见琛玩到现在还一把没输。

陈洛如转过头看孟见琛，一双水润的桃花眼眨啊眨："你帮我喝啊。"

她玩游戏输了，却让他帮忙喝酒，天底下有这么好的买卖吗？

孟见琛知道陈洛如有些醉了，刚要拒绝她的无理要求，这时她的脑袋又往他脖子上蹭了蹭，撒娇道："你是我老公嘛……"

这声音令人心头发痒。

"对，谁让你是她老公呢！"祝明峤直接把陈洛如的杯子移到孟见琛面前，"孟总，酒量这么好，不替老婆挡一下，说不过去吧？"

孟见琛不置可否，一只手攀上陈洛如纤细的腰身，将她往身边带得更近一点。

于是游戏继续。

陈洛如的手气还是背，一开盖，一一二，天底下再也没有比这还小的点数了。

全场哄堂大笑，孟见琛拿起她的酒杯，仰头一饮而尽。

游戏玩了十多轮，孟见琛替她喝了五六杯啤酒。这点酒对孟见琛来说根本算不上什么，可陈洛如要是一直这么输下去，谁能扛得住？

孟见琛看看兴冲冲喊着要玩骰子的陈洛如，已经靠着他的肩膀半闭上眼睛了。柔软的黑发半遮着脸庞上的红晕，嘴唇水润润的。

孟见琛高估了陈洛如的酒量，她就三杯倒，还得是啤的。就这么个不胜酒力的小东西，也敢刷他的卡包酒吧，谁给她的胆子？

思及此，孟见琛搂住陈洛如的肩，对其他人说道："我们先走了。你们玩，记我账上。"

说罢，他就带着陈洛如离开了。

司机已经在会所门口候着了，孟见琛把陈洛如塞进后座，随后也上了车。

陈洛如半醉半醒间，一头扎进他怀里，小脑袋贴着他的胸膛，乖得不像话。

孟见琛一路搂着她回到家，车停下以后，陈洛如却赖在车上不肯下来。

"到家了。"孟见琛拍拍她酡红色的脸蛋。

"我不下去，"陈洛如的手指抓着后座的靠背，说道，"我还想玩。"

孟见琛："呃……"

酒品这么差还要喝酒，幸亏他带她撤得早，不然就得让外人看笑话了。

"下来。"孟见琛命令道。

"我不。"陈洛如还跟他杠上了，屁股像是黏在车上，动也不肯动一下。

孟见琛目光一沉，双手抱住她的腰，将她整个人拖出车子，接着又像扛麻袋一样扛上肩膀。

倏然的失重让陈洛如惊慌失措，她像久涸的鱼一样扑腾着，不满地嘟囔："你放我下来！"

陈洛如的意识稍稍清醒了些，发现自己竟然被孟见琛扛着，顿时委屈极了。

扛回来也太有辱她的形象了，怎么也该是个公主抱吧？

"孟见琛！"陈洛如用小拳头疯狂地捶他的后背，"快放我下来！让人看见了怎么办？"

孟见琛的手托上她的臀，往肩上一抬，并未理会她。

陈洛如尖叫道："孟见琛，你居然碰我的屁股！"

说得那么大声，是想让家里的用人都出来围观吗？

闹归闹，孟见琛最终还是将她放了下来。

陈洛如气呼呼地要往楼上卧室走，谁知脚底发飘，差点儿栽倒。

孟见琛扶了陈洛如一把，身娇体软平地摔，说的就是她吧？他可不敢让她走楼梯，于是只能搀扶着她上了电梯。

陈洛如晕晕乎乎地回到卧室后，扑到大床上，然后抱着被子滚来滚去。

孟见琛平静地观赏着她撒酒疯——几杯啤酒的酒疯，说出去也不怕贻笑大方。

"去洗澡。"孟见琛坐到床边，扯开她的被子。

"不……"陈洛如撑着身子跪立起来，面对面地挨上孟见琛，两条雪臂环上他的脖子。而她肩膀上的细带早已松松地滑落至手肘处，却对此毫无知觉。

孟见琛的眸色目光渐深，他的手抚过她的长发，将她轻轻地放倒在床上。随后，他抽身离开。

陈洛如枕着枕头，胸口藏着一簇火苗，强撑起身子去寻他的身影。

孟见琛去拉卧室的窗帘，抬头看天。今夜的月亮很大很圆，融融清辉洒满院落。院子里的花草树木，沐浴着一层淡淡的月光。

孟见琛刚将窗帘严丝合缝地拉上，他的腰忽然被一双臂膀抱住。

陈洛如将头靠上他的后背。

孟见琛心一紧，转过身，望向她那双含着蒙胧泪光的眼，低语道："媗媗。"

陈洛如踮起光着的脚，奉上馥郁软糯的唇瓣。

夜色里，孟见琛将陈洛如打横抱起。在酒精的催化作用下，她的感官像是被麻痹了。

陈洛如如同一只生活在海洋深处的水生生物，被一股无形的力量托举着，不停地上升，再上升，直到窥见天光，达到顶点。

第八章

侦探出马

一缕阳光刺破了清晨的静谧，陈洛如悠悠转醒，隐隐察觉到和平时不太一样——她正躺在孟见琛怀里。

陈洛如掀开被子偷偷朝里面看了一眼，当即犹如晴天霹雳。这……这叫怎么回事啊？

她是怎么做到前一天跟孟见琛闹离婚后一天就跟他坐实夫妻关系的呢？

陈洛如呆呆地坐在床上，一时半会儿没了主意。

孟见琛翻了个身，没摸到她温软的身子，这才睁开眼睛寻她。

“你醒了？”孟见琛问了一句。

回答他的是一记鹅毛软枕攻击。

“孟见琛！”陈洛如怒嗔。

接下来又是一句耳熟能详的话。

“我要跟你离婚！！！”

得，又来了。就没有一天消停的。

躲过陈洛如左右开弓的鹅毛软枕的攻击后，孟见琛帮她做了简单的检查，裹上睡袍，去拿房间里的医药箱，从林林总总的非处方药里找出了软膏替她擦。

正所谓，风水轮流转。一个月前，陈洛如也给孟见琛上过药。

昨晚破碎的记忆也一点一点浮上了陈洛如的脑海。她越想脸越红，垂眸看向孟见琛，他正将软膏盖子拧回去。

孟见琛感觉到陈洛如的视线，抬起头来，又摸摸她的小脸，在她的额头上落下一吻。他把她抱下床，又找来她的拖鞋，替她套到脚上。

两人来到盥洗室，陈洛如套上小兔发箍，将额前的碎发拢上去。

孟见琛则拿出电动剃须刀，打开开关，传出很轻的“滋滋”声。

他对着镜子将刚刚冒头的微青胡楂刮掉，陈洛如想到昨晚被他的胡楂扎到了不少地方。

陈洛如忽然小声地问了一句：“我们不会有小宝宝吧。”

“我们是夫妻，”孟见琛说得理所当然，“有了也没事。”

陈洛如踩了他一脚：“我们昨晚喝酒了！”

“那点酒精，还不如雾霾的危害大。”孟见琛慢条斯理地挤上牙膏，“再说了，你现在是安全期。”

“你……你怎么知道？”陈洛如愣住，他竟然还会算这个。

“前些日子你说肚子疼。”孟见琛道。

陈洛如莫名感到羞耻，她竟不知孟见琛会注意到这种小细节，他肯定是蓄谋已久！

孟见琛伸手拽了下她发箍上的兔耳朵，陈洛如“啊”了一声：“你干吗揪我的耳朵？”

孟见琛放下牙刷，又把她的牙刷取来挤上牙膏，说道：“那是你的耳朵啊？”

陈洛如看了孟见琛一眼，忽然想到什么，喃喃自语道：“对哦，我不可能怀孕的，我植入过避孕胶囊。”

虽然不知道陈洛如是在防谁，但孟见琛总觉得陈洛如是在防着他。

这丫头在英国读书的时候就跟条泥鳅一样，逮都逮不着。

结婚前两年，孟见琛在国外上学，学业忙得很，好不容易抽空去看她，还被她放鸽子。第二次陈洛如故技重施，他哪里还会信她的鬼话，当即让高骞调出她的消费记录。

于是，他亲自把她抓了个正着，取得了智斗小娇妻的典型性胜利。

结果陈洛如对他的态度就更差了，压根儿就没给过他好脸色。

从国外回来后，孟见琛忙着拓展事业版图，无暇顾她。陈洛如远在英国，乐得逍遥自在。

既然陈洛如早已毕业，那孟见琛就不能再纵容她在外为非作歹了。他势必要将她带回身边——夫妻分居异国四年，哪有这样的事。

刷完牙，陈洛如打算洗个脸，护个肤。

“过两天带你去医院把胶囊取出来。”孟见琛冷不丁说道。

“不要！”陈洛如立刻捂住胳膊。

孟见琛双手撑着洗手台，悠闲地道：“我看你挺喜欢你姐的孩子。”

孟见琛说的是礼礼。

作为礼礼的小姨，陈洛如不想让礼礼跟孟见琛有什么往来。她总觉得孟见琛不会待见她这个小外甥。

毕竟就是因为有礼礼的存在，才拆散了孟见琛原本的婚约，是个男人都不会给这种孩子好脸色看。

陈洛如知道孟见琛和陈漾原本就是逢场作戏，郎无情妾无意。

然而毕竟有这么一层关系在，孟见琛对陈漾的态度并不好。

结婚以后，孟见琛几乎没跟陈漾碰过面，逢年过节也极少南下去陈家。陈洛如只能一个人北上，他这个女婿当得倒是矜贵。

气氛有一丝诡异，孟见琛见陈洛如闷闷的，忽然意识到陈洛如可能误会了他的意思。

孟见琛把陈洛如手里的那支洗面奶拿下来，双手握住她的肩膀，让她面对自己。他说：“喜欢孩子，我们可以自己生。”

陈洛如敛了睫毛，小声道：“我……我暂时还不想。”

陈洛如不愿给孟见琛生孩子，一是因为她玩心重，不想早早生个孩子绑住自己；二是因为她心里有点儿说不清道不明的情绪。

孟见琛凝神看了陈洛如几秒，这才说道：“没事，不急。”

可他紧接着又忍不住问了一句：“胶囊的有效期还有多久？”

“到现在……”陈洛如说道，“还有一年。”

陈洛如的本意真不是为了防孟见琛。

前些年，英国部分中学为了防止学生早孕，集体组织女学生植入避孕胶囊或者打避孕针。当初这件事闹得沸沸扬扬，还上了新闻。

陈洛如倒觉得这是件好事，于是她主动去医院植入了一组避孕胶囊，准备迎接成年后的精彩人生。

这件事发生在他们结婚以前，那个时候她根本不知道自己会被家里人安排嫁给孟见琛。

孟见琛要是有什么想法，那纯属他自作多情。

孟见琛一边将陈洛如抱到洗手台上，一边说道："那一年后再考虑孩子的事。"他的手撑着镜面，垂首吻上她的唇。

两个人刚刷过牙，口腔里是薄荷和海盐的清凉气息。

昨晚他们也接了吻，那吻里掺着太多的欲望。

现在的这个吻，更像是孟见琛在向她表一片赤诚之心。

吃早饭的时候，孟见琛给陈洛如剥了一颗茶叶蛋。

吴管家感慨，这么祥和的早晨，已经好久不见了。

以昨晚先生把太太扛回来的架势来看，他本认为今早必然少不了一场狂风暴雨，可谁知这二人竟意外地和谐美妙。

还是先生有法子治太太啊。

孟见琛出门上班前，对陈洛如说道："过段日子，爷爷的八十岁生辰就到了。你看看有什么可以买来孝敬他老人家的。"

"让我挑礼物？"陈洛如问。

孟见琛点点头："这件事就交给你了，卡你随便刷。"

有了这句话，陈洛如立刻一口应下。

这还没多久，陈洛如就忘了要闹离婚的事。可见对她来说，闹离婚成了某种特殊的"夫妻情趣"。

范建一早战战兢兢地来公司上班，刚一入座，市场部主管就来找他了："范建，去一趟总裁办公室。"

这句话就跟催命符一样，让范建魂飞魄散。他的辞职信还没写好，孟见琛就主动找上他了。

范建磨磨蹭蹭好半天，才颤巍巍地按下了第五十八层楼的电梯。

是福不是祸，是祸躲不过。面对疾风吧，小建建。

范建蹑手蹑脚地来到总裁办公室外，办公室隔音效果不错，他隔着门观测了好半天，也没听出里面有什么动静。

他犹犹豫豫好一阵子，才伸手敲了敲门。

半分钟后，门开了。

不是孟见琛，是他身边的总秘高骞。

“进去吧，孟总在等你呢。”高骞出了办公室，冲着门缝指了指。

范建吞了口唾沫，这才进去。

像他这样的京弘底层员工，平日里连孟见琛的面都极难得见，更别提来总裁办公室这样高大上的地方了。

虽然他跟孟见琛没什么接触，但是这并不妨碍他说总裁的八卦。

可惜纵他有雄辩群儒的本事，遇到孟见琛这样的硬茬，也只能熄火。

孟见琛正坐在办公椅上，双手交叠着置于腹前，两只大拇指拨弄着胸前的领带。

紫檀木制的办公桌上有一台大尺寸的苹果一体机，他正在看显示屏。

“坐。”孟见琛指了指茶几旁的沙发。

“不敢，不敢。”范建连忙摆手。

孟见琛冷冷地看他一眼，脸上写着“让你坐你就坐”。

范建没辙，只好小心翼翼地在沙发上坐下。即使只占最小的地方，他依旧如坐针毡。

孟见琛睨着范建，开口道：“知道我叫你来是什么事吗？”

范建装傻：“不知道。”

孟见琛以鼻音发出一个“嗯”字。

范建立刻屃了：“知道，知道。”

孟见琛清了清嗓子，问道：“她跟你说了什么？”

“没说什么，没说什么。”范建哪敢瞎说，要是孟见琛听到陈洛如跟他讲的那些坏话，指不定两口子真要离婚，那他可就成千古罪人了。

短短一个周末，他就从说书小能手变成了复读机。

孟见琛：“说实话。”

范建心想，还不如直接把他辞了来得痛快，这跟猫抓住耗子以后非要玩一玩再吃有什么区别呢？

“陈小姐，哦不，孟太太。”范建颇识时务地改口道，“她说她只是跟您闹着玩。”

“闹着玩？”孟见琛哪里会信他的馊话，陈洛如分明是处心积虑。

她恃宠行凶，仗着他纵容她，鬼点子一个接一个。

他们度过了一个跌宕起伏的周末，昨夜的柔情蜜意并不能消弭孟见琛心中的担忧。

虽说孙悟空始终翻不出如来佛的手掌心，可要是天天在家翻筋斗云，那如来佛也得头疼。

孟见琛不说，不代表他无动于衷。

陈洛如是被宠坏的小孩，今天乖得像猫，明天就能野得像马。

虽说昨夜他们的关系有了重大进展，但陈洛如内心对他依旧成见颇深。今早她的防备显而易见——怕怀上他的孩子，竟然在多年前就做了万全准备。

然而孟见琛不甚了解小他六岁的太太，他也曾偷偷去看她的社交账号，每天除了“哈哈哈”还是“哈哈哈”，俨然一个小傻瓜，什么都看不透。

所以孟见琛才把范建叫来，想看能不能窥得她心间一二事。

“你们是怎么联系上的？”孟见琛开始盘问。

“就……网上认识的。”范建迟疑道。

孟见琛眉头紧蹙，敢情陈洛如还敢背着他在网上搞交友？

“认识多久了？”

“就一周。”

好啊，认识一周的网友就敢约出来吃饭，谁给她的胆子？

范建看孟见琛的脸色越来越差，连忙解释道：“实话跟您说了吧，我是她雇来的临时演员。”

“嫌工资低？”孟见琛冷嘲，“副业还挺广泛。”

范建的手掌搓着膝盖，半句话不敢答。

周末出去搞搞兼职虽然不犯法，但兼职兼到顶头上司这里还是很尴尬的——尤其还是帮忙拆散人家夫妻的兼职，就更尴尬了。

孟见琛随手拿来一沓 A4 纸，上面有范建详细的员工资料。

范建的等级是去年招来的应届硕士生，入职刚一年，之前在行政部的薪资水平是 12000，现在在市场部，涨到了 15000，干得好还有提成和奖金。

孟见琛拿过钢笔，在上面写了几个备注，说道："把你们俩的聊天记录发过来，工资给你涨三倍。"

没有人不喜欢钱，更没有人能禁得住总裁的威逼利诱。范建很没骨气地把陈洛如出卖了。

范建无视内心的些许不安，容光焕发地回了市场部。

范建悠闲地坐在位子上哼着小曲，想着这买卖不亏啊。三倍工资，那他岂不是很快就能从小康奔向富裕了吗？

其他员工见范建这般得意，纷纷好奇。

刚刚大家还聚在一块讨论孟见琛让范建去总裁办公室肯定没好事，估计是记恨着范建在食堂说八卦的事。总之，被顶头上司请喝茶，准没有好事。

谁知范建喜滋滋地回来，不知道的还以为他中了彩票。

"范建，孟总没为难你？"

"没有没有，孟总好得很。"范建摆摆手，以后他就是孟总最忠实的走狗。

"哟，他到底找你什么事啊？说给大家伙听听。"

"小事小事，你们不懂。"范建可没那个胆透露聊天内容。

正在这时，市场部主管又来了："范建，你在呢，正好找你有事。"

范建问："什么事啊？"

主管说得很着急："你回去收拾一下行李，人事部调你去非洲索马里开拓市场，下周就走。"

范建："呃……"

范建："咱们公司在索马里还有分部吗？"

主管："就是因为没有所以才让你去开拓啊。"

市场部众人瞬间大笑起来。去索马里开拓市场，有命去，还不知道有没有命回。

范建一口老血喷出来。

果然，得罪总裁不会有好下场。

陈洛如对这件事毫无察觉，她一心都扑在了挑礼物这件事上。

她给陈筱发了一张手表的照片。

陈洛如："你看这个怎么样？"

陈筱："你让我先数数几个零。"

陈筱："你一刀杀了我吧？！"

陈洛如："你怎么了？"

陈筱："深刻意识到了我和你之间越来越大的贫富差距。"

陈洛如："总觉得不太合适。"

陈筱："确实不合适，老年人对手表这些东西没什么兴趣，你还不如送个玉观音之类的。"

陈洛如："爷爷不信佛，我听说上回过生日，有人送了齐白石的真迹。"

陈筱："那得多少钱？说出来让我开开眼。"

陈洛如："我哪知道？那东西有价无市，拿着钱也买不着。"

陈洛如发现，孟见琛这是在给她出难题。

爷爷不缺钱，用钱买来的礼物，反倒显得俗气了。

陈筱："八十大寿，送点有诚意的礼物就好，我觉得他爷爷不会计较小辈花钱多还是少。"

陈筱的话提醒了陈洛如，孟见琛的爷爷孟沛群是什么人，多贵重的东西老爷子没见识过？

几千万元的手表，旁人或许会当个宝贝，到了他那里，估计连眼皮子都不会抬。

陈洛如躺在摇摇椅上，手捧一杯百香果果汁，牙齿轻轻地咬着吸管。

她想起孟见琛给她准备的那间工作室，做点小手工应该可以吧？

孟见琛晚上回家后，吴管家说陈洛如在工作室忙活，孟见琛便上楼去寻她。

上次，是给匿名公众号瞎投稿；这次，是在外人面前胡说八道。

孟见琛气吗？当然气了。

可昨晚刚跟她翻云覆雨，今天要是翻脸不认人地训她一顿，怕是以后都不要想过好日子了。

孟见琛打算按兵不动，静观其变。

他推开工作室的门，陈洛如正在工作台前画图纸。

一头如瀑的秀发搭在肩膀处，纤细的腰身像月牙一样拱起，露出一片雪白的后颈肌肤和伶仃的蝴蝶骨。

孟见琛静静地看了她一会儿，工作中的女人有一种别样的迷人感。

他悄无声息地走上前去，刚要伸手去碰她，陈洛如立刻像受惊的麻雀一样浑身一抖。她捂了捂胸口，说道："你吓死我了。"

孟见琛随手捡起一张图纸，她好像在画一个房子的平面图，细细一瞧，隐约有点儿像那座灯市街的老宅。

陈洛如把草稿夺回来，说道："这是给爷爷准备的生日礼物。"

"你要送他这个？"孟见琛问。

"时间不多，我想看看能不能做个模型出来。"陈洛如说道，"爷爷估计不会稀罕用钱买来的礼物。"

孟见琛勾了勾嘴角："难为你费心了。"

陈洛如这般乖巧的模样，让孟见琛不忍责备她。这个周末他已经收获了许多，那场闹剧就当没发生过吧。

孟见琛看着陈洛如画了一会儿图，忽然说："我小叔过些日子要回来。"

陈洛如握笔的手一顿，惊讶道："就是那个……"

孟见琛点点头。

孟家除了长房孟祥东，还有一个叫孟建泽。

但这孟建泽的来头，一直讳莫如深。

孟建泽只比孟见琛大十岁，是孟见琛七岁的时候，爷爷从外面带回来的孩子，说是战友遗孤，帮忙照拂一下。

他原本姓魏，孟沛群却将他改姓孟。从此，各种流言蜚语就没断过，就连陈洛如都略知一二。

生在豪门，龌龊事没少见。陈洛如并没有大惊小怪，总之这个孟家养子跟她也没什么关系。

何况孟建泽被接到孟家以后，很快就被“流放”去了国外。

这次爷爷过寿，竟允许他回来，也是一件怪事。

陈洛如最近一直在为爷爷准备寿辰礼物，她为了精准还原灯市街老宅的建筑，特地去实地观测了好几次。

虽说陈洛如不认为自己是什么伟大的建筑设计师，但做起这些活来还是驾轻就熟的。

陈洛如拍了许多照片，连雕梁画栋的图样都仔仔细细地临摹下来。

等到图纸终于全部搞定，陈洛如便开始着手在电脑上进行建模。

陈洛如并不打算用传统的手工方法来制作这个模型，她准备采用最新的 3D 打印技术。

科技在发展，学科也在进步，3D 打印技术对于模型的还原程度是手工所不能比拟的——当然，这对模型的精度要求也更高。

这项技术目前还没有得到广泛应用，陈洛如这个简单的家庭工作室也没有相关设备供她打印。

不过陈洛如之前在剑桥待过的设计工作室确实有一台先进的工业级 3D 打印机，于是她联系了一个同学 Catherine。

Catherine 来自威尔士，和陈洛如当了四年的大学同学。她们今年年初还和小组合作设计并建成了一个乡村建筑，两个人关系向来不错。

毕业后，陈洛如回国，而 Catherine 留在剑桥继续深造。

陈洛如给 Catherine 发了电子邮件，想寻求她的帮助，并表示会向工作室支付此次打印所需的全部费用。

Catherine 当天下午就给陈洛如回了邮件，说她已经向导师请示了，导师对中国传统建筑有着浓厚的兴趣。他们不但答应了陈洛如的请求，还免除了打印的费用，要求是陈洛如能将这份详细的建模数据分享给他们一份。

陈洛如很高兴，向Catherine表示感谢。

Catherine又回了一封新邮件，她在邮件里提到了另外一件事。

“Christina，你记得我们去年合作的乡村建筑吗？我们小组把这个项目申报了今年的安托瓦妮特建筑奖，前几天主办方公布消息说我们的作品入围了，这周六即将举行颁奖仪式。你要过来吗？”

虽说这个安托瓦妮特建筑奖是一个商业类奖项，但是对于一个学生团队来说，如果能获得这个奖，已经算是很不错的褒奖了。

陈洛如觉得获奖希望不大，况且这又不是普利兹克建筑奖（建筑界的诺贝尔奖），所以她懒得再跑一趟——主要是因为孟见琛不会放她离开。

于是陈洛如回了邮件——

“Catherine，我最近有点忙，暂时不能回去。如果有获奖的好消息，麻烦你发邮件告诉我，非常感谢。”

陈洛如很快就将这件事抛之脑后了，没想到她在周一的早上查看邮件的时候，竟然真的收到了Catherine的邮件。

“Christina，很高兴和你分享这个好消息。我们的作品获得了本年度安托瓦妮特建筑奖最具潜质作品奖的好成绩！这份荣誉也是属于你的。”

最后的图片是小组成员和大赛主委会的合影，以及获奖证书和奖杯。

Catherine在邮件的最后附上了本次大赛获奖消息的官方网页链接，陈洛如试着点进去看，却发现链接已经失效了。

于是陈洛如在搜索引擎里输入了“安托瓦妮特建筑奖”，第一条并不是奖项的官方网站，而是一个叫“童淑静”的大V的评论文章，陈洛如好奇地读起来。

在印度新德里结束了长达两个月的瑜伽课，我再度回到这缠绵的雨季里，在湿润的温带海洋性季风里面对一场无疾而终的离别。我格外怀念阳光普照的新德里，污浊的恒河水是涤荡心灵最好的溶剂。

又是一个阴雨绵绵的周末，我全身上下每一根骨头都叫嚣着疼痛。百无聊赖之下，我走进了隔壁艺术馆。恰逢今年度安托瓦妮特建筑奖获奖作品正在展览，我渴求艺术的力量治愈了我肉身的痛楚。

本年度的最佳作品奖花落设计师Giles Evans（贾尔斯 · 埃文斯）之手，我曾有幸在剑桥与他邂逅。我们坐在温暖的咖啡馆里，谈笑风生。他与我讲人类、自然与建筑的关系，我同他探讨实践美学与人生美学的建构。他的作品是老子“道法自然”朴素哲学思想最好的印鉴，中西方文化穿越千年的时光、跨越万里的长路，产生了激烈的碰撞。我站在他的作品前，情不自禁地痛哭落泪……

看到这里，陈洛如内心“咯噔”了一下，眼眶顿时泛酸，她被这通篇无病呻吟且狗屁不通的文字硌硬得浑身像长了毛一样难受。

陈洛如与这个名叫Giles Evans的设计师的确有过一面之缘，他作为杰出校友曾经回剑桥做过一次报告。当时陈洛如在散会后向他提过一个问题，他不光给陈洛如解答，还夸陈洛如的想法像她的人一样可爱。

两人甚至还在Facebook上互相关注了，虽然没什么互动，但是能被他关注，也算是陈洛如的荣幸。

没想到这个叫童淑静的竟然也认识Giles Evans……陈洛如强行压抑住想用肥皂给童淑静洗洗嘴让她好好说话的冲动，继续往下看。

童淑静又点评了几件获奖作品，字里行间透露出她自以为优越实则做作的审美情趣。直到文章的最后，陈洛如发现她竟然还点评了她们小组的获奖作品：

整个展览一如既往的高水准，只有一件作品令我出戏。这个乡村建筑，设计师或许是从某单机游戏的土豆地雷得来的灵感。恕我直言，如果这件作品是中学生的手工作业，我愿意给它打高分。可惜作为获奖作品，拉低了整场展览的水准。

之后又是一段矫情的总结，大意是她沐浴在艺术的光辉下，腰也不酸了，腿也不疼了，吃嘛嘛香，一口气上五楼也没问题了。

陈洛如无语，她感觉自己和整个的小组有被冒犯到。

陈洛如想看看这个大放厥词的大V究竟是何方神圣，于是她点进社交账号看童淑静的简介。

这一看，可不得了。

童淑静自己的社交账号有近千万粉丝，她的认证信息上写着青年女作家、电影制片人、摄影艺术家、社会慈善家……头衔多到让陈洛如感觉脑袋四周有小鸟在飞。

童淑静的这条动态还附了九张照片，有五张是她看展的时候的单人照，还有四张是她拍的作品照片，其中就有陈洛如小组的那幅作品。

看看她的评论区，竟然有四五千条评论——

“每次看你的文字都是一种心灵享受。”

“漂亮又有才华，令人羡慕。”

“难怪你消失了那么久，原来是去国外了，好想过上你那样的生活啊。”

“第一件作品我‘哇’了出来，最后一件作品我笑了出来。”

“果然和土豆地雷一模一样，童童太会打比方了。”

“这种作品怎么拿的奖啊，是不是走后门的啊？”

偏偏童淑静还回了那条质疑拿奖的评论。

童淑静：“谁知道呢？”

语气里满满的都是影射。

这件作品是几个剑桥建筑设计专业的同学合作完成的，陈洛如很想给自己的团队喊声冤。

童淑静放出来的图是这个建筑刚落成时拍的，从外观上看，就是平地上倒扣了一个灰不溜秋的半球。半球上有两个圆形的玻璃窗和一扇方形的门，但这个建筑的主体结构在地下。

这个国家的地理位置靠近北极圈，气候寒冷。他们从因纽特人的冰屋得到灵感，将建筑的地面部分设计成一个半球形，便于室内热气循环。因为冬季地下的气温比地上要高，所以他们采用了深挖洞、浅筑顶的结构设计，房屋使用者在入住时会感到更加舒适和温暖。

除此以外，他们还运用了某国传统建筑“芝栋”的建筑风格。半球形的建筑上覆盖了一层柔软的泥土，他们在泥土里撒了草籽和花种，这些植物生根发芽后，整个建筑会和周围的草坪融为一体。等到三色堇开了，远远看去就是一座漂亮的花屋。

这个作品巧妙地将园艺设计、建筑结构设计、家居装修设计融合起来，充分考虑了当地的地理环境和房屋使用者的需求，虽算不上什么惊世之作，但拿个“最具潜质作品奖”还是问心无愧的。

大赛组委会评奖的时候一定会看这座建筑的整体设计，可童淑静根本不懂建筑，她只看了一个外观图就说他们的作品像土豆地雷。展厅里肯定还有其他的说明图，估计她都没有看。

童淑静洋洋自得地对整场展览评头论足，实际上只是走马观花地品鉴了这些作品，写出文不对题、颠倒黑白的文字，再利用捧高踩低的手段彰显她独特的艺术眼光。

而陈洛如和她团队的作品，不幸沦为她自抬身价的垫脚石。

陈洛如咽不下这口气，她去搜索了童淑静的资料，看完以后啧啧称奇。

童淑静大学就读于国内某普通本科院校管理学专业，毕业以后去了剑桥留学。留学期间，她开始在豆瓣写作，以其独特的小资情调风格和才女人设捕获了一票粉丝，受到这些人狂热的追捧。

后来，她转型成为电影制片人，出品过一部自传式口碑和票房双扑街的史诗级烂片。

童淑静荼毒了文学界和电影界也就罢了，她为了凹人设，还进军摄影界、慈善界，现在甚至要把魔爪伸到建筑界和艺术评论界，实乃一颗毒瘤。

网上有不少人说她酷爱装，但架不住她粉丝多。

没见过世面的年轻小粉丝纷纷以她为榜样，说她是才貌双全的新时代独立女性。若有旁人攻击她，立刻就会被扣上“柠檬精”“吃葡萄”的大帽子。

陈洛如就纳闷了，这个童淑静居然还是她的校友？七八年前一个学历平平的中国学生竟然能申请上剑桥的研究生，看来剑桥真的很好上啊。

陈洛如不禁为剑桥出了这样的人感到羞耻！

陈洛如没有狂妄到认为别人不能来批评她的作品，可是她辛辛苦苦和团队做出来的建筑被一个外行人说成是土豆地雷，而且这个人根本就没有好好看他们的设计，这样的委屈她怎么能忍？

陈洛如获奖的喜悦顿时被这个人不分青红皂白的点评长文给浇灭了。

然而陈洛如还没来得及去质问童淑静，就有人按捺不住了。

因为童淑静以往就热衷于在网上装、凹人设，所以她这次写的矫情小作文被那些看不惯她的人狠狠地嘲笑了一通，甚至还有人用红笔圈出她小作文里写得毫无逻辑的病句和乱七八糟的用词。

也有建筑学专业的网友现身说法，指出最具潜质作品奖并没有童淑静形容的那么不堪，她这么批评人家完全是因为她不懂建筑。

热心网友还去安托瓦妮特建筑奖的官方网页截了这幅作品的设计图，力证童淑静就是在瞎扯。

效果图上，整个小屋的设计充满了灵气，童趣盎然，跟土豆地雷相距甚远。

网友见了这些效果图，纷纷替设计团队说话，还指责童淑静仗着人家设计师没什么名气且身在海外不会上国内的社交平台趁机拼命踩人家。

一时之间，童淑静装业内人士却翻车的事成了一个笑话。

陈洛如很欣慰，本来她也只是想给自己讨个公道罢了，现在看到大家都那么说童淑静，她也就放心了。

然而童淑静凹人设之心不死，在网友一边倒地嘲讽她时，她忽然发了一条新动态打脸众网友。

童淑静："你们说我不懂建筑，抱歉，我在《Architect》上发表过建筑学论文。建筑效果图和实景图天差地别的例子有很多，我只是秉持着我的专业素养做出我的判断。

"建筑师的眼光和普通人的眼光不同，你们不懂不要以为别人不懂。丑就是丑，让我给出专业意见，你们当中绝大部分人也听不懂，所以我在这里也懒得多说。

"当你们在网上攻击别人时，别人却在花时间提升自我。粉丝们总问我为什么这么优秀，我想这就是答案。"

这条动态下，简直是粉丝们狂欢的现场——

"你还有多少惊喜是我们不知道的？"

"童童可是剑桥毕业的，资质平庸的人是不会承认世界上有天才的。"

"我们童童可是和建筑大师谈笑风生的人，说她不懂建筑真是笑死人了。”

“我也觉得那件作品怪丑的，我六岁的侄子都能设计出来。”

陈洛如越看越生气，童淑静居然说她的作品丑得没理由。

可是她也很纳闷，一个管理学专业的人，怎么就写出了一篇建筑学论文呢？这个人难道真是天才？

陈洛如愤愤地登录自己的Facebook，想找剑桥的校友问问这个童淑静究竟是什么来头，是哪个学院哪一届的。

要知道，校友在某种意义上讲是没有血缘关系的亲人，可她居然在公众面前无缘无故地贬损校友的设计作品，到底是何居心？

正当陈洛如磨刀霍霍之时，孟见琛回家了。

原来陈洛如在网上浏览，一不留神就到了晚上七点。

孟见琛叫她下楼去吃晚饭，她拒绝了，理由是不饿——其实她是被气饱了。

孟见琛见她抱着电脑坐在沙发上，不知在鼓捣什么，心里想着她八成又和网友吵架了。

陈洛如平时晚上吃得就不多，所以孟见琛没管她，吃完饭让人送了些小食上楼。

他回到卧室后，陈洛如人不见了，电脑搁在沙发上，洗手间的灯却亮着。

孟见琛状似无意地将外套脱下来挂在沙发旁的衣架上，同时用余光迅速瞥了一眼陈洛如的电脑。

陈洛如的电脑界面停留在Facebook的网页上，她正在和人聊天，而对面的那个人，看头像好像还是个男的。

中国人通常认为最高的道德标准叫“慎独”，即“一人独处无人监督之时，更要谨慎从事，自觉遵守各种道德准则”。

显然，孟见琛不认为这个道德标准在看到老婆和其他男人聊天时依旧能生效。

然而他又不敢公然去看陈洛如的聊天记录——要是让她知道了，还不得跳上天去。

正当孟见琛犹豫之际，陈洛如从洗手间出来了。她再度坐到沙发上，将笔记本电脑放在膝盖上，噼里啪啦地跟对方聊得火热。

跟陈洛如聊天的是剑桥某全球华人校友会的副会长 Shawn Wu，陈洛如把童淑静的个人信息发给他，让他帮忙查查这个人究竟什么来头。

对方说要等几分钟才能查到，所以陈洛如就去了一趟洗手间。

等她回来以后，吴会长告诉她，他并没有查到有这么一个人。

Shawn Wu：“也许她上学时用的是英文名吧，这是近几年姓 Tong 的所有校友名录，你找找看里面有没有她。”

Christina Chan：“谢谢。”

陈洛如在 Facebook 里挨个搜姓名，如果童淑静真在剑桥读过书，就绝对不可能不用Facebook。且她还是网红出身，应当非常热衷于社交网络。

陈洛如正专心致志地查着信息，忽然听到电视的音响里传来一阵沙哑的歌声：“我应该在车底，不应该在车里，看到你们有多甜蜜……”

陈洛如皱起眉头，对孟见琛说道：“你在做什么？”

孟见琛躺在床上，手里拿着遥控器，一双长腿交叠着，淡淡地说道：“听音乐。”

陈洛如：“呃……”

陈洛如：“你听音乐放那么大声音做什么？很吵。”

孟见琛将声音调小，对陈洛如说：“你不上床睡觉吗？”

陈洛如：“九点钟还不到，睡什么觉？”

孟见琛挑挑眉，侧过身子半撑着胳膊看她。

床头暖黄色的灯光打在他脸部立体的轮廓上，额前的碎发被映上一层薄光，一双深不可测的黑眸里情绪不明。

孟见琛从来没对陈洛如提过什么要求，可就这么一点小小的愿望她也不想满足他，他实在是太难了。

陈洛如继续投入她的战斗中，直到将所有的人名都筛查了一遍，她也没有发现有哪个校友跟童淑静有一点点相似。

她更加怀疑，这个童淑静真是剑桥的校友吗？

于是她就从童淑静的社交账号上找了几张照片，发给 Giles Evans 并留言。

Christina Chan：“Dear Giles Evans，好久不见，还记得我吗？恭喜你拿下今年安托瓦妮特建筑奖最佳作品奖！我给你留言是想问你一个问题，你是否认识这位名叫 Tong Shu jing 的中国女士？她在中国的社交网络平台上宣称自己是剑桥校友，还曾与你在剑桥的咖啡馆里谈论过建筑设计。我想你们一定是很好的朋友，所以想核实情况是否属实。期待你的回复，谢谢。”

陈洛如还想继续深扒童淑静的背景，孟见琛已经悄无声息地下床来到她面前，她抬头疑惑地看向他。

“你要……”陈洛如话说到一半，笔记本电脑就被孟见琛给合上丢到一旁去了。

然后，孟见琛俯下身子，一把拽过陈洛如的胳膊，将她拦腰抱起往床边走去。

陈洛如惊讶地睁大眼睛，这……他想干什么？

她伸出拳头捶了他两下，两条小腿也不停地晃来晃去，像是两条扑腾的小鱼。

可她很快就被孟见琛制服，拳头都握不紧了。

一早醒来，陈洛如就气得不肯跟孟见琛讲话。

孟见琛人模狗样地穿上衬衫，将纽扣严严实实地扣到最上面一颗。他对缩在被子里生闷气的陈洛如说道：“今晚有个应酬，你陪我一起去。”

陈洛如一听这话，哪里会肯。

她当即掀开被子坐起来，一头乌黑的头发睡得蓬松又凌乱，她义正词严地拒绝道：“我不！”

孟见琛像是没听到她的话一般，径直拿起领带走到穿衣镜前。

他对着镜子将领带系上，然后漫不经心地扣上袖扣，说道：“我傍晚会回来接你。”

陈洛如一双眼睛幽怨似深海，眼睁睁地看着这个道貌岸然的男人胳膊上挂了一件西服外套后出了卧室门。

陈洛如重新躺回松软的被窝里，衷心祝福孟见琛这辈子买方便面没有调料包、喝奶茶没有吸管、吃西瓜都是西瓜子！

陈洛如摸索着把自己的手机拿过来看时间，想等着孟见琛吃完早饭她再下去，省得跟他坐在一张桌上一起吃早饭，闹心！

陈洛如注意到手机的Facebook图标上有一个小红点，点开一瞧，原来是Giles Evans给她回了消息。

Giles Evans：“My Dear Christina，之前在剑桥的会面给我留下了深刻的印象，我当然记得你这个可爱的姑娘。我从来不认识你提到的这位女士，更不可能和她在剑桥的咖啡馆里聊天。我十六年前从剑桥毕业，之后就从来没回过学校的咖啡馆。另外，我注意到你和你的团队拿了今年安托瓦妮特建筑奖最具潜质作品奖，我非常欣赏你们的作品。希望你以后一切顺利，祝好！”

Giles Evans的回复像给陈洛如打了一针鸡血，看来她猜得没错，那个童淑静果然是利用Giles Evans来自抬身价。

于是陈洛如将她和Giles Evans的对话截图，把关键信息打上码，然后投稿给了一个昨天嘲讽童淑静的大V博主。

那个大V博主被童淑静昨晚那通话硌硬得正郁闷，没想到竟然有热心网友投稿。他立刻向陈洛如表示感谢，然后将这张图片发了出来并提到了童淑静。

淡水里的小咸鱼：“童淑静口口声声在小作文里写你和设计师Giles Evans谈笑风生，热心网友特地去Facebook求证，人家说根本就不认识你这号人物。要不要出来解释一下？”

寂静了一个晚上又热闹起来了——

“真会往自己脸上贴金，现在脸疼不疼？”

“人家不就是想装一下吗？你们干吗非要拆穿人家，太不厚道了！”

童淑静的粉丝哪能坐视不理？可是这锤子又有点硬，他们一时半会儿也找不到什么好的突破口，于是只能在童淑静的社交账号下发言——

“守护全世界最优秀的童童。”

“无论如何，我相信你。”

童淑静的回复姗姗来迟，直到中午才公开回应此事——

我一直以为，人类对于艺术的探索是永无止境的。每当看到建筑大师的作品，我的心脏便仿佛振聋发聩一般热烈，那种直击心灵的震撼我永远都记得。不知道大家会不会有这样的体验，伟大的建筑能使人和设计者隔空对话，产生共鸣，并成为灵魂挚友。我想我与 Giles Evans 正是这样一种纯粹的关系。

我在剑桥管理学院读书期间，就对 Giles Evans 及其作品异常向往。我曾冒着大雨去看他为英格兰一个村庄设计的教堂，也曾在他发表演讲时像一个信徒般虔诚地坐在台下。我记得他在演讲的空隙，与我对视，那一刻我就知道，我们彼此都是认同的。这是一种无声的交谈，只有他懂，只有我知，与旁人有何干系？

这篇新鲜出炉的小作文更是让网友笑到不能自理——

“懂了，原来你是跟人家神交。请问人家答应了吗？”

“我跟我偶像也是这种关系，可是我偶像不认识我，哭。”

“我从未见过如此厚颜无耻之人。”

网友们盯着“神交”这一点嘲讽，陈洛如却敏锐地发现童淑静这段话里有一个致命的漏洞。

剑桥管理学院？她在剑桥待了整整四年，从未听说过剑桥有什么管理学院。

剑桥是用学科来区分学院，比如经济学院、数学学院、计算机学院等，叫什么名字便是什么学科。

可剑桥院系设置极其庞杂，外人常常被搞得晕头转向。

剑桥一共有三十一个学院，每个学院都像一所微型大学，是独立的行政单位。学院在经济上自负盈亏，享有极大的自主权，甚至还有各自的校规校纪。

也就是说，剑桥的院和系是分割开来的，不同专业的学生可以生活在同一个学院里。

但是剑桥的学术活动基本上又是由学校统一组织的，不同学院的学生如果学习了同一项课程，上课、试验、考试等与学术相关的活动都是由自己的系负责。

剑桥最难申请的三所学院是三一学院（牛顿的学院）、国王学院（徐志摩的学院）和圣约翰学院 （金庸的学院）。越好的学院越有钱，越有钱的学院，学生的各项待遇也就越好。

想要申请这些顶尖学院，没有非常厉害的背景做支撑几乎是不可能的。陈洛如就读的便是傲视剑桥的三一学院。

现在童淑静说她就读于剑桥管理学院，可真是滑天下之大稽。

陈洛如之前尚且不能肯定童淑静是假冒的剑桥学历，现在她的说法在陈洛如看来无异于狼人自爆。

于是，陈洛如直接在这条动态下留言进行质问——

Christina 陈：“剑桥没有管理学院，请问你读的是哪里的剑桥？”

陈洛如这么一提问，更多网友也发现此事有蹊跷——

“之前不自量力地想申请剑桥，上来就被这些学院名给搞糊涂了，我花了好几天时间才了解了一个大概。剑桥真没有管理学院，我作证。”

“我是 Downing Collage 的，我们剑桥校友相认都是问学院，这种说法实在没法认亲。”

“亲亲，这里建议你出示一下剑桥校友卡自证清白哦。如果丢失了，可以找相关部门办理，很快的。”

在网友有理有据的质问下，童淑静迟迟不肯出来回应。

粉丝们不敢相信童淑静的高学历是伪造的，可是他们之前已经维护了她那么久，现在只能一条道走到黑——否则不是自己打自己的脸吗？

于是，这些粉丝将矛头对准了最开始提出质疑的陈洛如。

这些粉丝发现，陈洛如的英文名叫 Christina Chan，而童淑静点评的最具潜质奖作品设计者名单中恰好有个叫 Christina Chan 的，这绝对不是巧合。

于是这些人开始留言给陈洛如——

“我说你怎么阴阳怪气的，原来是被人批评了不甘心啊。”

“恕我直言，你设计的房子真是丑到爆。”

“身为设计师不肯虚心接受外界批评，你这辈子也就这种水平了。”

还有粉丝去扒陈洛如的社交账号，他们发现陈洛如还挺不简单。她在网络上没什么号召力和影响力，所以这些粉丝根本没细想陈洛如会有怎样厉害的背景。

“领奖的时候连脸都不敢露，你是不是长得见不得人啊？”

陈洛如看着这些话，只觉得特别可笑。他们好像蚂蚁不自量力地挑衅大象，你要是气不过去踩他们两脚，还会说你肚量小。要是不管他们，他们气焰嚣张得简直无法无天。

此时此刻，被扒皮的童淑静对陈洛如也是恨得牙痒痒。

童淑静好歹也算是个名人，怎么能甘心受此折辱？于是她背后的团队立刻起底这个 Christina Chan，果然有了意外的收获。

这个收获就是陈洛如在一个多月前向某营销号匿名投稿的那篇小作文。

团队成员拿到这个证据的时候，都快乐疯了。

原来这个 Christina Chan 竟然也是个水货，她一边在网上操白富美人设，一边又偷偷向营销号写小作文诉苦。

于是那个营销号发了一条动态，质疑陈洛如的真实身份并提到了她的社交账号。

我是吐槽君：“本账号不接受虚假投稿，然而一个月前来自 Christina 陈的投稿真实性令人怀疑。当时我的很多粉丝真情实感地发表了见解，如果这是虚假投稿，不仅会让我这个账号的权威性大打折扣，也会使大家寒心。希望 Christina 陈能对该投稿做出合理的解释，谢谢。”

这个营销号把没有打码的聊天记录放了出来，表面上是要一个解释，实际上是暗指陈洛如不是白富美，只是一个被丈夫嫌弃的可怜的家庭主妇罢了。

陈洛如看到的时候瞬间凌乱了，这个营销号没来提前私信问问她是怎么回事，就擅自公开她的信息？

孟见琛已经知道陈洛如在网络上匿名投稿的事，所以陈洛如并不担心他。

可万一要是被她的家人或者孟见琛他爸看见，那就坏事了——到时候她对孟见琛作天作地的事可就掩盖不住了。

所以营销号让陈洛如出来做解释的时候，陈洛如第一反应确实是㞞了。

如果她告诉大家事实的真相，那她肯定会被网友嘲讽的。明明孟见琛对她没有那么不堪，她却在网上暗暗地投稿骂他，把他形容成那个样子，她简直太没良心了。

陈洛如一时之间没了主意，惴惴不安地躲在卧室里。

不解释，那她就是个假白富美；解释吧，她肯定要被家里人骂。无论是什么结果，她都少不了挨一顿骂。

唉，她当初怎么就手贱去写了那个匿名投稿呢？冲动是魔鬼！

“你不忙着离婚还有空来网上乱喷？果然是现实中的失败者跑到网上来找存在感。”

网友们的话说得很难听，可陈洛如是真心虚，所以她一个字也不敢乱说，只好向陈筱求助。

陈洛如：“我完蛋了。”

陈筱：“你又怎么了？”

陈洛如：“我匿名投稿的事败露了。”

陈筱：“你老公不是早就知道了吗？”

陈洛如只得把这件事的来龙去脉跟陈筱讲了一遍。

陈洛如：“现在的问题不是我老公知道了，我是怕我们的家人知道这件事。”

陈筱：“啧啧——原来你也有怕的时候。当初投稿的时候不是挺能耐的吗？”

陈洛如：“你快想办法救救我，呜呜呜。”

于是陈筱给陈洛如分析了一通。

陈筱：“首先呢，你这是匿名投稿，对方未征求你的同意便擅自公开你的账号信息，已经侵犯了你的隐私权，你可以维护自己的权益。”

陈筱：“其次呢，从某种程度上看，你的话确实是真的，只不过是矫情了一点儿，所以你不用太担心啦。”

陈筱：“再者说呢，你在网上就是个素人，又不是什么公众人物，谁关心你究竟是真是假，反倒是那个童淑静现在自顾不暇。”

陈筱觉得这件事挺荒唐的。

显然，陈洛如被对方报复了，不然她不会无缘无故被扒。只不过这扒皮的人业务能力也太差了，竟然只扒出陈洛如曾经写过的一个似是而非的小作文，没有扒出她的真实身份。

别说陈洛如是孟见琛的太太了，光她是岭盛置业董事长小女儿的身份，都足够堵死这群人的嘴了。

陈洛如仔细思考了一下，发现陈筱说得很有道理。

陈洛如：“呜呜呜——筱筱，你真是我的良师益友！”

陈洛如还想跟陈筱讨论一下应对策略，没想到这时她的手机响了，是孟见琛打来的电话。

她才刚在社交平台上操作一通他就打来电话，这也太巧了。

陈洛如怀疑这个电话是冲着网上的事来的，忐忑不安地按了接听键。

“喂，老公啊。”陈洛如的小嘴像抹了蜜一样甜，“你打电话来是不是想人家了？人家也好想好想你呢。”

唉，谁让她投了那个稿呢？现在想不在孟见琛面前装孙子都不行。

孟见琛沉默了三秒钟才开口问道：“你怎么了？”

能让陈洛如说出这种话来，只有三个原因——

一是闯祸了，二是正在密谋闯祸，三是吃错药或者喝了酒。

“我没事啊，”陈洛如连忙说道，“你什么时候回家？今晚想吃什么？我给你做啊。”

孟见琛有些难以置信。陈洛如要下厨？她莫不是想谋杀亲夫吧？

孟见琛咳嗽了一声，说道：“今晚有应酬，你忘了吗？”

陈洛如顿时如释重负，看样子孟见琛对网上的事毫不知情，谢天谢地。

她说道：“我当然记得了。”

其实陈洛如早就把这件事抛到脑后了。

孟见琛：“我马上就到家了。”

话说到这个地步，陈洛如也不好意思再拒绝他了。

陈洛如早上打定主意今晚不会陪孟见琛去参加应酬，可是她做了错事，还被人揭发了，所以她心里对他有一丝歉疚。

现在也只好答应他了，也能稍微弥补一下她的罪恶感。

陈洛如去了衣帽间，换上一条鹅黄色的雪纺刺绣连衣裙，对着镜子化了一个淡淡的妆。

既然要出门应酬，那陈洛如自然要打扮得漂漂亮亮的。她戴上一套水晶首饰，被灯光一照，熠熠生辉。

陈洛如刚打扮完，孟见琛的消息就到了。

陈洛如走到窗口一看，孟见琛的车已经停在楼了下。于是陈洛如从柜子里拿了一个包，把随身物品塞进去，然后下楼。

司机为陈洛如打开后车门，孟见琛正靠在后座上垂首看手机。

他骨节微凸的长指在贴了防窥膜的手机屏幕上滑动，鸦羽似的睫毛向下压，上面浮着夕阳的金光，眼底落了一层柔和的阴影。

孟见琛见陈洛如上了车，将手机放进口袋里，拂了拂身侧的座椅，示意她坐过来。

陈洛如往他身边挪了一下，问："今晚跟谁吃饭啊？"

孟见琛答："康尔西实业的彭总。"

陈洛如从包里拿出小圆镜再次检查妆容，随口问道："这公司做什么的啊？"

孟见琛："涉足很广，目前主打家居市场。"

陈洛如："要谈合作吗？"

孟见琛："只是先看看。"

陈洛如点点头，没再多问。

孟见琛说得如此云淡风轻，想必京弘是具有话语权的那一方。

陈洛如猜得不错，这次会面正是彭总组织的。

之前彭总就约过一次，被孟见琛莫名其妙推了，彭总也不敢说什么，只好重新再约。

幸好孟见琛这次终于肯来赴约，彭总才松了一口气。之前他生怕孟见琛是不想合作所以才推了约，现在看来是他多虑了。

半小时后，两个人到达了碧云天会所。这是一家高端粤菜餐厅，孟见琛惦记着陈洛如的口味，才让她陪他来应酬。

要是一家川菜会所，孟见琛肯定不会带她过来——陈洛如不能吃辣。

侍者一路指引，将他们带到最豪华的花开富贵厅。

进门之后，看到桌席处坐了一位五六十岁的男人。他穿西装打领带，大腹便便，皮带打的孔都快要不够用了。想必这位就是彭总了。

而彭总身旁，还有一位三十岁左右的女士。

陈洛如眨了眨眼，差点儿以为自己出现了幻觉。

这……这好像就是那个童淑静啊？！

她本人长得跟网上的照片有出入，即使化了浓重的妆，也还是能看出脸部皮肤稍有松弛。

呵，还真是冤家路窄。

这位彭总都这么大岁数了，要说童淑静是彭总的原配，打死陈洛如都不信。

陈洛如突然知道为什么童淑静非要在网上给自己凹人设了，童淑静想打造一个“上流”人设，将自己不堪的过去掩饰得一干二净。可越这么做，就越证明她内心深处的不自信。

双方首先进行了亲切的握手。

“孟总好，”彭总问道，“这位是？”

孟见琛道：“我太太，陈洛如。”

彭总脸上堆满了笑，朝着陈洛如伸出手：“孟太太，幸会幸会。”

陈洛如礼貌地回握。

彭总立刻开始拍陈洛如的马屁：“孟总好福气，孟太太真是年轻漂亮又有气质啊。”

陈洛如的余光瞥过童淑静，只见她脸色稍稍一暗，陈洛如懂了——如果当初她是靠年轻貌美勾引到了彭总，这种女人会对比自己更年轻漂亮的女人保持极高的警惕心。

轮到童淑静和陈洛如握手的时候，她总算露出一个虚伪的假笑，说道："孟太太，您好。"

童淑静比陈洛如大了快十岁，在陈洛如面前却还是要矮一头，得用敬语。谁让陈洛如是孟见琛的太太呢，这身份放眼整个商界，也没几个女人敢跟她争风头。

陈洛如并不急着和童淑静"相认"，她倒要看看这个身兼数职、品味卓绝的才女在现实生活中究竟是个什么样的人。

四人落座后，服务员开始起菜。

彭总和孟见琛在聊生意上的事，陈洛如则端着茶盅小口喝茶。

彭总谈了几句，便想活跃一下气氛，于是将话题拐到了陈洛如身上。

彭总道："很久以前就听说孟总成了家，却一直无缘得见孟太太。今日一见，真是让人眼前一亮。"

陈洛如讪笑着放下茶杯，说道："我之前在英国留学，也就前段时间刚回国。"

彭总立刻伸出大拇指夸奖道："嫁给孟总这样的人中龙凤还不忘提升自我，孟太太当真是新时代女性的典范啊！"

孟见琛替陈洛如谦虚了两句。

陈洛如巧妙地把话题往学校上带，说道："还好剑桥学制短，不然我还得等好久才能回国。"

"那孟太太与我太太有缘，"彭总笑道，"我太太也曾在剑桥留学，你们还算得上是校友呢。"

看样子彭总并不知道童淑静的剑桥学历是伪造的，陈洛如不禁感慨，像她这样的女人能把自己包装到嫁入豪门，真是煞费苦心啊。

陈洛如故作惊讶道："哦？是吗？彭太太，好巧啊。"

童淑静说得很含蓄："只在那里待过一阵子罢了。"

陈洛如心想，明明在网上说自己是剑桥毕业，这会儿遇到真校友就变成"待过一阵子"了，她还真是圆滑。

陈洛如又道："不知彭太太在剑桥哪个学院？"

童淑静笑了，还好下午被网友科普了一下，不然这会儿不是要露馅了？

于是，她说道：“三一学院。”

陈洛如：“呃……”

这童淑静果然是装好面子成瘾了，居然还敢碰瓷她大三一学院。

要知道童淑静去留学那会儿，三一学院的中国人寥寥可数，一年也未必能有一个，也就这几年中国人才渐渐多了起来。

“那彭太太可太优秀了，三一学院是剑桥最难申请的学院之一呢。”陈洛如露出一副惊叹的表情。

“不敢当。”童淑静只想快点将这个话题带过去，说多错多，陈洛如再多问两句她就真答不上来了。

谁知陈洛如又说道：“我也是三一学院毕业的，看来我们不光是校友，还是院友。”

彭总更高兴了，夫人社交如此成功，看来合作有望。他立刻开始撺掇童淑静和陈洛如套近乎：“小静啊，还愣着干什么？赶紧敬孟太太一杯，这就叫缘分啊。”

童淑静连忙起身，端着红酒杯靠过来。陈洛如跟她碰了一下杯，却只抿了一小口酒。

陈洛如不想拆穿得太快，那也太无趣了。正好她看见孟见琛端坐在身旁，心里便有了主意。

陈洛如：“彭总和彭太太看上去就很恩爱，哪像我老公，一点儿也不知道心疼人。”

孟见琛人在桌边坐，锅从天上来。

孟见琛不禁微微侧身，想看看陈洛如要搞什么花样。他倒是不担心她在饭桌上乱说话，只是好奇她这小脑袋瓜里又装了什么鬼主意。

提到家庭这样的话题，童淑静总算松了一口气，只要不追问她剑桥的事就好。

童淑静笑道：“怎么会呢？孟总一看就是会疼老婆的人。”

“唉，你有所不知啊。”陈洛如叹了一口气，“我是南方人，他是北方人。他比我足足大了六岁，很多生活习惯和思想观念都不一样。”

陈洛如晃了晃红酒杯，抿了一小口酒，继续说道："我好羡慕你，彭总比你大了二十岁，却对你百般疼爱。"

童淑静："呃……"

这话虽然是用羡慕的口吻说出来的，可在她听来怎么就那么刺耳呢？

彭玉树比她大了二十三岁，他还有一个前妻和一个跟她差不多大的女儿，他除了有钱，也说不出有什么优点。当然，她嫁给他本来就是冲着钱来的。

孟见琛轻轻咳嗽一声，示意陈洛如说客套话要找对方法，这话说得不是让人家下不来台吗？

可陈洛如就是要让童淑静下不来台。

"而且啊，我老公这人在家特别懒。"陈洛如又故作埋怨道，"他从来都不做家务，我偶尔还会收拾下自己的衣帽间呢。"

彭总笑道："孟总日理万机，这种事情肯定都是交给用人去做，哪里需要自己动手。"

"就算家里有二三十个用人，也有不能面面俱到的时候啊。"陈洛如说道，"彭太太，你说对不对？"

童淑静一时之间没听懂陈洛如的弦外之意，便附和道："是呀，我家老彭也很少做家务，我有时候还说他呢。"

"而且啊，我总觉得我家房子太小了。"陈洛如又矫情起来，"我以前家里有个庄园，我还能养马呢。一到这里，家里就一个小花园，住得能不憋屈吗？"

孟见琛住在琅岳壹号的事圈里很多人都知道，所以陈洛如说她嫌家里房子小，到底是几个意思啊？

饭桌上的两人面面相觑，一时不知该如何回应。

孟见琛夹了一筷子菜放到陈洛如的碟中，示意她多吃饭少说话。

他解释道："我太太是岭盛陈董的女儿，家里经常拿地皮，所以在那边修了个几十亩的大庄园。"

彭总更激动了，说道："原来是陈董的女儿啊，我一直想请他吃饭来着，可惜没机会啊。"

康尔西想从京弘这里拿办公家具的单子，这只能算个副业，彭总主要是图京弘这条人脉。

但岭盛置业可就不一样了。

岭盛是做房地产开发和工程建设的，旗下开发了无数商品用房和住宅用房，有很多房子需要精装修。

家具市场行情极其依赖房地产市场，如果康尔西能和岭盛达成长期合作关系，那自然会财源滚滚。

陈洛如笑得很天真，说："这个我也不清楚呢，我爸爸向来工作都很忙。"

"没关系，没关系，"彭总立刻说道，"孟太太跟陈董打个招呼就成。"

陈洛如没说答应，也没说不答应。她端起一碗灵芝乌鸡汤，用汤勺舀了一小口汤送入口中。

"彭太太，每年你过生日的时候，彭总都送你什么呀？"陈洛如忽然又问道。

提到这个，童淑静有话说。

她说："今年他送了我一个包，男人嘛，每年送来送去就那么几样，一点儿创意都没有。"

陈洛如用胳膊肘轻轻捣了捣孟见琛，说道："你学学人家彭总，人家知道送老婆包包，你怎么就送一块心形石头呢？"

孟见琛："……"

陈洛如今晚到底怎么了？他总觉得她今晚不正常，说什么都像是话里有话。

现在她居然故意提了一嘴"心形石头"，呵，看样子是还没吸取教训。

话说到这种地步，童淑静想不懂都难。

因为这天被她的团队扒出小作文、被网友群嘲的博主 Christina 陈，不就是在小作文里写了"心形石头"吗？

再回忆一下刚刚陈洛如说的那些话，每一个细节都对得上。更可怕的是，她真的姓"陈"。

童淑静登时面如死灰，连拿筷子的手都开始颤抖了。

也就是说，她写的那篇评论，不光把孟见琛太太的获奖作品踩得一文不值，而且她还一而再再而三地强调陈洛如的设计非常丑，丑得没理由。

童淑静可以肯定，陈洛如在进餐厅时就认出了她。

可是陈洛如并没有当着她丈夫的面拆穿她的伪装，而是在旁敲侧击提醒自己她的身份。

彭总发现了童淑静的异样，问道：“小静，你怎么了？”

童淑静连忙放下筷子，说道：“没什么，只是有点冷。”

彭总看了一眼身后的中央空调，对服务员说道：“把风关小点。”

孟见琛还蒙在鼓里，他并不知道陈洛如这是闹的哪一出。

可既然提到了“心形石头”，那他也不能任由陈洛如在旁人面前瞎说。

于是孟见琛对彭总说道：“我太太平日里爱开玩笑，我送的是一颗心形粉钻。”

接着他又扭过头来，假意说道：“你要不喜欢，下次不送了。”

陈洛如却一把搂住孟见琛的胳膊，冲他撒娇：“人家就是跟你开玩笑嘛，你还当真了？”

陈洛如眨了眨一双水润的眸子，语气很无辜：“怎么会不喜欢呢？当然喜欢了，粉钻谁不爱呢？”

撒娇的女人最好命，陈洛如撒起娇来更是一绝，很少有人能抵挡得住她糖衣炮弹的攻击。

不管她说这话是出于真心还是假意，孟见琛很吃她这一套。

接下来的饭局，童淑静非常沉默，沉默到让人误以为她是个透明人。

倒是陈洛如废话特别多，又是谈粤菜文化又是说留学见闻，还小秀了一把她的法语和西班牙语。

陈洛如侃侃而谈，显得知性又自信。

彭总看她的眼神，不经意间都多了一丝钦慕。他甚至还奇怪，明明他的太太一直被人冠以“才女”的名号，为何跟陈洛如一比光芒就如此暗淡呢？

散场的时候，陈洛如还很热情地对童淑静说道：“彭太太，认识你很愉快，以后有空一起喝茶啊。”

童淑静喏喏地应下，可她这辈子都不想再和陈洛如碰面了。

今晚的饭局比想象中成功，彭总亦是红光满面。

他对孟见琛说道："孟总，日后若有机会合作，请第一时间通知我。"

孟见琛点点头："那是自然。"

上车之后，陈洛如坐在后座上，回想起童淑静仿佛失血一般惨白的脸色，不禁笑出了声。

孟见琛轻嗤："你今晚怎么这么活跃？"

陈洛如喝了点儿小酒，软着身子靠着他，痴笑道："不好吗？"

"你是不是认识那个彭太太？"孟见琛问道。

"对啊，"陈洛如笑得更开心了，"她是我的假校友啊，我当然认识她了。"

孟见琛不解："假校友？"

"她才不是剑桥毕业的呢。"陈洛如说道，"彭总估计还不知道这件事。"

晚上回家之后，陈洛如打开她的社交账号看。

哼，果然沦陷了。

他们揪着陈洛如写的小作文不放，坚持认为一个伪造白富美身份的人说出来的话不值得信任。所以陈洛如说童淑静不是剑桥校友，也是无稽之谈。

而且陈洛如整整一晚上都没有出面自证，所以更加嚣张了。

陈洛如没有再看，而是优哉游哉地去浴室洗了个澡。她不信经历了今晚的事，童淑静还会对她粉丝的所作所为熟视无睹。

童淑静的团队曝光陈洛如的假白富美身份，不就是为了转移公众的注意力吗？

这本来是一招好棋，可童淑静倒霉就倒霉在她竟然在现实生活中跟陈洛如有了交集，并且被陈洛如碾压到渣都不剩。

等到陈洛如从浴室出来，网络上的风向陡转。

首先，那个曝光陈洛如社交账号的无良营销号删除了对陈洛如身份的质疑。

其次，童淑静修改了她之前写的小作文和声明，把批评最具潜质作品奖的文字都删除了，而且还悄悄地把对剑桥的描述模糊化了。

得饶人处且饶人，陈洛如也不想再为难童淑静了。毕竟从今晚洽谈的情况来看，孟见琛和彭总有合作的意向。

如果陈洛如和童淑静之间闹得太难看，对谁都不好。她要装就让她装呗，只要她以后见了陈洛如知道夹着尾巴做人就行了。

然而陈洛如大度地将此事翻篇，有人却不肯放过童淑静。

大概过了三四天，有一个叫“潇潇风雨夜”的账号忽然发长文控诉童淑静插足他人婚姻，所作所为令人发指——

六七年前，有一个女人经常给我丈夫（目前已离婚）发暧昧短信。作为一个十岁孩子的母亲，我看到那些不堪入目的短信，精神一夜之间崩溃。我和前夫是大学同学，从校园恋爱一步步走进婚姻的殿堂。婚后我辞去了体面的工作，一心一意相夫教子，为了家庭牺牲巨大。

当时我前夫是国内某大学建筑学副教授，经常在建筑类期刊上发表论文。我平时会帮他整理一些资料，他写的论文基本都是我校对润色的。看着丈夫的事业蒸蒸日上，我一直认为我的付出是值得的，可那些短信打碎了我的美梦。

那个女人是我丈夫在国外进修时认识的。我丈夫回国之后，她经常给我丈夫发短信，我丈夫似乎也鬼迷心窍，难以抵挡她的魅力。她得知我发现这些信息后，不仅没有收敛，反而变本加厉。她甚至开始给我发短信，描述我丈夫和她上床的细节。我一次又一次逼问我丈夫这个女人到底是谁，他却不肯告诉我。

她的存在就是我的梦魇，我为了我的孩子忍耐了很久，其间一度因抑郁症住院。后来在我父母的支持下，我与前夫离了婚，孩子跟了我。时隔几年，我一步步振作起来，重新开始工作。虽然会累，但现在的生活很充实。

直到前几天，某千万粉丝的大V公然宣称她曾在某建筑类期刊上发表过论文。作为半个建筑学业内人士，我不禁好奇地去搜索了这篇论文。

我可以肯定这篇论文出自我前夫之手，甚至经过我的校对润色。当时我还问我前夫这篇文章有没有发表，他只是含糊地说没有通过期刊的审核，于是我就没再管。

可原来那篇论文我丈夫根本没有拿去投稿，而是把它送给了另一个女人。试问某大V，你一个管理学专业毕业的人，如何能写出一篇建筑学论文？而且还和我前夫写的那篇一模一样！

我可以肯定之前插足我婚姻的那个女人就是她，但不知为何她后来并未和我前夫结婚。我本来以为我已经放下这件事了，可是我发现我的一部分劳动成果被前夫拿去讨好别的女人，我难以接受。这件事情不光牵扯到我的私人恩怨，更涉及学术造假。我觉得我不应该保持沉默，毫无道德底线和学术精神的人必须受到社会公众的谴责。

这个博主还附上了几张照片，有骚扰短信的照片，有抑郁症确诊书，还有电脑存档里的论文修改时间截图——在童淑静发表论文之前。

这条长文一出，全网哗然——

“把原配逼到得了抑郁症，好恶毒的女人。”

“冒名顶替他人发表论文，性质太恶劣了，必须严惩！”

一时之间，全网群嘲。

陈洛如作为一个深度参与此事的群众，更是晚上不睡觉捧着手机笑得不行。

孟见琛躺在她身旁，只觉得陈洛如一上社交平台就变成了一个小傻子。

孟见琛：“睡觉。”

陈洛如：“我不。”

孟见琛：“都十一点了，你想明早变熊猫吗？”

经孟见琛这么一提醒，陈洛如总算放下了手机。

陈洛如将两条细白的胳膊压上羽被，扭头对孟见琛说：“那个彭太太被人起底了，原来她以前当过小三。”

孟见琛以为陈洛如说的是童淑静小三上位嫁入豪门，所以对此见怪不怪。因为彭总的前一任太太他以前见过。

孟见琛：“你才知道啊。”

陈洛如：“什么？你一直都知道？”

孟见琛侧过身子看陈洛如，说道：“你想知道这些，直接问我就好了。”

陈洛如惊讶道：“原来你这么八卦。”

什么叫他八卦啊，他从来没有主动关心过这些话题。

可是一个老总莫名其妙换了一个老婆，他想无视也不行，否则叫错人家的姓名或是聊天聊到前妻那多尴尬啊。

陈洛如伸手戳了戳孟见琛的胳膊，说道：“你都知道些什么？快说。”

孟见琛垂眸看陈洛如，她的眼睛里闪烁着求知欲。

“没什么。”孟见琛道。

“你肯定知道什么，快告诉我。”陈洛如道，“我不会出去瞎说的。”

“真没什么。”孟见琛不是个爱多嘴的人，一个大男人背地里嚼人家私生活方面的舌根并不是很合适。

“你说不说？说不说！”陈洛如生气了，有八卦不跟她分享也就罢了，说话还说一半，弄得她心里跟猫抓似的难受，这让她今晚还睡不睡了啊？

“快睡觉。”孟见琛把被子一掀，盖住她的脑袋。

“孟见琛，”陈洛如掐了一把他的腰，“你要是不跟我说八卦，我就跟你离婚！”

离婚的理由越来越离谱了，他不如改行去当狗仔。

这段日子，陈洛如消停了不少，没再跟孟见琛闹离婚。

一是爷爷要过寿，二是夫妻生活恰到好处地中和了矛盾。

这日子就先凑合着过吧，都是成年人了，看开一点。陈洛如这么安慰自己。

爷爷的寿辰快到了，陈洛如的3D打印建筑模型也漂洋过海回来了。

孟见琛看着陈洛如准备的礼物，第一次觉得“心灵手巧”这个词竟然也能用来形容陈洛如。

说实话，在这之前，孟见琛一直怀疑陈洛如的学历是她家给剑桥盖楼盖出来的。

寿诞当日，孟见琛和陈洛如乘专车前往棠山。

爷爷年纪大了，好僻静，在这处的宅子里养老，没事种种花逗逗鸟，快活似神仙。这八十大寿，就在这处宅子里办。

宅子的门窗上贴着鲜红的“寿”字，大红灯笼高高挂，鞭炮香烛不断。中国人自古以来对“喜庆”二字的理解，大抵如此。

他们的车还没开到宅子，就看见外边停了一长排的豪车。这场寿宴人头攒动，个个趋之若鹜，熙熙攘攘皆为利来。

孟见琛到底是孟家的长房长孙，待遇与众不同。有专人为他们开道不说，还留了一处绝佳的停车位。

陈洛如这天的打扮与平日不同，一头乌发盘起，以祖母绿发簪做装点。她穿一件绀青色短袖旗袍，以上好水头的老坑玉压襟。

盘扣从脖子拧到腰际，衣袍掩映间，隐隐可见纤长的腿。这是中式独有的婉约。

孟见琛着灯草灰色中山装制式服装，将陈洛如从车上牵下来。这对璧人挽着手相视一笑，外人见了，就是一对恩爱夫妻。

陈洛如研读过《演员的自我修养》，在这种场合，她定会扮演孟见琛得体端庄的太太。

这场寿宴，人人都有目的，孟见琛也一样。

不光要为爷爷庆生，孟见琛还要将他的太太介绍给一众社会名流认识。

这日来的，没有一个是无名小辈，陈洛如跟着孟见琛见识一下，也不是坏事。

孟家不像陈家，上上下下一百来人。孟见琛除了一个来路不明的小叔，就只有一个姑姑了。

他的姑姑孟祥蓉育有一女，是孟见琛的表妹，名叫叶又青，也就跟陈洛如一般大。

陈洛如身上带一种南方女子特有的娇俏。当然，对她来说，理解成矫情和做作也没差。

叶又青是个行事做派里带着爽朗大度的人。她原本也在国外读书，可孟见琛的姑父突然升了职，连夜派专机将她召回，这会儿正在某头部高校隐姓埋名地攻读学位。

孟见琛和陈洛如在一群人的簇拥下款款步入内堂。叶又青正在给孟老爷子捶肩膀，一口一个“外公”叫得亲切。

“表哥，你来了。”叶又青叫了一声，“表嫂，你也来啦。”

孟见琛微微颔首，权当打过招呼了。他带着陈洛如走到爷爷跟前，道了一句：“爷爷，我带洛如来给您拜寿了。”

陈洛如乖巧地叫了“爷爷”，又说道：“祝爷爷福如东海长流水，寿比南山不老松。”

“哦哦哦，小如啊，”孟老爷子放下手中的茶杯，乐呵呵地道，“好久没见，变大姑娘了。”

陈洛如娇怯脸红：“爷爷。”

陈洛如嫁给孟见琛那会儿刚二十二岁，看着特别显小。现在四年过去，她已经蜕变成小女人了。

见了陈洛如，孟老爷子有话对叶又青说：“小青啊，你看看，你表嫂跟你一样年纪，早已成家，你也得抓抓紧啊。”

叶又青笑道：“外公，等您过一百岁寿辰，我带个回来给您瞧瞧？”

孟老爷子骂道：“胡闹，那会儿你都成老姑娘了，谁还要你？”

孟见琛道：“有姑父在，恐怕门槛要被求亲的人给踏平，爷爷就别操这份闲心了。”

孟见琛命人将陈洛如准备的贺礼拿过来，说：“爷爷，这是小如给您准备的礼物，还请笑纳。”

贺礼被裹在红绸布里，孟见琛掀开以后，送到孟老爷子面前——玻璃外罩下有一个精致的四合院模型。

“这是什么呀？”叶又青问，“好漂亮。”

“这是洛如亲手制作的3D打印模型。”孟见琛道。

“我听说爷爷的老宅空着，就想做一个送给您。”陈洛如的手指戳了戳玻璃外罩，解释道，“您看这里面有个人，就是爷爷。”

孟老爷子取来老花镜一瞧，还真是。那小人做得惟妙惟肖，正在院子里逗鸟，可不就是他吗？

他看着这份孙媳妇亲手做的礼物，笑得合不拢嘴：“好看，回头让人摆上。”

他又拉过陈洛如的手，问道：“做这个累不累？”

“有点儿累，”陈洛如故意卖乖，“不过想到是送给爷爷的寿礼，就一点儿都不累了。”

孟老爷子笑着点点头，又说道：“说来那宅子空着也是空着，我看不如送给你和阿琛好了。”

“爷爷……”陈洛如觉得受之有愧，她不过是做了个模型，孟老爷子竟然要将那有价无市的四合院送给她，出手也太阔绰了。

孟见琛半搂着陈洛如的肩膀，倒是半点不客气：“那就谢谢爷爷了。”

叶又青笑道：“表哥娶了个好媳妇，不声不响就从外公这里挖走了一套四合院，可把我羡慕死了。”

孟老爷子道：“这是你表嫂的一片心意。要不你做一个，外公也送你一套？”

“我可做不来，”叶又青说道，“外公这是偏心偏到沟里去了。”

孟老爷子子孙绕膝，享天伦之乐，其乐融融，甚是美哉。

正在这时，门外响起一片嘈杂声。

陈洛如回头望去，只见一个中年男人牵了一个美人，一同踏入中堂。

那男人开口便叫“爸”，满屋子的人，除了孟老爷子，神情皆变。

想必这就是那位一直流放在外的孟家养子孟建泽了。

叶又青最先回过神，说了句：“小舅，在国外待得可舒心？”

看似是无微不至的关怀，实则句句直戳心窝子。

孟建泽神色无虞，只说道：“还是这里舒心，所以我这不是回来了吗？”

陈洛如下意识去看孟见琛的反应，突然发现他的目光落在了孟建泽身旁的女人身上。

孟见琛平日里对美女连多一个眼神都欠奉，今天居然看了她三秒钟？

陈洛如心底顿时泛起酸泡泡，可碍于爷爷的面，她不好发作，只能推了推他的臂膀。

孟见琛一回头，陈洛如便瞪了他一眼。

偏她看见那个女人也在往他们这边看，那眼神里带着半分猜疑和半分轻佻。

身为女人的直觉告诉陈洛如，眼前这个女人的眼神里有故事，多半还是跟她的丈夫有关。

孟建泽道：“爸，她就是章以旋。”

“婚礼打算什么时候办？”孟老爷子问，显然对这一切早已知晓。

孟见琛和叶又青被蒙在鼓里，直到现在才明白孟建泽为什么被允许回国，原来是要结婚了。

跟这一屋子人的满心算计不同，陈洛如的脑子里不是什么家族乱斗的戏码，而是另外一出狗血大戏。

她猜测这位章小姐，是她老公的心头好、白月光。刚刚这两人的眼神，非常不对劲。

陈洛如担心的事终于发生了。她本来并不在意孟见琛的过去，可现在突然平地里冒出来一个白月光，她不是吃醋，她是害怕。

那边人交谈的话语像是被隔了一层玻璃，陈洛如只听到“斯坦福”“国外读书”“校友”等词语。

陈洛如迅速在脑海里脑补了整个故事。

天哪，孟见琛这个人！

现在离婚还来得及吗？

直到孟老爷子突然叫陈洛如的名字：“这是小如，阿琛的妻子，以后她也得管你叫婶婶。”

孟见琛的白月光变成了他婶婶？这是个什么剧本啊？

章以旋冲陈洛如伸出一只手，露出在陈洛如看来全是虚情假意的笑。

陈洛如有点蒙，她没有握手，而是忧心忡忡地问道：“你还好吗？”

章以旋的脸上随即堆出笑容：“一切都好。”

陈洛如抚了抚胸口，长舒一口气：“那就好。”

陈洛如挽着孟见琛的胳膊，被他带出了中堂。

门外皆是来道贺的，个个都是达官显贵。孟家人脉颇广，老爷子一个生日宴，政商界人士纷纷闻风而动。

陈洛如维持着标准的笑容，跟着孟见琛与他们挨个打招呼。

正巧见到一个熟人，是祝明峤。

祝明峤代表祝家来送贺礼，看见孟见琛夫妇，走过来说道：“孟嫂，我们又见面了。”

陈洛如点头道：“好巧，你也过来了。”

祝明峤道：“这不是给孟爷爷祝寿吗？那么大的喜事，自然要来了。”

孟见琛跟祝明峤打小就熟得很，两个人之间毫不拘束。

于是陈洛如随口问了一句：“你送的什么贺礼呀？”

祝明峤答：“一套和田玉茶具。”

古人云，一片冰心在玉壶。这礼物倒是精致。

陈洛如拉了拉孟见琛的衣袖：“你说爷爷会不会嫌我送得太寒酸？”

孟见琛道：“他要是嫌弃，还会送你四合院？”

陈洛如问：“那爷爷会不会觉得我就是想要那套四合院啊？”

孟见琛执起她的一只手，放在手掌中揉捏，说道：“你想多了，那院子总归是要长房来继承的。”

也就是说，这套四合院迟早都是他们的。陈洛如这才放了心。

在院内走了一圈，他们又跟孟建泽打了照面。

孟见琛礼貌性地叫了一声：“小叔。”

这话语里带了几分疏离，陈洛如听得出来。

陈洛如再次看向孟建泽身旁的章以旋。

章以旋今日精心打扮，一袭浅粉色衣裙，衬得年纪都小了些。

孟建泽和孟见琛假模假样地寒暄几句，话题自然转到了他的未婚妻头上：“小章以前在斯坦福读法律，说不定你们还是同学。”

孟见琛道：“学校那么大，校友又那么多，着实不记得。”

章以旋似笑非笑道：“贵人多忘事，这很正常。”

陈洛如对章以旋的话进行了深入的阅读理解，既然提到“忘事”，那就说明是有事咯？

这两个人之间果然有文章。

直到孟建泽带着章以旋走远，陈洛如才问道："你跟她是什么关系？"

孟见琛淡淡地道："校友关系。"

陈洛如才不信孟见琛的鬼话，真要是普通校友关系，他能看她三秒钟吗？

这显然是欲盖弥彰。

孟见琛重新牵起陈洛如的手，哄道："今天这么多人，别闹。"

"我才没闹。"陈洛如一双盈盈的眼看向孟见琛，语气里还多了几分不易察觉的委屈。

可四周都是人，陈洛如不好多说什么，只能暂且压下不表。

中午吃饭，孟家几口人自然围坐一桌。

原本该喜气洋洋的，陈洛如心里却不是滋味。

吃到一半，陈洛如去了趟洗手间，出来洗手的时候，恰好撞见章以旋对着镜子补妆。

陈洛如打开水龙头，拧了一滴洗手液在手心，细细地搓洗，没有主动跟章以旋搭话。

章以旋"啪"地合上粉饼盖，笑着对陈洛如说道："好巧，又见面了。"

陈洛如甩甩水珠，取了一张擦手纸，这才说道："是呀。"

"听说你跟阿琛结婚四年了，"章以旋说道，"可你看上去好小。"

陈洛如心一紧，章以旋竟然叫孟见琛"阿琛"，如此亲昵。她从来没这么喊过孟见琛，向来都是直呼大名。

"我二十二岁就跟他结婚了。"陈洛如说道。

"那还真早，"章以旋叹了口气，"你看看我，跟阿琛一样大，竟然还没结婚。"

"不是快结婚了吗？"陈洛如擦干手上的水珠，将擦手纸投入废纸篓，"祝你跟小叔恩恩爱爱。"

说罢，陈洛如便扭着腰离开了。

这个章以旋真是莫名其妙，陈洛如总觉得她在暗示什么。可见，她跟孟见琛的关系确实不一般。

章以旋跟孟见琛一样大，两个人极有可能是同届。他们也许曾是情侣，孟见琛要接受家族使命与陈漾结婚，所以这对苦命鸳鸯不得不分离。

现在白月光摇身一变成了婶婶，难怪孟见琛今日表现如此怪异了。

这下他的白月光回国了，陈洛如这个跟孟见琛毫无感情的傀儡夫人，处境便更尴尬了。陈洛如心里酸溜溜的。

陈洛如从洗手间回到餐厅，短短两三分钟，脑补了一出好戏。

她重新坐回孟见琛身边，拉着个脸默默吃饭，只有爷爷叫她的时候，才勉强展露一丝笑容。

吃完饭，孟见琛带陈洛如去后房休息。晚上还有一番应酬，他们需要补充体力。

到了房内，关上门，陈洛如就不干了。她跷着腿坐在雕花椅上，拒绝去床上躺着。

“怎么了？”孟见琛坐在另一侧的雕花椅上问陈洛如，“不高兴？”

陈洛如“哼”了一声，说道：“等爷爷寿辰过完，我们就离婚。”

孟见琛的语气顿时严肃起来：“离什么婚？”

前几天不还好好的，怎么又突然说要离婚？

“我不占着孟太太的位子，谁稀罕啊。”陈洛如的眼眶一热，眼底挤出星星点点的泪光。

如果当初她不信陈家老小的忽悠，也不会嫁给孟见琛。如果她不嫁给孟见琛，就不会落入这样进退两难的境地。

孟见琛挪开两人中间的小圆几，把陈洛如抱过来。

“别碰我。”陈洛如哼唧道，却也没把他推开。

“你看你，眼睛还红了。”孟见琛搂着她问道，“谁怎么你了？”

陈洛如伸出手指去戳他：“你！”

“我怎么你了？”

“你跟那个章小姐，肯定有事瞒着我。”陈洛如说道。

孟见琛拧眉思索片刻，说道：“我只觉得她有些脸熟，也许以前见过。”

“脸熟？”陈洛如来了脾气，“我看是你的老情人吧？！”

“我哪有老情人？”孟见琛觉得莫名其妙，只好搂住她的脖子，将她拉下来亲吻。

陈洛如被他吻得晕晕乎乎，孟见琛这才啄吻着她的唇说道：“我只有一个小情人。”

陈洛如按住他的手，怒嗔道：“什么小情人？”

“你啊。”

闷热的夏日午后浓云不散，一场雷雨如期而至。豆大的雨点从天而降，敲打接天荷叶与映日荷花。

一场大雨，来得快，去得也快。

孟见琛中午喝了酒，很快便沉入梦乡。陈洛如躺在他怀里，却怎么也睡不着。

这个人深刻贯彻“翻脸无情”一词，吃完就睡。她刚刚盘问了半天，连一颗米和绿豆都没问出来，还白白被他占了便宜。

陈洛如摸索着从手袋里拿出手机，心中郁结一股怨气。

陈洛如：“我的婚姻出现了危机。”

陈筱：“啊？”

陈筱：“你婚姻最大的危机不就是你自己天天闹离婚吗？”

陈洛如：“这次不一样。”

陈筱：“怎么不一样了？你又想出了什么清新脱俗的离婚理由，说出来让我见识见识。”

陈洛如：“他居然有个白月光！那白月光还回国了！”

陈筱：“所以呢？”

陈洛如：“我觉得他们即将天雷勾动地火，上演一场禁忌之恋。”

陈筱：“禁忌之恋是什么鬼？”

陈洛如：“他的白月光要当他婶婶了！”

陈筱：“呃……”

陈筱：“贵圈真乱。”

陈洛如将孟见琛与章以旋的凄美爱情故事告诉了陈筱。

陈筱：“不是吧，你老公连跟前任谈恋爱的细节都告诉你？”

陈洛如：“这是我自己想出来的。”

陈筱：“陈小姐，你这么丰富的想象力不去写小说真是屈才了。”

陈洛如：“这下不离婚都不行了。”

陈筱：“你老公都没承认，这算哪门子的白月光？”

陈洛如：“狗嘴里吐不出象牙来，我能指望他承认吗？”

陈筱：“你真确定他们俩以前有一腿？”

陈洛如：“确定、一定以及肯定。”

陈筱：“你凭什么确定？”

陈洛如：“女人的直觉。”

陈筱：“万一他们俩真没关系，你不是冤枉你老公了吗？”

陈洛如：“我不管，我要活命。”

陈筱：“唉，你让我怎么说你。真有什么关系，不可能一点蛛丝马迹都没有吧？你好歹先调查一下再说啊？”

陈筱这句话提醒了陈洛如，如果孟见琛真有个什么白月光，起码也该保留点共同的回忆吧？

陈洛如突然想到家里那个从来不让外人进入的房间，原来……

好个孟见琛，前一秒跟她甜言蜜语，后一秒就去祭奠他的白月光，简直罪无可恕！

她胸口隐隐作痛。这个人，让她伤身又伤心。

陈洛如联想到自己悲惨的命运，眼睛一眨，掉落两颗金豆豆。

陈洛如的抽泣成功地唤醒了一脸蒙的孟见琛。他刚刚在梦里隐约听见女人的哭声，睁开眼一看，竟是陈洛如在哭。

“怎么了？”孟见琛把陈洛如搂过来，拨开她凌乱的发丝，问道，“我弄疼你了？”

陈洛如抽着气，嘟嘟囔囔：“我要跟你离婚。”

“那我下次轻点儿，好不好？”孟见琛吻上她泪湿的眼，柔声哄道。

“你根本不喜欢我，”陈洛如埋怨道，“你只是馋我的身子。”

孟见琛：“……”听听，这说的叫什么话？

孟见琛将陈洛如的发丝绾到脑后，俯身检查。可他细细查验一番后，陈洛如好得很，全然没有伤痕。

“不哭，”孟见琛揉了揉她的雪腮，说道，“再哭眼睛就肿了。”

陈洛如看他这副花言巧语的死相，气不打一处来。

他根本不懂她，不知道她为什么哭。她是肉疼吗？她是心疼。

可陈洛如不能说。

因为她要偷偷搜集孟见琛“即将出轨”的证据，好在离婚的时候占据上风。

这么一闹腾，孟见琛毫无睡意了。他抱着陈洛如，轻轻拍着她的后背。

陈洛如趴在他的胸口，就这么慢慢睡着了。

等陈洛如再醒来的时候，已经是下午四点了，孟见琛出门有事去了，吩咐用人照顾她。

金色的阳光照进屋子，室外鸟语花香，生机盎然，那场雨已经没了踪迹。

陈洛如去浴室洗了个澡，冲去一身香汗。换了一套月牙白的旗袍，用人替她盘了发，她对着镜子化了个细致的妆。

离婚要体面，论相貌，她怎么能输给章以旋？

她要让孟见琛追悔莫及！

晚上再吃饭时，原本熙熙攘攘的客人已走了大半，只剩下孟家亲信。

孟老爷子今日兴致不错，拉着孟家的小辈去后院赏荷花。

“外公，这荷花可真漂亮。”叶又青扶着孟老爷子走在最前面。

陈洛如挽着孟见琛，又是一对好好大妻。

章以旋和孟建泽也来了，二人亦是一副恩爱的模样。可陈洛如知道，平静的湖面下掩藏着汹涌的波涛。

“你外婆生平最爱荷花了。”孟老爷子唏嘘着对叶又青说道。

叶又青没说话，倒是孟见琛不动声色地说道：“难为爷爷还记着奶奶的喜好。”

“怎么不记得？”孟老爷子回忆道，“你小时候来老宅，嚷嚷着要吃莲蓬，你奶奶就去养荷花的水缸里给你摘莲蓬吃。”

孟见琛笑："莲子很苦，我吃一颗就不想吃了。"

"你得把莲心给去了，"孟老爷子说道，"哪能囫囵吞下去？"

"我记得表哥小时候把外婆养的锦鲤抓出来，说要烤着吃。"叶又青笑道，"把外婆气得，追在他后面打。"

孟见琛微赧，"过去的事就别提了。"

陈洛如第一次听孟见琛的儿时旧事，原来他小时候也是个调皮的熊孩子，怎么现在一副道貌岸然的样子？

"小孩子，谁不调皮？"章以旋说道。

陈洛如不爽地偏过头去，她个正宫娘娘还没发话，什么时候轮到外人插嘴评头论足了。

孟见琛没接章以旋的话头，而是握住陈洛如的手，说道："等这荷花凋了，叫人摘些莲蓬，再捞些莲藕送到家，给你煲粥吃。"

陈洛如心里不稀罕，可听了这话又莫名美滋滋，说道："还是老公知道体贴我。"

反正这话怎么肉麻怎么说，她非要硌硬死那个章以旋。

"说来，你们俩准备什么时候要孩子？"孟老爷子问，"我都等不及要抱重孙了。"

孟见琛这回倒没像上次那般推脱说陈洛如年纪小，而是回道："已经准备要了。"

这话一出来，陈洛如瞧看见章以旋的神色明显暗了一分。

于是陈洛如说道："老公，我要给你生两个，一男一女，凑一个'好'字。"

如此乖顺的陈洛如令孟见琛微讶，他抿着嘴笑道："那好。"

孟老爷子道："多子多福，多生几个好，到老了不寂寞。"

说到这里，孟老爷子又对孟建泽道："你年纪也不小了，你看阿琛都比你先结婚，要孩子的事可耽误不起啊。"

孟建泽道："这是自然。"

话题转到孩子上后，孟老爷子仿佛有说不尽的话。

"我们孟家到现在还没有四世同堂。"他说道，"你们尽管生，只要是孟家的子孙，家产统统有份。”

这话除了孟建泽，恐怕在场没有人听了会高兴。

虽说他们也不至于贪图孟老爷子的家产，但是孟祥东和孟祥蓉这两支并不希望孟建泽这样的“外来人口”分去一杯羹。

陈洛如思及此，更要为自己掬一把泪了。

她徜徉在自己的精神世界里，仿佛置身一个真空的玻璃罩中，外界的纷纷扰扰均与她无关。

坐车回家的路上，陈洛如望着车窗外疾速倒退的路灯和夜景，暗暗下定决心——她一定要找到足够多的证据，这样等她被孟见琛扫地出门的时候，才能立于不败之地！

晚上到家后，她简单地洗漱一番，就钻进被窝里搞起大事来。

孟见琛从浴室洗完澡出来，发现陈洛如把自己捂得严严实实的，连根头发丝都没有露出来。

“你不睡觉在干吗？”孟见琛脱了拖鞋上床，试图去扯开她的被子。

陈洛如捂住手机说道：“睡前玩手机是对现代生活的致敬！”

孟见琛无语地道：“你玩手机不用捂得那么严实，不闷吗？”

陈洛如“哼”了一声，继续抠抠搜搜地看手机。她用手挡住屏幕的光，生怕孟见琛看见了。

孟见琛见陈洛如跟防贼一样防着他，不禁皱眉道：“你不会跟其他男人在聊天吧？”

他果然要出轨！

网上说，男人出轨前的征兆之一，就是开始把锅扣到老婆头上，试探对方的态度。明明他心里有鬼，却非要强词夺理，说你心里有鬼。

孟见琛躺上床，关掉他这一侧的床头灯，说道：“那我先睡了，你也别玩太晚。”

陈洛如看着他，神色逐渐复杂起来。

网上说，男人出轨的另一个征兆就是，突然无缘无故就对老婆冷淡了。

前些日子，孟见琛几乎每晚都要跟她温存一番。结果今日，他竟然半句话没说就要睡觉？

陈洛如心里暗叫不妙，心里的气更是不打一处来。

孟见琛睡觉后，陈洛如还在忙活。

网上说，男人出轨的另一个症状是，朋友圈里从来找不到老婆的影子。

陈洛如点进孟见琛的朋友圈，很好，一片空白，什么都没有，当然也没有她。原来他为了出轨，早就准备好了！

陈洛如恶狠狠地退出孟见琛的朋友圈，然后点开陈筱的头像。

陈洛如：“我老公真的出轨了。”

陈筱：“啊？”

陈洛如：“你知道吗？网上说男人出轨的几大迹象，他已经占了好多个了！”

陈筱：“你不会还对号入座了吧？”

陈洛如：“我说真的，他今天晚上都没碰我，这还不能说明问题吗？”

陈筱：“呃，你跟我说这个有什么用。”

陈洛如：“那先不说这个了，他的朋友圈也有问题。”

陈筱：“什么问题？”

陈洛如：“他的朋友圈里根本找不到我！”

陈筱：“呃……”

陈筱：“我说，你的朋友圈也找不到他啊，难道你也要出轨？”

陈筱：“陈小姐，别的不说，就算他想发，你愿意配合他秀恩爱吗？”

那当然，不愿意了。

陈筱：“行了，你早点睡吧。你就是杞人忧天。”

陈洛如：“你居然跟他的口吻一模一样！”

陈筱：“冤枉啊，我又不认识你老公。其实我倒是想认识一下，你看他的公司能不能把我收了，我换个地方当‘社畜’？”

陈洛如：“怎么了？现在的工作做得不开心？”

陈筱：“天天都加班，刚从地铁站出来，还得宽慰你这个大小姐，谁来宽慰宽慰我？”

陈洛如灵机一动。

陈洛如："要不你辞职，去给我老公当秘书。"

陈筱："啊？"

陈洛如："你帮我盯着他，从此以后你就是我安插在他身边的眼线。"

陈筱："我谢谢您的美意。"

陈洛如："那就这么说定了。"

陈筱："我不！我学的是法律，又不是间谍。你要真想盯着他，还不如找个私家侦探。"

陈洛如："私家侦探？"

陈筱："哎呀，你看我这破嘴。"

陈筱连忙将上条信息撤回。

陈筱："我什么都没说过，你忘了吧。"

而此时此刻，陈洛如已经在搜索框里打上"私家侦探"四个大字了。

陈筱说得对，要掌握孟见琛的行踪，必须深入布局，步步为营，靠她一人单打独斗可不行。

私家侦探，一般称为民间调查公司，现在往往有一个更高大上的名字，叫咨询公司。

陈洛如看到搜索页第一页上全是网站推送的小广告，她信不过，往后翻了几页，终于找到一个看上去还算靠谱的。

对方很敬业，大晚上还给她发消息。

客服 11："您好，请问有什么可以帮您的吗？"

匿名客户 97："我怀疑我老公即将出轨，你们可以帮忙调查一下吗？"

客服 11："平时生活中他有什么异常的行为举止吗？"

匿名客户 97："他拒绝跟我过夫妻生活，朋友圈里也没有发任何关于我的动态，他心里一定有鬼。"

客服 11："就您的描述来看，确实很可疑。我帮您转接我们公司的情感专家，您可以跟他聊一聊。"

陈洛如倍感欣慰，她的直觉果然没有出错，人家客服都说孟见琛很可疑。

专家 09：“这位女士，请您详细地描述一下您丈夫近期的状态。”

陈洛如添油加醋地将孟见琛鞭笞了一顿——在陈洛如的嘴里，他的罪行简直罄竹难书。

十分钟后，专家很明确地得出一个结论。

专家 09：“我十分肯定，您的丈夫有了外遇。就算现在没有外遇，也在去外遇的路上。”

匿名客户 97：“我也是这么想的！”

专家 09：“我们公司经验丰富，可以承诺帮您取得您的丈夫外遇的确凿证据。请问您方便透露您丈夫的姓名、公司地址和职务吗？男人出轨，我们一般都是从公司开始查。”

匿名客户 97：“他叫孟见琛，在京弘大厦上班，是京弘控股集团的执行总裁。”

对方没了动静。

陈洛如等了五分钟，专家总算给了她一条回复。

专家 09：“对不起，这件事我们公司可能帮不了您，您还是另请高人吧。”

匿名客户 97：“为什么啊？”

哪有为什么？

做这行的哪个不是人精？哪个公司吃了熊心豹子胆敢去调查孟见琛？多多少少都是听闻过孟家的背景的。

京弘控股的实力多么雄厚势力多么庞大，惹恼了孟家太子爷，恐怕没人能全身而退。

当然，这是出于理性的考量。

还有一个不那么理性的考量是——专家怀疑这个匿名客户纯粹是来捣乱的。

公司每天要经手那么多客户那么多案子，谁有空陪她在这儿瞎扯。

陈洛如追问了好几条，对方却像沉入湖心的石子一样，彻底没了声响。搞得她很郁闷，怎么就不能帮她了？难道还怕她不给钱吗？

陈洛如仔细想想，自己好像真吃过一次霸王餐。

她就上次找人扮演她的"出轨对象"，既没给演员劳务费，也没给饭钱，然后就被孟见琛拽走了。

后来那位范建先生竟然也没来找她要钱，真是奇怪。

第二天早上，陈洛如顶着两只黑眼圈，坐在餐厅里一口一口喝着咖啡。

"昨晚没休息好？"孟见琛问。

陈洛如不想理他，鬼知道她度过了怎样难熬的一个夜晚。

陈洛如这种态度，孟见琛早已习惯，所以也就见怪不怪了。

孟见琛吃完早餐，嘱咐陈洛如道："今晚我回来得会晚些。"

陈洛如问："你要做什么去？"

孟见琛答："昨天爷爷过大寿，我没去公司，积累了一些公务，今天要加班处理完。"

陈洛如立刻将孟见琛的话与"男人出轨的几大征兆"联系起来——加班、应酬、出差越来越频繁，是为了挤出更多的时间与小三幽会。

看看，他又中了一条！

陈洛如不声不响地放下咖啡，取了一块方巾擦嘴，问道："你加班到几点呢？"

孟见琛以为陈洛如是想他，便道："尽量九点以前。"

陈洛如说道："那你去忙吧。"

这可是抓孟见琛出轨的好机会。

她琢磨着亲自去公司拿到一手证据。

孟见琛走后，陈洛如如蚂蚁噬心，心里难受得紧。

她跑到负一楼去看那个秘密的房间。门被关得严严实实，门把手拧都拧不动，密码锁对她不开放。

一开始陈洛如并不在意这件事，也不想去窥探孟见琛的内心。可现在，她发现自己的丈夫对自己保留了一部分东西，这让她心里很不是滋味。

就像陈筱说的，陈洛如平时太闲了，想得太多，杞人忧天。

可这不能怪陈洛如，这段婚姻给不了她安全感，她却无法逃避这段婚姻赋予她的使命。

天底下恐怕再也找不出比她还委屈的总裁夫人了——婚礼是赶鸭子上架的。

孟见琛不爱她，也从未对她敞开过心扉，对待她就像哄家里的孩子一样没有分别。

更让陈洛如心碎的是，她发现自己开始患得患失。

自从跟孟见琛有了亲密接触，陈洛如心理上多多少少对他产生了一些依恋。可孟见琛，天天该干吗干吗，没有任何不同。

这下好了，平地一声雷，出来一个章以旋。

她盘问孟见琛，他的嘴却固若金汤，还企图敷衍她。而章以旋的眼神和话语里，处处写满了故事。

陈洛如在房间外站了好久，最终还是黯然离开了。

陈洛如拿出壮士断腕般的决心，让厨房熬一锅羊汤，再做一盘小点心。她吩咐吴管家："今天他加班，我出门给他送点吃的。"

吴管家道："那我通知一下先生，再给您安排一辆车。"

陈洛如却说："不用了，我想给他一个惊喜。"

吴管家了然，太太最近乖了不少，现在还知道体恤先生了。

可只有陈洛如知道，"雪中送汤"是假，拿到证据是真。

她倒要看看孟见琛这天加的什么班，为什么章以旋一回国他就要加班？

晚上六点，陈洛如抱着一个恒温饭盒，心怀叵测地上了车。

陈洛如怀揣着无尽的心事，望向外面阴暗的天空。

夕阳走得匆忙，漏掉了一抹余晖。这辆车越行越远，奔向未知的前方。

到京弘大厦后，陈洛如刚要下车，便有一辆黑色轿车缓缓驶到大厦门口。

有人从车上走了下来，陈洛如定睛一看，正是章以旋。

这时，从旋转玻璃门里走出来一行人，为首的是孟见身边的总秘高骞。

这两人不知谈了什么，章以旋掩唇笑，高骞作陪，随后毕恭毕敬地将她请进了大厦。

还说两人没什么，要真没什么，高骞也不会出现在这里。没有孟见琛的命令，高骞绝对不会对那个女人点头哈腰。

时间已经快七点了，这个点早就过了京弘的上班时间。章以旋现在到访，可不就是来找孟见琛的吗？

陈洛如抓着饭盒的手指越来越紧，蓦地生出想把这锅汤丢到窗外去的冲动。

不行，不能浪费粮食，这锅汤至少也得浇到孟见琛头上去！

司机替陈洛如打开车门，她从车上走下来。

陈洛如今日穿了一件白衬衫，配一条裙摆到膝盖以上三十厘米的牛仔短裙，活力又性感。

她脚踩一双高跟凉鞋，走出六亲不认的步伐，直接到京弘大厦。

陈洛如进了大厅，看见高骞和章以旋的身影消失在了去往电梯的拐角处。

陈洛如还要往里走，却被大厦的保安给拦了下来："这位小姐，请出示您的工作证或者临时通行证。"

陈洛如是第一次来京弘大厦，保安不认识她很正常。

保安细细一打量，陈洛如这身打扮，一点儿也不像京弘的员工。

京弘要求员工着商务休闲风服装来上班，孟见琛对女员工的穿着打扮极为苛刻。

前些日子孟见琛在一楼大厅遇见一个穿牛仔七分裤的女员工，就叫她回家换衣服。那小姑娘兴许是第一次被上司训斥，哪里见过这阵仗，竟当场哭了出来。

再看看眼前这个女孩，裙子这么短，要是被孟见琛看见，后果不堪设想。

陈洛如说道："刚刚那个女的也没有工作证啊。"

保安解释道："那是孟总身边的高秘书亲自来接的人。"

言下之意——你是哪里来的阿猫阿狗？

陈洛如冷笑一声，正打算说什么，她的司机跟了过来，对保安耳语了几句。

保安的神色立刻变得恭敬起来，连忙说道：“太太，这边请，孟总的办公室在第五十八层。”

保安将陈洛如引至专属电梯，还贴心地为她按下楼层号码。

在电梯从一层上升到五十八层的短短几十秒里，陈洛如对着镜子整理仪容。

陈洛如生得漂亮，打小就被捧在手心里。可这日她这般精心打扮，是为了来捉现行。

陈洛如幻想了很多种可能撞见的场面，可是电梯“叮”了一声之后，整个五十八层静悄悄一片，只亮着几盏昏暗的廊灯。

她蹑手蹑脚地往总裁办公室走，玻璃墙内的百叶窗合得很紧，只从罅隙里透出一缕光亮。

陈洛如趴在墙上听了一会儿动静——什么都没听到。

于是她走到办公室门口，鼓起勇气敲了一下门。她告诫自己，待会儿无论看到什么，都得保持冷静，不能自乱阵脚。

门的插销被打开，整个过程不到十秒钟。

陈洛如拧开门把手，走进办公室。

“合同放到桌上，我一会儿签。”孟见琛的声音从最里面传出来，“昨天下午的会议纪要发一份到我邮箱。”

陈洛如看到孟见琛正伏案办公，眼睛都没有从电脑上挪开一下。

她环顾四周，并未看见旁人的身影。

奇怪，难道孟见琛把人藏起来了？

许是没听到答复，孟见琛抬头朝门口看了一眼。来人不是他的助理，而是他的娇妻。

“你怎么过来了？”孟见琛放下鼠标走过来。

陈洛如左顾右盼，寻找这屋里能藏人的地方，却被孟见琛握住了手腕。他垂眸一看，陈洛如还带来一个饭盒，眉头顿时舒展了。

他问：“你来给我送饭？”

陈洛如抬头看孟见琛，直对上他那双幽深的黑色眸子。

孟见琛勾了勾嘴角：“不巧，我吃过了。”

陈洛如莫名羞赧，道：“那就不给你吃了。”

“不过我还能再吃点。”孟见琛把门重新关上，拉着陈洛如往沙发边走。

陈洛如一边走一边看，像一只好奇的小猫。

“你在找什么？”孟见琛接过陈洛如的饭盒，放到了沙发前的茶几上。

这下陈洛如可以确信，孟见琛的办公室里并没有藏人。

那章以旋去哪儿了呢？

“我刚刚在楼下看见高骞了。”陈洛如故意没提章以旋的名字，想试探孟见琛的态度。

“是我让他去的。”孟见琛打开饭盒，上面一层装了一些精致的面点，下面一层是喷香的羊肉汤。

孟见琛问：“勺子呢？”

陈洛如拿了勺子，在孟见琛要接过去的时候，突然往身后一藏，问道：“你让高骞去干吗？”

“爷爷让章以旋来公司法务部做事，我让高骞接她去法务部看看。”孟见琛说得很淡然。

“你怎么不亲自带她去？”陈洛如睨了他一眼。

“我哪里有空。”孟见琛握住陈洛如的手，将勺子拿过来，问了一句，“你自己煮的汤？”

陈洛如像看傻子一样看着孟见琛。

孟见琛随即低笑道：“是我高估你了。”他怎么能指望陈洛如亲自下厨给他做饭，那样会出人命的。

陈洛如心里有了小九九。

章以旋竟然要入职京弘，这还得了？那这两个人岂不是天天都能见面了？

偷情哪能只贪图半晌之欢，人家要的是朝朝暮暮。

想到这里，陈洛如心中顿时郁结一股怨气。她问道：“你还缺秘书吗？”

孟见琛正喝着浓白的羊汤，慢条斯理地答道：“不缺。”

他身边的秘书和助理加起来能组成一个单独的部门——总裁办公室，

人手自然够用。

陈洛如又说："我觉得你缺一个给你送饭的小秘书。"

孟见琛挑眉问道："你在说你？"

陈洛如露出认真的神情，问道："你看我怎么样？能不能当你的秘书啊？"

孟见琛放下勺子，从上至下打量着陈洛如。

孟见琛道："不行。"

陈洛如问："为什么？"

"公司是上班的地方，"孟见琛将陈洛如搂入怀中，贴着她的耳朵压低嗓音又说了一句，"不是调情的地方。"

陈洛如嗔怪道："你在公司耍什么流氓？"

孟见琛揉了揉陈洛如的头发，眼神里全是温柔。

陈洛如送来的羊肉汤，他只喝了几口就觉得浑身燥热。更何况有美人在侧，孟见琛已无心工作。

即使已经吃过晚饭，可孟见琛还是很给面子地喝了半盒羊肉汤，又吃了两个点心。

试想若陈洛如天天在他身边晃来晃去，那他倒不如辞了这个总裁的职位，省得京弘哪天被这小妖精给祸害倒闭了。

七点半的时候，孟见琛的助理来给他送文件，他将方才对陈洛如吩咐的公事又重新吩咐了一遍。

原本孟见琛打算加班到九点的，可陈洛如亲自来监工，他做完手头两件要紧的事便收拾东西带她回家。

天大地大，老婆最大，剩下的工作大不了明天再做。

晚上十点多，陈洛如累得手指都动不了了。

孟见琛抱了她去洗澡，回来后又搂着她睡觉。

陈洛如听着男人沉稳有力的心跳，心里还惦记着要给他当秘书的事。

她小声说道："你就让我去嘛。我好歹也是从名校毕业，怎么就不能给你当秘书了？"

孟见琛捏住陈洛如柔弱无骨的小手，说道："工作很辛苦。"

陈洛如却说："我不怕苦，也不怕累。"

孟见琛哪里会信她的鬼话，陈洛如她就是个小娇娇，半点儿委屈都受不得，还吃什么苦受什么累啊？

"我天天在家，闲得头顶都快长蘑菇了。"陈洛如又道。

孟见琛拨了拨她的头发，打趣道："没看见。"

陈洛如有了小脾气，控诉道："你就是想把我养成一个废物，好让我离不开你。"

陈洛如在孟见琛怀里翻了个身，说道："你不让我去，我就去岭盛谋个职位，反正岭盛在这边也有分公司。"

孟见琛见陈洛如吃了秤砣铁了心要出去上班，才道："那你来吧。"

他估计陈洛如上三天班就得打退堂鼓。

陈洛如道："那好，明天早上我就去上班。"

孟见琛却说："明天不行，下周。"

陈洛如问："为什么？"

孟见琛答："空降太突然，会被人说闲话。"

孟见琛不想陈洛如以总裁太太的身份去当总秘，他得让高骞提前安排一下，找个合适的时机把她安插进去。

陈洛如细细考量一番，觉得孟见琛说得有道理。她得神不知鬼不觉地潜入京弘内部，看看那个章以旋到底想搞什么鬼？

陈洛如想起了困扰她的另外一件事，问道："我今天发现负一层有个房间打不开。"

孟见琛原本已经要入睡了，听她这么一说，又睁开了眼睛："你想看？"

陈洛如点点头。

他沉默片刻后道："明早带你去。"

陈洛如这才心满意足地窝在他怀里睡去。虽然这天没抓到证据，但是她一点儿也不失望。

第二天早晨，陈洛如正在衣帽间换衣服，孟见琛突然进来了。

陈洛如拿了一条红裙子，孟见琛却指了指一条素色的裙子，说道："这条不错。”

难得孟见琛还给她的穿衣打扮提建议，陈洛如没想太多，依着他的话照做。

陈洛如换好衣服，两个人坐电梯来到负一楼。

那扇门依旧紧闭，像是在守护着一个秘密。

进门之前，孟见琛叮嘱她：“一会儿保持安静，不要大声喧哗。”

陈洛如眨了眨眼，好奇地问：“怎么了？”

他庄重地说道：“我母亲好静。”

陈洛如蓦地睁大眼睛，胸腔里一阵心悸。

孟见琛的母亲不是在他十岁的时候就过世了吗？

那这个房间是……

孟见琛用指纹开了锁，门缓缓打开。

这间屋子不算大，很空旷。从桌布到橱柜，清一色的白和黑。房间最里面的墙上，挂了一张灰白的照片。

照片里的女人素净典雅，眉眼温婉，跟孟见琛有几分神似。

原来这个房间是孟见琛专门用来祭奠他母亲的。陈洛如心里一阵唏嘘，想到自己昨日的无端猜想，简直无地自容。

“阿姨……不，”陈洛如改口，“妈妈是为什么过世的呢？”

孟见琛带着陈洛如来到他母亲的照片前，两个人站定后，他才说道：“乳腺癌。”

陈洛如望着照片上的女人，她的音容笑貌宛在，可红颜命薄，斯人已逝十八载。

她是陈家的掌上明珠，从小沐浴在父慈母爱下，年轻的生命没有经历过亲人的生离死别。

孟见琛从来没跟她提过他的母亲，她便以为他对母亲的记忆像一张泛黄的旧照片，日复一日地淡去了。

其实不然。

孟见琛不让用人进这间屋子，是怕打扰到他因病溘然长眠的母亲吧。

再看这间屋子，干干净净、纤尘不染，应该是孟见琛亲自动手做的清洁。原来他也是会做家务的。

最戳人不过铁汉柔情，陈洛如心一软，忽然很想抱抱孟见琛。

陈洛如看他的眼神，仿佛在看一个小可怜。

孟见琛从未见陈洛如露出过如此怜悯的目光，顿觉浑身不适，便道：“已经过去很多年了。”

孟见琛早已从最初的伤痛中走出来，只是偶尔想起他母亲的时候，他会来这里看一看，打扫打扫卫生，给她上两炷香，跟她说说话、谈谈天。

陈洛如不禁感慨，十岁的小孟见琛究竟经历了什么？

她十岁的时候，是陈家无忧无虑的小公主。虽然她有一点点公主病，但大多数时候生活对她都是仁慈的。

即使她父母后来把她强行嫁给孟见琛这件事做得不太厚道，可她在内心深处还是很爱她的父母的。

陈洛如想到一句歌词——没妈的孩子像根草。孟见琛就是一株可怜的小草。

陈洛如看见供桌上有一个香炉，里面铺了一层香灰，问道：“需要我上炷香吗？”

孟见琛给陈洛如递了三支香，并主动为她点着了打火机。

陈洛如将香点燃，插入香炉中，也算是拜见过这位无缘得见的婆婆了。

以前有人打趣她，说她命好，嫁了个多金老公，还没有婆媳烦恼。可陈洛如觉得，这种“好命”是建立在别人的不幸之上的，并不值得为人说道。

陈洛如平日里是爱在亲近的人面前耍小性子，可在大是大非面前她还是拎得清的。

“明年清明，带你去墓园。”孟见琛说道。

之前没机会带陈洛如过去，他也就忘了这一茬。

这听上去不是什么浪漫的事，对他来说却是很郑重的承诺——不是什么人都有资格见他的母亲的。

陈洛如终于踏入他的隐秘角落，即使这真相令她不忍。

吃完早餐，陈洛如主动把孟见琛送出了大门。

临走的时候，陈洛如竟然还踮起脚送给孟见琛一个短暂的告别吻，她从来没做过这种事。

孟见琛后知后觉，既然陈洛如吃软不吃硬，那卖卖惨似乎也没什么不好的。

上车之后，他用手指轻抚被她吻过的嘴唇。

甜的。

陈洛如乖巧也就这一阵子，她郁郁的心情随着孟见琛的离开逐渐消逝。

接下来她得筹备一件大事——去给孟见琛当秘书，看看章以旋葫芦里到底卖的是什么药。

可陈洛如毕业之后就被孟见琛押回了国，从来都没上过班。

之前她在剑桥上学时，没事就跟着导师出门游山玩水写写生拍拍照，回来便钻进工作室画图纸建模型。

陈洛如没有什么实际的工作经验，她的人生也并没有因为去了剑桥有太大的改变。她总要被安排联姻的，光鲜的学历只是陈家敲开上流圈子的一小块敲门砖罢了。

这是陈洛如的幸运，也是她的不幸。她的人生早已被安排得明明白白。

陈洛如决定向陈筱咨询一下上班的有关事宜，陈筱比她工作经验丰富得多。

陈筱："哈？我没听错吧？你要去上班？"

陈洛如："是的。"

陈筱："你去哪里上班？我倒要看看是哪家公司那么倒霉。哦不，那么荣幸地邀请你去体验人间疾苦。"

陈洛如："我要去京弘给我老公当秘书。"

陈筱："你是不是被什么给刺激了？"

陈洛如："我发现那个女的要去京弘的法务部上班。"

陈筱："哦，你是亲自去盯梢了。"

陈洛如："我要悄悄行事，不能让她发现。"

陈筱："怎么悄悄行事？"

陈洛如："所以我来问你啊，怎么让我变成你一样，丢进人堆里找不出来？"

陈筱："我宣布，我要和你终止塑料姐妹的关系。"

当然，这只是一句玩笑话，她们彼此都懂。

陈筱："我觉得很难。别的暂且不提，就凭你随便背的包包，走到哪里都会引起注意。"

女人对包的狂热不仅仅因为包是她们的生活必需品，更因为包包是一个女人身价最直接的体现。说来也是好笑，很多女性拒绝被物化，可在某些情境下她们又在自我物化。

常在格子间，陈筱当然知道职场女性们对包包有多敏感了。谁要是买了个新包，不出三天，保准传遍办公室。

陈洛如："我背的包怎么了？"

陈筱："你把人家一年的工资背在身上，还指望人家对你熟视无睹？"

陈洛如："那我背个便宜的包不就好了。"

陈洛如觉得这件事很好解决："你周末陪我去逛街吧，你帮我挑。我请你吃饭。"

陈筱盛情难却，只得答应下来。

不过她又想起了另一件事。

陈筱："还有一点啊，你长得太漂亮了。"

陈洛如："突然'彩虹屁'是怎么回事？"

陈筱："不是'彩虹屁'！是真心话！"

陈筱："你那么好看，谁见了都想多看两眼，又怎么装得平平无奇？"

陈洛如："你说得对哦。可是我有什么办法呢？没想到我竟然有被美貌烦恼的一天。"

陈筱："你够了！随便说你两句，你还上天了。"

陈洛如："要不我去剪一个奇丑无比的发型？"

陈筱："你的牺牲也太大了吧？"

陈洛如："回头让人接个发就好，有什么麻烦的。"

陈筱：“打扰了。”

两人合计了一番，决定周末去王街逛街。

陈洛如前一天晚上兴奋得没睡好觉，孟见琛问：“你打鸡血了？”

陈洛如宣布：“我明天要去逛街！”

“你不是隔三岔五就去逛街吗？”孟见琛道。

“这次不一样！”陈洛如说道。

第二天，陈筱精心打扮了一番，然后遇见穿着衣柜里最便宜的衣服出街的陈洛如。

“我们去哪里逛？我看这家不错。”陈洛如指着不远处的大厦。

“不！”陈筱强行将陈洛如转了个方向，对准另一个商场，“这才是我们的目标！”

陈洛如被人潮裹挟着进了商场，这家商场规模很大，上上下下七八层，从吃喝玩乐到衣食住行，样样齐全。

商场里熙熙攘攘，人满为患。这天是周末，有闺密相约来逛街的，有小情侣搂搂抱抱的，有携家带口出来聚餐的。

一层的入口处有一座巨大的恐龙模型，嘴巴一张一合的，尾巴一翘一翘的，威风凛凛，引得不少顾客驻足观看。

陈洛如像个好奇的孩子一样，拿出手机“咔嚓”一声给恐龙拍了张照片。

接着，她跟着陈筱进了一家卖衣服的店。

这家店上下三层，分好多区。衣架上挂满了各种款式，店中间还有几个平台，上面摆着一些便宜甩卖的衬衫、裤子和裙子，大大的提示牌上写着鲜红的“SALES”。

顾客们随意选着衣服，就像在菜市场挑白菜一样。

陈筱给陈洛如拿了两件基础白 T 和休闲风西服外套，说道：“你去试衣间试试？”

陈洛如看了一眼标签，型号大小是 165，跟她的身高一样。

就是这个价格，怎么这么便宜？她怀疑商家是不是少写了两个零。

陈洛如去试衣间换好，走出来后，店员立刻夸道："您身材好，穿我们家衣服真好看。"

陈洛如对着穿衣镜看着自己，还挺像白领的。

陈筱问道："这衣服还行吧？"

陈洛如用手掌掖了一下胳膊，说道："有点儿不太合身。"

陈洛如穿惯了量身定制的衣服，突然穿上通用版型，多多少少不太习惯。

陈筱替陈洛如理了理衣襟，说道，"刚入职的职场菜鸟穿成这样就可以了。"

陈筱又给陈洛如挑了几身，陈洛如没有试，直接让店员包起来。

陈洛如："这么几身够穿吗？"

陈筱："记住，你现在只是个普通人。"

"我现在就是一个普通人，我记住了。"陈洛如点点头，表示知道了，"你现在就把我当普通人一样对待，我要是哪里表现得不对，你一定要指出来。"

买完衣服，她们又进了一家包店。

陈洛如看到包包就像吃了兴奋剂一样，立刻飞奔过去。

"醒醒，你买一个通勤包就行了。"陈筱指着一个包包说道，"你看这个，包比较大，能放下笔记本电脑。"

像陈洛如这样的菜鸟，好用结实的款就足够了。

陈筱宣布此行的目的已基本达成。

"下午再去买几双好走路的鞋。"陈筱跟陈洛如乘电梯往楼上走，"现在我们去吃午饭。"

楼上餐厅琳琅满目，陈洛如说想吃江浙菜，陈筱便去一家餐厅门口拿号等排位。

"没有位子吗？"陈洛如从甜品店买了两支冰激凌，递给陈筱一支。

"今天人多，要排队叫号。"陈筱扬了扬手里的号码和菜单，说，"我们可以趁这个时间先看看一会儿要点什么菜。"

在吃上陈洛如还真没那么挑。她对食物的要求是，干净卫生和美味可口。

陈筱感慨，这恐怕是陈洛如难得的比较接地气的地方了。

吃完饭买完鞋，陈洛如正好从头到脚焕然一新，这样一来她就是个普普通通的上班族了。

可陈洛如的那张脸还是一眼就能被人注意到——这天逛街的时候，一直有人不停地偷偷打量陈洛如，男人女人都有。

陈筱拉着陈洛如去眼镜店配了一副老气横秋的黑色圆框平光镜。

陈洛如戴上眼镜后，波光流转的眼睛被镜片遮挡，相貌总算没那么引人注目了。

“接下来去剪头发。”陈筱说道，“你准备好了吗？”

“给我剪个狗啃刘海好了，”陈洛如翻出手机里存的图，“就这样的。”

两个人还没走到美发店，就被沿街做广告的托尼老师给拦了下来。

“这位小姐，我觉得您的发型跟您不太搭。”托尼老师热情地推销，“今天我们店的艺术总监在，有他帮您量身定制发型，一定包您满意。”

陈洛如问：“你们的艺术总监手艺是不是特别好？”

托尼老师自信地挺胸说道：“那当然了，我们艺术总监拿过奖，还给明星做过发型。今天您来，那就是明星级待遇。”

陈洛如思忖片刻，说道：“手艺太好了，我不去。我得找个手艺差的。”

托尼老师难以置信，剪头发剪得好也错了？

但托尼老师极擅长察言观色，什么样刁钻的顾客他没见过呢？这点小挫折难不倒他。

“手艺差的我们也有啊，我们店里前天刚来了一个学徒，剪的头就跟被狗啃过一样！”

听到“狗啃”二字，陈洛如眼睛一亮：“好，我就要他给我剪！”

这位学徒名叫凯文，头发染得五颜六色酷似红绿灯。

凯文对陈洛如的赏识感激涕零，这可是他的第一单生意，他务必要给这位美丽的小姐姐留下深刻的印象。

他拿着大剪刀“咔嚓咔嚓”舞动了两下，问道：“你打算剪成什么样？”

陈洛如答道：“发挥你的真实水平就好。”

陈筱忧心忡忡地看着坐在镜子前的陈洛如，叮嘱道："那个……我们稍微修剪一下就好，她要去上班，不能太花里胡哨。"

凯文比了个"OK"的手势，表示知道了。

三十分钟后，地上落了一堆头发，陈洛如惊讶地望着镜子里的自己。

"怎么样？"凯文对自己的作品非常满意，"我照着最近很流行的一个短发女演员给你剪的。"

不对啊，这个发型怎么……有点跟想象中的不一样呢？

虽然陈洛如的头发剪短了，刘海也是狗啃的，可她脸型的特点体现得更突出了。

就连陈筱也很意外，这个凯文莫不是理发界冉冉升起的一颗新星？

可她很快就意识到，手艺什么的不重要，这是脸的问题！像陈洛如这样的人，狗啃刘海套麻袋都漂亮。

陈筱捂着胸口，强迫自己接受这个残酷的事实。

陈筱想到，她以前追过一个素人改造节目，节目组找来许多样貌普通的素人，将她们改造成令人耳目一新的模样。

陈洛如这样的逆向改造，恐怕闻所未闻。

陈洛如把平光眼镜戴上，对着镜子拨弄了一下狗啃刘海："这下是不是认不出我了？"

陈筱笃定地点头："放心，你老公今晚一定会觉得很新鲜刺激。"

陈洛如满怀期待地回到家，一众用人看她的眼神变了好几变。

罢了，反正太太天天折腾个没完没了，也不知道把自己搞成这副模样，先生看见会是什么反应。

然而陈洛如没等到孟见琛回家，却等来了他的电话。

"今晚有应酬，我要晚点回家。"孟见琛嘱咐道，"你早点睡。"

陈洛如问："你几点回来？"

孟见琛道："可能要到十一二点。"

今晚跟证监会的人吃饭，这件事可怠慢不得。除了晚餐，还有饭后娱乐活动，方便谈事情。

陈洛如的期待落了空，她意兴阑珊道："那你早点回来，有惊喜。"

孟见琛问："什么惊喜？"

陈洛如卖了个关子："秘密。"

孟见琛没有追问，他道："知道了。"

不知陈洛如又想了什么鬼点子，竟然跟他玩起了小情趣。

陈洛如去浴室卸妆和护肤。

她卸完妆以后，重新架上那副平光眼镜。说实在的，这么一弄，她确实平凡黯淡了不少。

事实充分证明，人是衣服马是鞍。

陈洛如半靠在床头，看了一眼墙上的石英钟，才九点半。

孟见琛还没回来，陈洛如百无聊赖，翻开一本《飘》的英文原版书，再打开音乐软件，连接室内的蓝牙音箱，点开鲍勃·迪伦的音乐合集。

前些年，诺贝尔文学奖被颁发给了一位作曲家，惊呆世人，也让村上春树陪跑再度登上各大报道头条。这位作曲家，正是鲍勃·迪伦。

陈洛如平日里常常有些孩子气的举动。她拥有着一颗浪漫主义的心，这可能跟她爱读的书和爱听的音乐有关。

舒缓的音乐配上一本动人的爱情小说，陈洛如很快就有了倦意。

这天逛街消耗了不少体力，她有些熬不住了。

上下眼皮间的缝隙越来越小，最后变成了一条线——她睡着了。

夜里十二点，孟见琛披星戴月回到家。

今晚的应酬，饶是他也招架不住了。

尼采在《悲剧的诞生》中曾用"酒神精神"来概括人类社会历史中的两种基本的冲动之一。

不知是谁在饭局上附庸风雅地提了一嘴，"酒神精神"变成了"拼酒精神"。

酒桌上白的、啤的一起来，饭后还开了几瓶红酒。几种酒精一勾兑，后劲大得吓死人。

孟见琛被送上车时，神志已经不太清楚了。他的脑袋昏昏沉沉，半梦半醒，意识飘去了天涯海角。

到家后，孟见琛飘飘忽忽地上楼，推开了卧室的门。

室内只开了一盏床头灯，孟见琛的视线有些模糊，隐约看见有个人靠在床上。除了陈洛如，还能有谁呢？

今晚酒喝多了，他没有精力做任何事，能安全回来就不错了。

孟见琛也没多想，随手解开衣服，上床睡觉。

陈洛如被孟见琛的动静吵醒，睁开眼睛看了看身旁喝得酩酊大醉的男人。他身上的酒气很浓，陈洛如不禁猜测这到底是喝了多少啊？

陈洛如嫌弃地皱起眉头，往床边靠了靠。身旁的男人伸出长臂，将她捞入怀中。

睡梦中，孟见琛在她耳边呢喃轻语："婠婠……"

陈洛如哪里受得了这样，这酒气熏得她都快醉了。她气呼呼地掐了一下孟见琛的腰，孟见琛悠悠然睁开眼，垂眸望向怀里的小女人。

这一望可不得了，孟见琛混沌的大脑登时警铃大作。

这个女人是谁？

是谁吃了熊心豹子胆敢往他的床上送女人？

孟见琛立刻像触电一般松开了陈洛如的腰，眉头紧皱。

陈洛如又往床边挪了挪，她才不要被醉鬼抱着睡觉呢。

孟见琛隐约想起陈洛如说什么今晚有惊喜，这就是她给他准备的惊喜？

想到这里，孟见琛只觉怒火攻心。

陈洛如正准备睡觉，屁股上突然结结实实挨了一脚，她整个人"扑通"一声掉到了床下。

她不可思议地瞪大眼睛。她……她竟然被孟见琛踢下了床？

陈洛如抱着被子在地上坐起来，伸手揉了揉屁股。她怒目圆睁，刚要控诉孟见琛对她实施家暴，孟见琛却问："谁让你过来的？"

语气冷得像是渗入了冰碴。

这话是什么意思？他喝多了神志不清了吧？

陈洛如手叉着腰，还没来得及发作，孟见琛就低吼道："滚！"

酒壮怂人胆，孟见琛居然让她滚？

呵，终于在酒精的作用下暴露了他的真实面目。

陈洛如反唇相讥：“我才不滚，要滚你滚。”

孟见琛的眼神隐匿在黑暗中，陈洛如看不真切。

下一秒，孟见琛下床，一把拉住她的手腕，将她从地上拽起来。她的手腕处传来一阵痛意，下一秒被孟见琛拖到了卧室外的走廊。

“砰”的一声，卧室门被关上了，陈洛如表情呆滞。孟见琛居然把她赶出了卧室？

她拼命捶了两下门，叫道：“你开门啊！你什么意思？”

然而里面什么动静都没有。

好你个孟见琛，你无情就休怪我无义。今天能把她赶出卧室，明天就能把她赶出孟家。

到这天为止，陈洛如总算看明白了这个男人。

陈洛如暴跳如雷地打开隔壁次卧的门滚到床上，打算明天就跟孟见琛提离婚，这倒霉日子真是过到头了！

这时，陈洛如的手机响了。她一看来电显示，便怒气冲冲地挂断。

还有脸打电话过来？

半分钟后，电话又打来了。陈洛如烦不胜烦，点了通话。

“你人呢？”孟见琛问。

“你还有脸问？”陈洛如道。

“别胡闹，回来睡觉。”孟见琛的语气硬邦邦的。

“谁胡闹了？”陈洛如委屈极了。

“今晚的事我可以当没发生过，你给我回来。”孟见琛揉了揉太阳穴，勉强保持冷静。

陈洛如的脾气可大了：“你说当没发生过就没发生过？”

孟见琛道：“本来就什么都没发生。”

陈洛如尖叫：“孟见琛，你给我等着！”

把她踢下床不说，还把她关在卧室门外。这也就罢了，现在他居然冠冕堂皇地说今晚的事可以当没发生过？谁给他的脸？

孟见琛沉默了十秒，用冷入骨髓的声音说道：“你给我回来。”

兴许是第一次听孟见琛用这么阴鸷的嗓音讲话，陈洛如有一点点发怵。

可她不怕，她要去看看孟见琛到底在耍什么酒疯。

陈洛如下了床，重新走到主卧门口，敲了一下门。

门打开之后，陈洛如看见孟见琛一张煞气腾腾的面孔。

孟见琛拧眉：“你怎么还不滚？”

陈洛如：“什么？！”

原来把她叫过来就是为了当面再说一句让她滚？

“孟见琛，我要跟你离婚！”陈洛如声嘶力竭地吼道。

她这么一吼，似唤醒了孟见琛的意识。除了陈洛如，谁会跟他说这种话呢？

他眯了眯眼，总算看清了这个女人的长相。

鹅蛋脸，桃花眼，生起气来简直跟陈洛如一模一样。就是这个头发，怎么跟狗啃过的一样？

孟见琛酒醒了，酒醒的同时头皮也麻了。所以他刚刚是……把陈洛如当成乱七八糟的女人给赶出了卧室？

孟见琛对于形形色色的女人没什么太强的辨识能力。前一秒见了，后一秒可能就忘了。

这么多年，他记得最清楚的一张女人面孔，就是陈洛如的脸。

现在的情况很棘手。

如果孟见琛故意把陈洛如赶出卧室，那就是死路一条。居然把自己老婆给赶出去，是何居心？

如果孟见琛承认他把剪了新发型的陈洛如当成了别的女人，那也是死路一条。居然连自己老婆都没认出来，他的眼睛是瞎了吗？

唯一一条险中求生的出路便是，装醉神志不清，试探一下陈洛如的反应。

于是孟见琛拉住陈洛如的胳膊，将她搂进怀里。

陈洛如像条泥鳅一样挣扎起来，想要推开孟见琛，怒嗔道：“你放开我！”

孟见琛不管她说什么，就是抱住她不撒手，哄道：“去睡觉。”

孟见琛的酒气熏得陈洛如头疼，她捏住鼻子，嫌弃地说：“今晚的事，咱们俩没完！”

孟见琛像条黏人的大狗狗，环住陈洛如的肩膀，边将她往床边带，边说道：“我不记得今晚有什么事。”

陈洛如被推倒在床上，拿起一个鹅毛软枕就朝孟见琛拍去：“滚开！”

孟见琛躺在陈洛如旁边，任由软枕像雨点一样落下。

他伸出一条胳膊挡住脸，语气无奈且慵懒：“婠婠，我喝多了，头疼。”

“我屁股还疼呢！”陈洛如手叉着腰，用脚去踹孟见琛。

刚刚他把她踢下床的事她还记着呢！此仇不报非婠婠！

孟见琛把陈洛如拦腰扑倒，并夺走她的武器。

“婠婠，”孟见琛闭上眼睛叫她的乳名，语气软了好几分，“我错了。”

陈洛如见孟见琛服软，说起话来更硬气了：“你错哪儿了？”

“今晚不该喝多。”孟见琛道。

好啊，他犯下如此天大的过错，竟然想用一句“喝多”带过去。

孟见琛的内心深处也不是很想认错，总觉得有点儿丢面子。于是他道：“我得养你糊口啊，所以不得不喝酒。”

“你的意思是，今晚的事是我的错？”陈洛如追本溯源，理了理孟见琛的逻辑，说道，“如果我不嫁给你，你就不用养我，不用去喝酒，也就不会发生今晚的事，对不对？”

完美到无可挑剔的逻辑链。

“孟见琛！”陈洛如怒吼，“我们明天就去离婚！”

孟见琛：“呃……”

“不离婚啊，”孟见琛把陈洛如抱得越发紧了，“明天给你买包。”

“你今晚为什么要这么对我？”陈洛如不依不饶，“你说啊！”

“我头疼，真的。”孟见琛道，“明天再说。”

陈洛如：“那你放开我！”

孟见琛：“不。”

陈洛如："孟见琛，你还要不要脸？"

孟见琛只想找两个耳塞把耳朵给堵起来，喝多了酒本就头痛欲裂，陈洛如还像只鸭子一样聒噪个没完。

他真的招架不住了，干脆两眼一闭，心一横，睡觉了。

陈洛如说了好半天，孟见琛竟然一言不发。她伸手推了推他，这才发现他已经睡着了？！

第二天，孟见琛宿醉醒来，已是晌午十一点。

他一摸身旁，早就空了，连影子都没了。

孟见琛起床，摇了摇昏昏沉沉的头，去浴室冲了个澡。

昨晚的一切好像已经是几个世纪前发生过的事了，也许昨晚就是一个梦？他这么想。

他下楼之后，午餐已经备好了。他环顾四周，并未看见陈洛如。

他问吴管家："她人呢？"

吴管家道："太太一早就出门了。"

孟见琛揉了揉太阳穴，陈洛如八成又去逛街了。

"有人跟着吗？"孟见琛问。

"有。"吴管家为孟见琛递上一碗醒酒汤。

这时，吴管家的电话响了。

"什么？太太跟丢了？"吴管家有点儿慌。

"怎么回事？"孟见琛问。

吴管家将电话调至免提，听到那边的保镖汇报："太太去洗手间，我们只能在外面等。等了半个小时也没见她出来，这才发现洗手间有两个出口，太太估计是从另一张门出去了。"

"打过电话了吗？"

"打不通。"

"你们在哪儿？"

"在西单。"

孟见琛闻言放下汤碗，让吴管家帮他拿外套。

“先生，别急。”吴管家说道，“太太不会有事的。”

“帮我安排车，我亲自过去。 ”孟见琛道。

孟见琛并不担心陈洛如跑了，以京弘的势力，她就算插上两只小翅膀也飞不出去。

可他担心她的安全。

以她孟家少奶奶的身份招摇过市，万一真被什么别有用心的人盯上，那可是相当麻烦的一件事。

上车后，孟见琛就联系了高骞。

这天是周日，不是上班时间。可总秘的职责就是随叫随到，高骞的手机必须保持二十四小时开机。

“帮我查一下今天副卡的消费记录。”孟见琛说道。

“是。”高骞立刻去办。

先从源头查起，查不到再想别的办法。

这里的治安很好，才短短一个小时，陈洛如应该不会出什么事。

五分钟后高骞就把陈洛如的信用卡消费记录发来了——最近一笔消费来自某酒店。

看样子，今晚她是不打算回家了。

孟见琛拨了一个电话过去。

很好，挂断。

再拨，再挂。

孟见琛确信陈洛如没有人身安全问题后，总算松了一口气。他心事重重地坐在车上，十指交叉置于颔下。随即吩咐司机：“去一趟。”

把陈洛如气到不回家，确实是他的错。要是昨晚乖乖认个错，可能也就没今天这档子事了。

可这件事太丢人了，孟见琛很难拉下脸来承认错误。他想不通，陈洛如怎么就剪了个狗啃一样的短发呢？

她不是最爱美了吗？

他把她踢下床，也是本着对她负责的精神啊。

他太在意陈洛如了，别的女人入不了他的眼。现在突然冒出来一个陌生女人躺在他的床上，他能不警惕吗？

孟见琛让司机把车停入酒店的停车场，带了一行人去找陈洛如。横竖这条街就这么大点地方，总能找到的。

陈洛如还在用他的信用卡，说明她不是真的想跑，只是出于愤怒才会这样做。

酒店有不少奢侈品店，孟见琛进了那家他平日偶尔光顾的店。

店员笑脸相迎道："先生，欢迎光临。"

孟见琛目不斜视，大步流星地往店里走。

果不其然，陈洛如正站在陈列柜前流连忘返，这次他没有认错。

陈洛如头上戴了一顶浅色贝雷帽，米黄色的吊带长裙衬得她肌肤雪白，白里透红。她尚未发现孟见琛的到来，对身旁的销售助理说道："这个、这个和那个。"

陈洛如的手指快速地点过几款产品，销售助理喜笑颜开地问道："这些您都要吗？"

"这几个都不要，"陈洛如近乎咬牙切齿地说，"其余的全来一个。"

她今天不把孟见琛买到破产，她就不姓陈！

销售助理欣喜地转过头，正要指挥店员去仓库拿货，谁知发现那边又来了一个大客户。

这位常常来门店光顾的陈小姐用的都是孟见琛的卡，现在两个人同时出现在店里，这又是个什么情况？

孟见琛听到陈洛如这句话，神色波澜不惊，给她那张卡就是让她随便花的。

孟见琛勾起嘴角，径直朝陈洛如走去。

陈洛如一抬头，蓦然一惊，他来得还挺快。

孟见琛："东西买了，跟我回家。"

陈洛如哪有这么好哄，她怎么会同意乖乖跟他回去？

她说："我不！"

店员们看着这两人，八卦之魂熊熊燃烧。

之前店员之间有传闻说，这位陈小姐跟孟见琛的关系不简单。

看来这个困扰店员许久的疑团今天终于要解开了。

店员们一边有条不紊地帮陈洛如打包，一边竖起耳朵偷听两个人的对话。

孟见琛：“这里人多，别闹。”

陈洛如竖起眉毛，指责道：“你还知道丢人？”

孟见琛压低声音问道：“你想怎样？”

陈洛如环视一圈，店员立刻埋头专注打包，假装没有在听。她眼珠子一转，顿时有了主意。

“你就不会哄哄我？”陈洛如的话语里带了几分撒娇劲儿。

老婆让哄，就是给台阶下，孟见琛不能不识趣——也就是拉下一张老脸而已，他认了。

孟见琛用眼角的余光瞥过那些在打包的店员，两条胳膊悄无声息地搂上陈洛如的腰。

“乖，听话。”孟见琛的语气柔和极了，“跟我回家，好不好？”

陈洛如翻脸比翻书还快，她故意大声说：“姐夫，别搂我，姐姐知道我们这样会生气的！”

乖乖，这关系还真是超乎所有人的想象啊。京弘太子爷和小姨子，这要是曝光了，妥妥的各大报纸头版头条预定！

孟见琛的双臂僵了一下，脸上顿时挂上一层冰霜。

周遭没有店员敢讨论目前的情况，但个个都大眼瞪小眼想看两个人的好戏。

孟见琛垂眸再次看向怀里的始作俑者陈洛如，她挑着小山眉，眼神里满是得意和戏谑之色。如果她身后有一条狐狸尾巴，这会儿估计已经摇成螺旋桨了。

这个女人真是的，给三分颜色就敢开染坊。

昨晚的事，孟见琛心里是存了一丝愧疚的，可现在，他半点愧疚都没了。

不就是不要脸吗？那大家都别要了。

来吧，同归于尽。

孟见琛冷笑一声，目光深沉。他的手指擦过她软糯的唇瓣，缓缓说道：“你想让你姐知道私下你勾引我的事？”

一时之间，全体店员面面相觑，连大气都不敢喘一口。所以这到底是什么神展开？剧情简直比坐过山车还要刺激。

陈洛如愤怒地推开孟见琛的胳膊，骂道：“你不要脸！”

看看，就准她坑别人，不准别人坑她。她还真是被宠得无法无天了。

陈洛如气得一跺脚，跑出了店门。可一出店门，就被孟见琛身边的人拦了个正着：“太太，请您不要乱跑。”

陈洛如抬头一瞧，好家伙，孟见琛这是带了一个排的人来抓她吗？

销售助理看戏看得目瞪口呆，这才想到陈洛如还没给钱。那这些货还要不要了？八卦事小，做生意事大啊。

销售助理朝孟见琛投来怀疑的目光，这该怎么开口才好呢？

这位先生，您小姨子的货，您看看您要不要帮忙付一下钱？好歹你们俩也算是“搞笑一家人”啊？

可销售助理什么都不敢说，什么也不敢问。

孟见琛缓缓踱步到柜台，问道：“她的账单呢？”

柜员抓住机会询问道：“您要帮那位小姐付账吗？”

孟见琛微微颔首，戴着婚戒的左手按住柜员递来的账单，右手执笔留下一个龙飞凤舞的签名。

店员：“请问这些东西您怎么带走？”

孟见琛：“送到我家。”

会员信息里有他的住址信息。

店员们再次唏嘘，孟见琛给他小姨子买了那么多东西，还让送到家里，也不怕老婆发难。

孟见琛放下笔，目光扫过满脸疑云的店员们。

店员的表情由疑惑变为尴尬，脸上写着“您不需要解释，我们都懂”。

以孟见琛的身份，对这些人做无谓的澄清根本没有必要。可流言蜚语这东西，往往就是这么来的。

“姐夫”这个身份，对他和陈洛如而言，不是一句玩笑话，而是曾经确确实实存在过的。

孟见琛并不喜欢被陈洛如叫“姐夫”，现在她竟然拿这个来为难他。

孟见琛一离开，店员们便像炸开了锅一样热火朝天地讨论起来——

“天哪，她竟然是孟见琛的小姨子？”

店员们正讨论得热烈，还隔着玻璃门瞧看见两位当事人在店门外发生了一场小口角。

陈洛如冲孟见琛发难，孟见琛神色镇定，只是在她像海豹一样拍打他肩膀的时候一把搂住她的腰，带着她往半岛酒店的楼上走去。

“啧啧，这就去酒店了。”

“好想发到网上让大家看看。”

“别，京弘太子爷也敢惹？不要命了？”

然而这些根本没有瞎说的机会。

两人前脚刚走，孟见琛的随从人员后脚就带着保安进到店内，要求当场所有人删除相关手机照片、视频或者录音。

孟见琛平日里行事低调，很少在媒体抛头露面。

八卦消息从来不敢找上他，因为得罪孟家是不会有好下场的，可孟见琛得防着一些不知天高地厚的。

随从人员说：“网上的任何视频、照片和文字，我们都能追根溯源。”

第九章 往事如昨

陈洛如在酒店开了一个套间，站在窗前就可以俯瞰绝美的景色。

然而她现在似乎没有机会欣赏城市风光了。

陈洛如被孟见琛强行带入房间后，就被丢到了房里弹性极佳的大床上，还未回过神孟见琛就压了上来。

他将陈洛如圈在身下，温热的鼻息从她耳边划过，质问道："你叫谁姐夫？"

陈洛如睫毛轻颤，心想这下玩火烧身了，恐怕孟见琛不会轻易放过她。

孟见琛的唇蹭过她的脸颊，陈洛如触电般向后躲。可她躲不开，她被囚于他的怀中，动弹不得。

孟见琛一边与她亲热，一边却回忆起了陈年旧事。

四年前他第一次在陈家见到陈洛如的时候。

孟见琛第一次见陈洛如并不是由陈漾介绍认识的。

那一天，恰好也是孟见琛第一次来陈家拜访。

陈家用人说，陈漾在楼上。

孟见琛坐在楼下等了半晌，也未见陈漾的身影。于是他便上楼，二层只有一间房的房门是虚掩着的。不知哪里来了一阵穿堂风，将那扇门吹得更开了些。

他瞥过那条不宽不窄的门缝，蓦然窥见一抹嫩色。

窗外日光将房间照得透亮，轻薄纱幔迎风飘舞。

洁白柔软的床上睡着一个年轻女孩，她一头乌云似的发鬓散落在枕上，恍如宣纸上晕开的墨汁。

她生得雪白，无瑕的肌肤透着一层淡淡的樱粉色。睡姿不太规矩，两条纤长的细腿交叠着，身上盖了一层薄被。

睡梦中她无意识地嘤咛，推开薄被，棉白的睡衣被指尖钩起，露出光洁的大腿。莹白的脚趾像花苞一样蜷起，身下的床单被翻滚出浅浅的褶皱。

孟见琛猜想这位就是陈家的小女儿，他未婚妻的妹妹。

孟见琛迅速移开眼，却忍不住再看一眼，最终无法将目光从她身上移开。

“你怎么上来了？”陈漾的声音在身后响起。

孟见琛陡然一僵，旋即恢复冷漠的神色。他道：“我等了你一个小时。”

陈漾不屑地冷嗤一声，走上前来。

她无意间一扭头，发现陈洛如的房门没关上，便轻手轻脚地将陈洛如的房门带上。

“一个小时都等不了，”陈漾嘴角勾起一丝若有似无的笑，“不如早点散了。”

孟见琛不置可否。

可他知道，那一瞬间，他真的动了这样的心思。

陈洛如软软地伏在浴缸边，半点儿精力都没有了。

孟见琛用花洒淋湿她的头发，训斥道：“谁让你剪的头发？”

虽然身体使不上力，但陈洛如的小嘴还是叭叭的。她说：“剃成光头也不碍你的事。”

“给你买顶假发戴上。”孟见琛道。

“我才不要。”陈洛如愤愤然一甩胳膊，溅起水花。

“你看你爸妈现在还能认出你吗？”孟见琛挤了点儿洗发水，替她揉头发。

“我就是化成灰我爸妈也认得出我！”陈洛如说得理直气壮。

她转念一想，孟见琛干吗要说这种话？

“你昨天晚上不会没认出我来吧？”陈洛如狐疑地歪过头看他。

偌大的浴室里忽然只剩下泡沫崩裂和水滴滑落的声音。

陈洛如当即掐了他一下，嗔怒道：“孟见琛，你……”

孟见琛没有说话，他只是沉默地敛下眼睫，一心替她洗头发。

沉默就是事实，陈洛如埋怨道：“要是哪天有个跟我发型一样的女人，你是不是也会把她当成我？”

孟见琛道：“怎么可能？”

“怎么不可能？”陈洛如睨他一眼，“你不是只认发型不认人吗？”

“昨天我真的喝多了。”孟见琛将花洒放到一旁，把陈洛如抱回床上。

陈洛如问：“爷爷为什么要让那个女人进京弘工作啊？”

孟见琛搂着她，跟她解释道：“她辞了华尔街的工作回国嫁人，所以就这么安排了。”

“那爷爷为什么不让我进京弘工作？”陈洛如又问。

“没有必要。”孟见琛答道。

言外之意，当好孟太太才是她的首要任务。

“那她呢？”

“她是职场女强人。”

陈洛如不高兴了，她气得推开他，背过身去，说道：“你好像很欣赏她。”

她话里的醋味都快要溢出来了。

“没有的事。”孟见琛道。

“反正我只要当你太太就行了，我们之间有没有感情，根本不重要。”陈洛如眼底兜着一汪泪，委屈极了。

“谁说的？”孟见琛的手拂揉过陈洛如的眼角，揩去她的眼泪，“不要胡思乱想。”

他关了灯，陈洛如闷闷的声音在黑暗中响起：“你从来都没喜欢过我。”

孟见琛巧妙地将这个问题给踢回去，他说：“那你喜欢我吗？”

陈洛如见这他刀枪不入、油盐不进，气不打一处来。她道：“你想得美！”

呵呵，什么叫塑料夫妻，这就是。

“婠婠，我……”孟见琛欲言又止。

“你什么？”陈洛如问。

“没什么，”孟见琛拍了拍她的后背，哄她入睡，“睡吧。”

这下彻底安静了，繁华的夜景成为一道虚幻的金色光影。

陈洛如是真的累了，很快便在孟见琛的怀里沉入了梦乡。孟见琛的意识却随着夜色渐深而逐渐清晰。

孟见琛当初接到家里的通知，说要和陈家的大女儿去相亲，出乎他的意料却又在情理之中。

他是个目的明确的人，向来都清楚自己要什么。作为孟家的长房长孙，他的婚姻从来就不是儿戏，而是商业利益交换的筹码。

孟见琛甚至在十来岁的时候就猜想过自己未来的妻子会是谁。横竖就是那几家的名门千金罢了，只是不知道她究竟姓什么。因为这一点尚要等他到了适婚年龄再由孟家结合具体情况仔细斟酌后才能确定。

从小到大，孟见琛没少接触这几位千金，从言谈举止到仪容仪表，都是妥妥的大家闺秀。

她们笑不露齿、仪态万方，说话轻声细语，聊天内容是高大上的哲学艺术，不用想就知道将来会成为明事理又懂人情的妻子。

因为打小就熟，孟见琛和她们早已无法碰撞出爱情的火花。大抵结婚以后他们也会相敬如宾、举案齐眉，过上循规蹈矩的婚姻生活吧。

生在这样的家庭，自由恋爱，可以；自由结婚，不行。

爱情对孟见琛来说是一件奢侈品，或者说，他并不需要什么爱情。他命好到从投胎开始就站在了别人无法企及的巅峰，爱情能带给他的边际效益太少了。

商场以利益为本位，跟陈家的合作对京弘未来的发展大有裨益。陈家想北上，孟家想南下。

孟家在北方根深蒂固，有一个家族信托基金，通过这个基金持有京弘百分之五十以上的股份，成为京弘最直接的控股方。

京弘控股持有上百家公司的股份，通过资金杠杆实控的企业规模市值逾万亿，这些公司共同铸成枝繁叶茂的京弘商业帝国。

京弘控股集团是轻资产型企业，旗下最挣钱的业务是各类金融商业服务。

几年前，京弘开始打实业的算盘。

依照国内目前的人口结构来看，医疗行业即将成为接下来几十年的现金牛产业。

国内公立医疗居多，私立医疗服务尚有较大的发展余地，于是京弘便想从私立医院入手，进军健康行业。

岭盛置业在东南沿海有得天独厚的优势，而这里又是全国经济发展最为活跃的地区之一。

这一带是孵化私立医院最好的试验田，这个产业在当地发展得可谓如火如荼。可惜由于市场监管不足，近年来频频爆出丑闻。

这恰恰给了京弘机会。

私立医院的建设少不了工程承包方，岭盛置业手中又握有不少特殊的资源。由岭盛出面去处理当地的各类事务，显然比京弘出面要有效率得多。

于是孟家和陈家一拍即合，有达成战略合作关系的意向。而维护这段关系最好的纽带，就是家族联姻。

想清楚其中的利害关系，孟见琛对这段联姻便看得很开了。说句难听的，只要陈家的闺女是个活的女人，他就得娶回家。

他跟陈漾相亲、恋爱，都是走走流程，为这段虚假的婚姻增添一点虚假的底蕴罢了。

孟见琛身边的二代、三代朋友，结婚以前恋爱自由，可真到了要结婚的时候，娶的都是高门大户的千金。

或有商业资源，或有政治背景，几乎没见过一穷二白、无权无势的小白花。

孟见琛看过陈漾的照片，长得不难看，能接受，听陈家说也在国外读书。虽然读的大学和专业水分比较大，但好歹也是受过高等教育了。

所以孟见琛不想专门跑过去相亲，他忙着做实验、写论文，哪有那个闲工夫。

于是他找了个朋友帮他去看一眼，确认陈漾是个正常女人就行。这种态度着实非常敷衍。

然而没想到的是，陈漾跟他一样敷衍。约好的相亲时间过了两个小时，她才姗姗来迟。

据孟见琛的朋友描述，当天陈漾去参加了万圣节游行活动，顶着可怕的血腥玛丽妆容来相亲，差点把他朋友给吓出心脏病。

他朋友事后劝诫他："兄弟，三思啊。我觉得这个女人不太正常。"

陈家跟高门大户不同，更像是野路子。

虽说孟见琛对名门千金早已无感，但是这绝不代表他欣赏野蛮生长的女人。

陈漾同样无法欣赏孟见琛这样无趣的男人。她的前男友做什么行当的都有，比如酒吧驻唱歌手、摇滚乐队贝斯手、自由摄影师等，最好再配上五颜六色的染发和千奇百怪的文身就更好了。

总之，听上去贼炫酷，但一琢磨就知道一点儿也不靠谱。

若说孟见琛是冷心冷肺，那陈漾绝对称得上没心没肺。结果两家为了共同利益，硬是将毫无契合点的两个人拉郎配凑到了一起。

光看长相，那是男俊女靓。至于性格，那是冰火两重天。

孟见琛想了想，这陈漾倒是跟他心有灵犀——都对彼此无感，且不需要爱情。

既然两个人都不太喜欢这段关系，那么这段关系恰恰就有了存在的意义。

婚后谁也不会管着谁，多好。于是，一场近乎荒唐的相亲结束之后，孟见琛和陈漾确认了恋爱关系。

这两人谈什么恋爱呢？大概是每周联系一次的那种程度。

谈着谈着，趁过年那阵子，两家自然而然地订了婚，这对古怪的组合差一点点就迈进了婚姻殿堂。

然而差之毫厘，谬以千里。

看似只差几天就要结婚了，实际上平静的水面下暗潮早已酝酿。

次年三月，孟见琛得了假期回国一趟，被勒令去拜访未来的岳父岳母。

陈广龙夫妇在会所设宴款待他，又邀请他小住，孟见琛盛情难却。

恰逢几个老朋友那段时间也在，于是他便包下一家酒店顶层，他不习惯住在别人家里。

后来，孟见琛登门造访，遇见了陈家那个在英国读书的小女儿。

陈漾将陈洛如正式介绍给孟见琛时，他的心底生出一丝异样。

陈洛如无疑是漂亮灵动的，听见她叫“姐夫”，孟见琛略感不悦，提醒道：“我和你姐还没结婚。”

孟见琛让陈洛如叫“哥哥”，于是她真的叫了一声“哥哥”，软糯的嗓音甜进心坎里。

不知怎么的，孟见琛像是受到某种神秘力量的蛊惑，渐渐开始往陈家跑得很勤。

某日，孟见琛再次来到陈家，陈漾恰好又不在。

陈洛如趿拉着小兔凉拖从楼上走下来，见了孟见琛，扭扭捏捏地说道：“那个……我姐姐她今天……今天出门看病了！”

她穿一件茜色薄毛衣，配一条薄樱色短裙，刚好遮到膝盖上方。

用人端来一壶乌龙茶，陈洛如殷勤地接过，给孟见琛倒上一杯。

孟见琛端坐在客厅沙发上，目光在陈洛如身上短暂停留。

陈洛如弯腰倒茶的时候，一头乌黑的长发会从肩头滑落，遮住侧脸，只露出小巧的鼻尖和微翘的红唇。

“她得了什么病？”孟见琛端起茶杯，饮了一口茶。

“这个……”陈洛如没有想好怎么回答，她犹豫了片刻才说道，“她牙疼。”

前天腿疼，昨天胃疼，这天牙疼。敢情陈大小姐竟是个病秧子。

孟见琛点点头道：“我在这里等她回来。”

陈洛如有点儿着急，忙说：“别呀，她得过好久才回来呢。”

“没事儿，我有空。”孟见琛将茶杯放回茶几上。

陈洛如手足无措，转身跑上楼，看样子是给陈漾打电话通风报信去了。

孟见琛坐在客厅沙发上嗤笑一声，随手拿了一本体育杂志翻阅。

过了几分钟，陈洛如又下楼了。她踩着小碎步挪到孟见琛面前，说道："你看今天天气是不是很不错？"

孟见琛"嗯"了一声，翻过一页纸，淡淡地道："是不错。"

"阿姐让我带你去庄园里转转。"陈洛如小声说道，"她很快就回来，我保证。"

孟见琛抬头看她，她的目光闪躲，显然在遮掩什么不可告人的目的。

然而孟见琛并不打算深究，他很希望陈漾一天都别回来。

"好。"孟见琛欣然应允。

陈家的庄园占地几十亩，山水湖泊，花草树木，应有尽有。庄园里还专门辟了一块地，种植各种有机瓜果蔬菜，一年四季水果不断。

陈洛如拿了一个小篮子，去农场里摘草莓。

草莓藏在草绿色的叶片里，陈洛如蹲下身，拨开叶子，用剪刀将草莓蒂剪断。她冲这颗鲜红的草莓吹了两口气，去掉外皮上的灰尘，将草莓放进小篮子里。

她采了半篮子，然后用清水将草莓清洗干净。

"你尝尝看，"陈洛如选了一颗漂亮饱满的草莓递给孟见琛，"这是家里种的。"

孟见琛对草莓这种满满少女心的水果并没有什么特别的偏好，但他还是接过来放入口中。

牙齿一咬，口舌生津，酸酸甜甜，原来草莓的味道也可以这么好。

"哥哥，"陈洛如像只温顺的小鹿，一双眼睛湿漉漉的，眼神里满是期待，"好吃吗？"

"嗯，好吃。"孟见琛点点头。

"那剩下的都给你。"陈洛如献宝似的将小篮子送给他。

逛完农场，陈洛如又问他想不想去骑马。

"不了。"孟见琛道。

陈洛如有点儿小失落，又问："那去我爸爸的酒窖看看吧？"

陈广龙爱喝酒，所以搞了一个私人酒窖，藏了不少酒，红酒白酒都有。

"好。"孟见琛同意了。

两个人从如茵的草坪路过，小径旁培育了一些金色郁金香。现在是郁金香含苞待放的时节，一个个花苞就像迷你的小灯笼。

陈洛如身上带着少女特有的天真烂漫，稍不留神走起路来就一蹦一跳的。可只要孟见琛一看她，她就乖乖地摆出优雅的姿态。

她像个小导游一样为孟见琛安排观光景点，出了酒窖，又去湖边看天鹅。

陈家的庄园修建得很美，可孟见琛的眼神总是时不时落在当小导游的陈洛如身上。

每多看她一眼，心就多沦陷一分。

孟见琛自知这样不妥，眼前的小姑娘小了他六岁，还是他未婚妻的亲妹妹。

他怎么就克制不住地想看她呢？

当天晚上回到酒店，孟见琛做了一个光怪陆离的梦。梦里那个女孩笑得眉眼弯弯，一直"哥哥""哥哥"地叫他。

醒来以后，孟见琛仔细回想，叫他哥哥的女孩着实不多。而白天陈洛如叫了他好多声"哥哥"。

孟见琛不敢深究这梦的含义，可是他的心底涌动着一种从未有过的柔情。

所有的一见钟情，都是见色起意。

他竟然也是个肤浅的男人。

第二天，孟见琛又鬼使神差地又去了陈家一趟。

他从未连续两天往陈家跑，也未提前打过招呼。

陈家的用人以为孟见琛又来找陈漾，便告诉他陈漾在二楼的卧室。

"知道。"孟见琛的脚步放得很轻，顺着楼梯拾级而上。

孟见琛走到楼梯拐角处时，隐约听到陈洛如说话的声音从头顶飘来。

他不禁抬头，只见她坐在二楼的栏杆处，两条纤瘦的腿从栏杆中间的空隙里伸出来，两只小脚悬空晃呀晃。

她没穿袜子，脚尖自然下垂，皮肤白净柔嫩，趾甲红润有光泽。

孟见琛情不自禁地在拐角处驻足凝望。

陈洛如并没有发现孟见琛这个“不速之客”，她一边讲着话一边晃着脚，穿了一条浅色的百褶裙，裙摆随着她的动作摇来晃去。

陈洛如讲的是英语，可能是她家里人不大听得懂英语，所以她打电话的时候也不回避。

她的牛津腔非常标准，孟见琛将电话内容听了个一清二楚。

陈洛如有个在英国的同学约她复活节假期后去看马术比赛。从名字来看，那个同学应该是男生。

孟见琛能听出陈洛如话语里的雀跃，跟和他讲话时的小心谨慎完全不同。

孟见琛意识到，陈洛如现在正是少女心懵懂的年纪。陈家不至于管着她成年后的私生活，交男朋友谈恋爱，无伤大雅，反正她离结婚尚远。

孟见琛亦没有立场去阻止陈洛如和别的小男生交往，因为他现在是她的“准姐夫”。

这种认知让孟见琛心中莫名不爽。

孟见琛继续向上走，陈洛如这才注意到他。

一条象牙色的绸缎丝巾松松地绑着她柔顺的长发，她的头发散了不少，那条丝巾堪堪挂在她的发尾，布料的暗纹泛着珍珠般的光泽。

陈洛如转头看孟见琛，那条丝巾随着她的动作终于脱落了。

这时来了一阵风，丝巾打了个旋儿，往别处飘去。

陈洛如始料未及，想伸手去抓丝巾。可那条丝巾蹭过她的指尖，最终飘到了孟见琛的肩上。

她连忙挂断电话，双手抓住栏杆站了起来。像是想到什么，她理了理百褶裙，这才朝着他走过来。

孟见琛将那条丝巾取下递给她，她羞赧地接过来。

陈洛如的指尖绞着那条丝巾，似乎在思考该怎么和孟见琛说话。

她摇摆了一阵，问道：“哥哥，你是来找我阿姐的吗？”

孟见琛没有回答她。

“我阿姐还在睡觉，”陈洛如说道，“我去帮你把她叫醒。”

孟见琛却道：“不要去打扰她。”

陈洛如眨眨眼，小小地“哦”了一声。

那天离开陈家后，孟见琛让人去盯着陈漾的行踪。

不是他关心陈漾，而是他想要确凿的证据，证明陈漾在他们俩订婚之后还有动过真情的男人。

他之前隐隐约约有听说，可他并不在乎这件事。但现在他要抓到把柄，解除和陈漾的婚约。

孟见琛誓要将陈家逼入绝境，在道德和情理上占据制高点。

他打算在临近结婚的时候把那堆证据摊开，和陈家讲明。

在婚礼前的最后关头揭发这种事，陈家肯定会自乱阵脚。

到时候他就做个好人，假装后退一步，从两家合作关系不能被这件事破坏的大局观出发，让陈家换一个女儿与他缔结婚约。

然而孟见琛还未出手，陈漾自己就怀孕了。

他跟陈漾连肢体接触都没有，又何谈亲密接触呢？

一拍两散的时候，两个人都得偿所愿。

陈家果然像孟见琛设想的那样来找他调解此事，可让孟见琛没想到的是，陈家比他还要心急。

他们生怕和孟家煮熟的婚约会飞了，竟然提出让陈洛如代嫁。

孟见琛十分惊讶，陈洛如不过才刚二十二岁。他原本盘算着解除和陈漾的婚姻之后，让陈洛如跟他订婚。

他会好好跟她培养感情，等过几年再成婚。对于陈洛如，他有足够多的耐心去等她。

可陈家铁了心要让陈洛如直接嫁入孟家，且越早越好。

他们还说，陈洛如已经二十二岁，不小了，早点定下来是件好事——省得她一个人在国外像她姐那样把性子给养野了，那可就糟糕了。

虽然这件事有揠苗助长之嫌，但孟见琛仔细想了想，既然他和陈洛如早晚都要结婚，那就先把婚结了吧，也减少一点未知的风险。

再说了，先爱后婚和先婚后爱，在他这里并没有什么本质上的区别。

当时的孟见琛确实很自私，他并未考虑陈洛如个人的感受。

在孟见琛看来，陈洛如早该明白她的婚姻不受她本人意愿的支配。

即使他不娶她，她日后也会被陈家送出去联姻的。与其嫁给别的男人，还不如嫁给他。

换新娘这么大的事，孟见琛一个人也不能全权做主。

孟家全家为此开了个家庭会议，讨论这件事的可行性。

最终迫于两家合作的利益与孟见琛的坚持，他们同意了这件事——孟家可丢不起这个人。

于是陈洛如像个人偶娃娃一样被穿上漂亮的婚纱，代替她姐姐被推到婚礼现场，和孟见琛举行了一场看似天定良缘实则乱拉郎配的仪式。

婚礼上那浅浅一吻，成为两个人婚后四年内最亲密的举止。

物极必反，陈洛如对孟见琛并没有男女之情，所以她对孟见琛产生了仇视与抗拒的心理。她的怨气很大，原本温顺乖巧的性子也变得乖张任性。

结了婚后，陈洛如就跑回了英国，夫妻俩见一面都是奢望，更遑论培养感情了。

孟见琛对陈洛如有愧，所以婚后对她格外宽容和放纵。

陈洛如不想见他，他就尽量少出现。卡随便她刷，逢年过节他还会送点别的礼物聊表爱意。

这样无声的宠爱并没有让陈洛如良心觉醒，反而将她惯得无法无天。

孟见琛着实纳闷，陈洛如明明是一只小乖猫，怎么就成了一只会挠人会咬人的小野猫了？

被判四年“无妻徒刑”后，孟见琛再也不能忍了。就算绑，他也要把她给绑回来。

至于别的，等绑回来再说。

陈洛如于周三正式入职京弘的总裁办公室。

在这里，她的名字不叫陈洛如，而叫陈小小。

至于为什么会是这个化名，陈洛如想不通。

孟见琛的解释是，“ABB”形式的化名比较接地气，比如方家的女儿，叫方谷谷，真名叫方念喻。

真正的原因其实是——谁让陈洛如用“小小陈”这个化名跟范建聊天呢，孟见琛只是想提醒她一下，不要总想着搞幺蛾子，她的一举一动都在他的掌握之中。

“这个名字显得我爸妈很没文化。”陈洛如表示不满。

“你爸妈是什么文化水平？”孟见琛问。

“大专。”

“哦。”

“那个年代大专生就很了不起了，好吗？”

“哦。”

“孟见琛，你什么意思？”

“没什么意思。”

无厘头的对话在车子停入京弘地下停车场的时候终止。

平时孟见琛多从正门进入，这天要载陈洛如，所以他们是从地下停车场直接乘电梯上的楼。

孟见琛先走，高骞带着陈洛如来到五十八层楼总裁办公室隔壁的总秘和总助办公室。

陈洛如这天穿着陈筱给她挑的一身休闲职业风套裙，戴一副平光圆眼镜，狗啃刘海发型在孟见琛的再三坚持下，修成了中规中矩的刘海短发。

这个模样确实不起眼，纵使有几个助理觉得眼前的小新人有点眼熟，也决计想不到会是总裁夫人。

“这是你的工位。”高骞将陈洛如带到格子间里的一处空位，半U型的桌面被收拾得很干净，有一台电脑，一侧搁了一个置物架，桌上还摆了不少办公用品。

陈洛如把包放到桌上，拉开椅子坐下来。

她打量着办公室，还挺宽敞，各类办公设施齐全，条件还可以。

“我今天有什么事吗？”陈洛如掏出一个保温水杯，俨然一个刚踏入职场的乖乖女。

“待会儿我会把工作安排发给你。”高骞说道。

虽然高骞是首席总秘，是陈洛如名义上的领导，但是在陈洛如面前他只能矮上一头。

别人不知道她的身份，他可是一清二楚。

他也旁敲侧击问过孟见琛陈洛如这是什么意思，可孟见琛只说随她高兴。

高骞走后，格子间里的大家依旧是噼里啪啦地敲键盘或者接听电话，大家对这位新来的同事并没有太大兴趣。

陈洛如觉得自己的伪装很成功，果然掉进人堆里也找不出来。

陈洛如打开电脑，登录微信，这是她专门申请用来工作的。接着，她就开始盯着空荡荡的桌面发呆。

高骞怎么还不给她发工作安排呢？

陈洛如郁闷地打开扫雷小游戏，开始点点点。

被炸死十次之后，高骞终于像模像样地发来了一个文件：“这是你的工作安排。”

陈洛如点开一看，文件上赫然写了九个大字——负责安排总裁的餐饮。

她将鼠标往下滚了滚，居然没了！

说是送饭的小秘书，结果真的就只管饭？

陈小小：“他今天要吃什么饭？”

高骞：“中午和鼎力的张总吃饭。”

陈小小：“我来订吗？”

高骞：“这些已经提前安排好了。”

陈小小：“那我今天干吗？”

高骞：“您爱干什么就干什么。”

相当于白拿一天工资，京弘的总秘月薪三万起，她这天白领一千块钱的薪水。陈洛如不干了，孟见琛这是在侮辱她的工作能力吗？

陈小小：“你这是什么意思？居然只让我给你订饭？”

孟见琛：“怎么了？”

陈洛如刚想控诉这活难度系数太低，就听见隔壁格子间有两个人在讨论——

“我终于不用给孟总订餐了！”

“恭喜恭喜，你脱离苦海了。”

“也不知道这下轮到哪个冤大头？”

“不是我就行。”

陈洛如轻轻敲了敲隔间，探出半个脑袋问：“请问，该怎么给孟总订餐呢？”

一见这个小新人来问这种蠢问题，那两个总秘眼中闪过一丝怪异的情绪。

“看需求订餐厅或者订外送。”这个回答很简单。

“哦。”陈洛如点点头，表示知道了。

“唉，好可怜的新人。”

“就是啊，高秘书也太狠心了，居然派这种活给她。”

“别提了，上次我给孟总订的东南亚菜不合胃口，我都准备卷铺盖走人了。”

“这也不怪你，那么贵的餐厅谁能想到那么难吃啊。安心啦，孟总虽然难搞，但不至于那么苛刻。”

其实高骞给陈洛如安排这个活计，确实是出于合理安排工作的考量。

孟见琛在吃上的喜好，陈洛如应当最熟悉不过了。而且就算陈洛如踩了雷，孟见琛也不可能对她发火。

要知道，这吃也是一门学问。

给孟见琛吃的东西，既要安全卫生，档次也不能太低。更重要的是，口味要换着来，一周内吃两次相似的食物是大忌。

看来孟见琛家里的厨子和管家拿高工资，也不是没有道理的。

一个会做饭，一个会安排，几个人一起才能伺候好他的胃。

据说以前有一个负责给孟见琛订餐的总秘，制作了一本美食图鉴，上面收集了各大高档餐厅的详细资料和菜品种类，以及孟见琛的喜好程度，从一星到五星分门别类打了分。

要是陈洛如看到这本美食图鉴，恐怕要骂上一句“慈禧老佛爷也没他那么难伺候”。

可惜的是，美食界风起云涌，一年一个新气象。一两年前的美食图鉴，到今天已经不具备实时的参考价值了。

孟见琛：“谁让你做这个的？”

陈小小：“高骞啊。”

孟见琛：“我让他给你换一个活。”

陈洛如这才满意了。

不一会儿，高骞又发来消息。

高骞：“孟总说不让您订饭，您的新任务是保管公章。”

孟见琛也不想让陈洛如给他订饭，她虽然是他的老婆，但是她对他的口味可谓一无所知。

到时候她瞎点一通，万一吃到难吃的饭，他不光不能教训她，还得装出他很爱吃来捧场——一顿两顿还行，天天这样可真不行。

高骞发来一份《公司公章使用条例》的文件。

高骞：“请您务必仔细阅读条例，熟悉工作内容。”

陈洛如觉得这个活还算有点档次，起码比订饭听上去高大上多了。

这密密麻麻几十页的使用条例，最终总结出来就是一句话——有人拿着审批通过的文件过来，陈洛如用钥匙打开公章的柜子，然后在相应位置盖上章就可以了。

订饭，难度系数五颗星。

盖章，难度系数一颗星。

至于为什么要有一颗星呢？因为把章盖得规范漂亮，也是要一个技术活。

你不能蘸太多印泥，导致章模糊了。也不能蘸太少，导致章不清晰。盖章时字的方向得是正的，还不能把领导的签字给遮住。

于是陈洛如就安静乖巧地坐在工位上等着人来找她盖章。

没过十分钟，就有人来了，是市场部向电信供应商购买一项运营服务的合同。

陈洛如按着《条例》上的说法，认真地检查了审批手续和合同合规性。

“能不能快点？我赶时间。”市场部的人貌似有点儿急。

“我得检查好，公章可不能乱盖。”陈洛如还挺负责。

“以前我来的时候哪有这么麻烦，看两眼就行了呗，这合同你一页一页翻要看到什么时候？”

陈洛如没有理他，再三确认无误后，才用钥匙打开柜子，取出公章。

她拿了一页干净的A4纸，在章上蘸了点印泥，先在纸上试着盖了一下。很好，是一个圆溜溜的大红章。

于是她蘸了点儿印泥，印在了盖章处。

不知怎么回事，这个章颜色有点儿深，拿下来的时候刮花了一点。不过不碍事，这个章依然有效。

陈洛如将合同的纸张抖开，又加盖了一枚骑缝章，这才把合同给对方。

市场部的人前脚刚走，人事部的人又来了。他们带来厚厚一摞劳动合同，粗粗一估量得有三十厘米。

现在是七月，正是新员工入职的高峰期，这些劳动合同都是最近刚签订的。

陈洛如突然明白刚刚为什么市场部的人会嫌她多此一举了，她发现如果她每份合同都检查一遍，根本就完不成她的工作。这么多合同，她盖到中午吃饭也未必盖得完啊。

人事部的人见着一个生面孔，便问：“你是新来的？”

陈洛如点点头：“是。”

对方接着问：“你来参加过面试吗？”

陈洛如一时不知该怎么回答，她是空降，目前的身份是应届本科毕业生，按道理确实该参加面试才能进来。

她只能含糊其词道："去年就签了合同。"

"哦。"对方觉得时间太过久远，便没再追问。

陈洛如盖了一份又一份合同，手腕都快疼了。

人事部的人却说："你的业务还不够娴熟啊，之前盖章的那个秘书，手都能盖出残影来。"

陈洛如道："我第一天上班。"

陈洛如慢条斯理地盖到一半，终于有了新发现。她竟然翻到了章以旋的合同！

知己知彼，百战不殆。陈洛如立刻打开她的合同和履历表细细地扫了起来。

章以旋本硕都毕业于斯坦福，在校期间一直拿奖学金，可见是学霸一枚。她曾经在华尔街的律师事务所工作，专门负责经济纠纷案件。

陈洛如又看了看她的家庭信息，她家在沿海，条件应当还不错，否则也供不起她去国外读书。

京弘给章以旋开了一百二十万元的底薪，不算其他奖金和福利。陈洛如怀疑她一年下来到手的得有两三百万元之多。

别人都是二三十万元，怎么她就那么多呢？

陈洛如冷笑着给她的合同上盖了章，心想今晚回到家一定要去盘问孟见琛。

陈洛如从十点钟盖章盖到十二点，终于把这堆劳动合同给盖完了。

中午，陈洛如去员工食堂吃饭。

她点了六个菜、一个汤、两份点心和一小碗米饭。

周遭员工都在用奇怪的眼神看着陈洛如，心想这个妹子看起来那么瘦，咋那么能吃呢？

陈洛如是新来的，不认识其他人，所以她只能独自一人坐在一张空桌上吃饭。她把点来的小碗排开，八碗八碟，看上去蔚为壮观。

陈洛如正打算开吃，对面来了一个妹子。

“这里有人吗？”

“没人。”

于是妹子便端着盘子坐了下来。

“你一个人吃那么多？”妹子很惊讶。

陈洛如点点头，说：“是啊。”

“你吃得完吗？”妹子问。

陈洛如摇头。

妹子：“呃，那你点这么多干吗？”

陈洛如：“因为要营养均衡。”

陈洛如一个人在家吃午饭的时候，厨房会秉承少而精的原则，做很多小碟。有鱼类，有肉类，有蔬菜，有瓜果，有点心，可谓种类齐全。每个小碟也就三四口的量，吃上十来个小碟，差不多也就饱了。

于是妹子看到陈洛如从糖醋排骨里挑了两块，便把排骨碗放到了一旁，不再动筷。

陈洛如吃完两块排骨，又夹了一块鱼肉，发现不合口味，又放到了一旁。每个碗她最多只动几筷子，绝对不多吃，相当有自控力。她一顿饭吃完，桌上的碗就跟没动过似的。

妹子小声提醒，“虽然食堂吃饭不要钱，但这么浪费不合适吧？”

妹子指了指食堂墙壁上的标语——光盘行动，从我做起。

陈洛如：“呃……”

食堂不是她家，这么做好像是有点格格不入。

陈洛如每天的饮食规律是少吃多餐，早就养成了小鸟胃。可是她看着面前那排小碗，撑死她也吃不完啊！

妹子问道：“你是新来的吗？”

陈洛如点点头。

“那你还是尽量多吃点吧，剩太多的话，收残处的大叔会罚款。”

“罚多少？”

“一次三百元。”

陈洛如松了口气，也就罚三百块，小意思，小意思，光盘行动还是从明天再开始吧。

于是陈洛如大摇大摆地端着盘子去了收残处，大叔还没说话，她就“啪”地拍了三张红色钞票在旁边。

大叔以异样的眼光打量着这位眼生的女员工，脑子里全是问号。

设立这个罚款的初衷是鼓励大家减少粮食浪费，老实说，食堂这个规定执行了好多年，从来没有收到过任何一笔罚款。

哪个笨蛋会因为吃不完十来块钱的东西交三百块的罚款呢？

实在吃不完，同事们分一分也就好了。

可这姑娘二话不说就掏出三百大洋，不知是何居心。

“这样可以了吗？”陈洛如问。

“呃……”大叔望着那三百块钱，一时间手足无措。

“那我走啦，辛苦了！”陈洛如礼貌地摆了摆手，这才转身离开餐厅。

后面排队交餐盘的员工也被陈洛如的操作搞得一愣一愣的，纷纷交头接耳讨论起来——

“那是新来的妹子吗？”

“是总裁办的新秘书吧，我同事今天去盖章看见了。”

“很有钱的样子。”

“空降总裁办，不知道是不是关系户？”

第十章
上班大作战

京弘的工作日作息是朝九晚六，中午休息一小时。

陈洛如辛苦了一上午，想睡个午觉，可是在格子间午休很难受——没有床可以躺，连张沙发都没有，只有一把工作椅。

别的员工会自费买一张躺椅，可以横放下来。配上一个小枕头和一条毛毯，睡起觉来惬意极了。

而陈洛如的工作椅没有那么多功能，她调了半天，横竖就是睡得不舒服。她这样的豌豆公主，怎么可以将就呢？

陈小小：“你在做什么？”

孟见琛：“应酬。”

陈小小：“我困，这里睡不着，好难受。”

孟见琛：“去我办公室睡。”

陈洛如放弃挣扎，蹑手蹑脚地去了总裁办公室。

除了会客厅的沙发，总裁办公室配了一个休息间，有床有电视，甚至还有一个淋浴间，俨然是一个小型宾馆。

这天陈洛如起得很早，又工作了半天，早已筋骨疲乏，她掀开被子便躺了上去。

陈洛如在枕上枕头的那一刻不禁感慨，她到底是吃错了什么药要来这里上班？在家过贵妇生活不好吗？

孟见琛回到公司的时候，陈洛如还没醒。他看见她和衣躺在床上，睡得昏昏沉沉，看样子累坏了。

孟见琛扫了一眼手表上的时间，嗯，已经快两点了。普通员工下午一点就开始上班了，而陈洛如竟然还在睡大觉。

但孟见琛不忍吵醒她，只能随她——谁让她不是普通员工呢。

陈洛如一直睡到两点半才悠悠转醒，一看时间，糟了，她上班迟到了。她连忙起床，打开休息室的门走出去。

孟见琛正坐在办公桌后看文件，听到动静便看了陈洛如一眼。

陈洛如的短发睡得翘了起来，仿佛有两根呆毛在头顶一跳一跳的。她拿出小镜子整了整头顶，这短发可真不方便，没有长发好打理。

陈洛如："你什么时候回来的？"

孟见琛："半小时前。"

"怎么不叫我？"

"叫了，没叫醒。"孟见琛道，"你睡得像只小猪。"

其实他根本就没有叫。

陈洛如回到秘书办公室后，看到大家没在干活，而是聚在一块儿喝下午茶聊天。

他们的下午茶不像陈洛如那么讲究，叫个外卖送些奶茶来就搞定了。

"陈小小，你刚刚去哪儿了？"有个扎马尾的女同事问道。

陈洛如想了想，说道："高秘书让我去跑个腿，刚回来。"

大家也没再多问，像这种跑腿的活，确实都是交给最底层的秘书去做的。

"周秘书请喝奶茶，看你不在就没给你点。"

"没事，"陈洛如道，"我减肥。"

陈洛如从来不喝街边奶茶店的奶茶，因为糖分太高。她平时在家喝的奶茶都是厨房精心调配的，严格控制热量。

"你那么瘦还减肥？"

"你多重啊？有九十斤吗？"

"我九十五斤。"陈洛如没有隐瞒。

陈洛如骨架小，特别能藏肉。看起来纤瘦，实则重点部位的肉分量一点儿不少。要不怎么把孟见琛迷得不要不要的呢。

“你这么说，我们都不好意思喝了。”

“你们喝吧，不用管我。”陈洛如坐到工位上，下午并没有新的文件送来盖章。

“过来聊聊天啊，一会儿再工作。”

陈洛如见大家如此热情，也不好推脱。

陈筱说过，小新人要听职场老人的话，人家让你干吗你就干吗。

秘书处有七八个秘书，还有助理五六个人。

秘书主要负责文书工作，助理主要负责行政事务，但在这里，两者并无太大区别。

比如钱助理，孟见琛特别欣赏她写的报告。再比如陈洛如现在的任务是保管公章，从严格意义上来讲是助理该干的活。

不过秘书处男女比例失衡严重，统共只有三四个男性，剩下的全是女性。

大家一开始在聊手头的工作，陈洛如听不大懂，也不插话。

渐渐地，话题转到了私人方面。

陈洛如大致听出来了，这些人似乎挺追捧请人喝茶的周秘书。

要说这周秘书，算得上是干得好不如嫁得好的典范。

她给孟见琛当秘书，借机结识了一位金融精英。因为颇有几分姿色，学历也好，所以很快就俘获了这枚金融精英，过上了远优于其他同事的生活。

用她的话来说，她之所以结了婚还出来上班，完全是为了打发时间。不然在家当个富太太有什么意思呢？

“我老公上周去香港出差，说是要给我一个惊喜，回家后给我带了一个包。”周秘书转了转无名指上的钻戒，叹了口气说道，“可惜他是直男审美，买的这个包啊，太土气了。”

陈洛如瞥见周秘书办公桌上有一个沥青灰小牛皮包，她记得这款包还有黑色、粉色和金色，陈洛如偏爱粉色和金色，所以她买了两个。

于是陈洛如顺口说了一句："这颜色是有点儿土气。"

这话一出口，周秘书顿时被噎住，其他几位秘书也愣住了。

谁都能听出周秘书是故意在炫耀她老公又有钱又大方又浪漫，这个时候应该说："哎呀，你老公对你这么好，我要是有这种老公就好了。"

而不是顺着周秘书的话说这包土气——这会显得情商很低。

这种事怨不了陈洛如，因为在她的观念里，买一个包包就跟普通人买件T恤一样。

如果有人对你说："这件T恤可真难看。"

你会觉得她是在炫耀她买得起T恤吗？

当然是跟着一起吐槽了！

陈洛如不是情商低，而是从来没有接触过这样的情境，所以不明白她们的真实意图。在她的圈子里，买个包不是很值得说道的事。

周秘书眼见着氛围被陈洛如搞僵，笑了笑，继续说道："我也说嘛，花这么多钱买这么丑的包，太不值得了。"

"没事，你可以收藏起来，也许哪天能升值呢。"陈洛如安慰道，"不喜欢换一个背就好了。"

旁边人也附和："是啊，你老公给你送你还不满意，看给你挑的！"

周秘书脸上浮现一丝快意的笑容，又佯装不满道："我老公这人说话做事不爱和我商量。我前些日子不是说想养只猫吗？他二话没说就给我弄了一只布偶猫。"

"你养猫了？"同事问，"有照片吗？让我们看看。"

于是周秘书把猫咪的照片找出来，同事看了之后纷纷羡慕道："这布偶也太漂亮了吧，眼睛碧蓝碧蓝的。"

"我家那只布偶跟你家的品相真是没得比。"

"你这只布偶起码得五万块钱。"

"哎？是吗？"周秘书佯装惊讶，"我都不知道。"

"你们这些养布偶的都是大户人家，"有一个同事感慨道，"布偶猫体型大，不光吃得多，还得吃得好，光猫粮开支就是其他猫的两倍。"

"而且吧，想要布偶猫好看，还得帮它打理毛发。"另一位同事接着说，

“上回我听金融组的同事说，她给她家那只布偶买了好多毛发保养用品，什么鱼油啊，沐浴露啊，还要定期送去做宠物美容呢。”

“天哪，那得花多少钱啊？”

“不知道，”那个同事继续说道，“我看她那只品相还比不上周秘书家的呢。”

“嗐，也就是我老公想要布偶，其实我想养斯芬克斯。”周秘书故作矫情地说道，“我觉得那种猫特别酷，长得像外星人，我喜欢。”

斯芬克斯就是加拿大无毛猫，据说在养猫一族眼里，养斯芬克斯可以站在鄙视链的最顶端。

这种无毛猫价格极其昂贵，饲养条件也很苛刻，有的猫主人甚至专门在家打造恒温室供无毛猫居住。

陈洛如也喜欢小动物，但是她对于斯芬克斯这种猫有点儿欣赏不来。

她朋友以前就在家养这种猫，不过那是出于猫毛过敏的原因才养的。她朋友还说：“一般人谁养这个啊，撸猫就是要撸猫外面那层绒绒的猫毛嘛。”

当然了，如果周秘书是真心喜欢无毛猫，那也没什么可以指摘的。毕竟萝卜青菜各有所爱。

兴许是刚刚被陈洛如杀了点儿风头，周秘书面带笑容地问：“陈小小，你有没有养宠物啊？咱们办公室挺多人养了猫或者狗的。”

养宠物，在某方面也是生活品质的象征——你得有个大点儿的住所，你还要有闲钱和精力去侍弄宠物，要是连自己都养不活，还养什么猫猫狗狗呢？

“以前家里养，我现在没有养。”陈洛如说道，“这边没地方养。”

周秘书心领神会，养宠物跟在老家养宠物完全不是一个概念。显然陈小小现在是养不起的——她刚毕业，应该还在租房住的阶段。

“其实宠物活动空间也不大，有个一百平方米的房子，也就够宠物活动了。”周秘书“好心”地告知陈小小。

“呃，一百平方米的房子，应该不够吧？”陈洛如疑惑道。

“怎么不够了？”其他同事说道，“你要养只猫，一百平方米都嫌大。”

“可是我家不养猫啊。”陈洛如说道。

“那你家养什么？”有人问。

“嗯，还挺多的。”陈洛如如数家珍，“有天鹅和白鹭，这只要挖个湖就好了。最麻烦的是养马，要好大一片草场。”

众人：“呃……”

什么鬼？在家养天鹅、白鹭和马？

周秘书显然没想到陈小小会这么说，她不禁问道：“你家是开牧场的吗？”

“呃，这个……”陈洛如含糊其词道，“反正马这种东西，没法在这里养啦。”

她现在住的小破房子，还不够 Lucas 跑上一圈，真把 Lucas 带来，得活活憋死。

想到这里陈洛如就来气，她好想 Lucas 啊。

周秘书显得不大高兴，于是她把奶茶杯丢进垃圾桶，拉过椅子回到电脑前，说道：“时间不早了，都上班吧。”

陈洛如坐在办公桌前，没什么事情可以干。于是她点进京弘公司内部办公系统，东看看西看看，想摸索点有用的信息出来。

陈洛如没有忘记她此行的目的，她要看看那个章以旋究竟是何居心。

其间除了有人拿文件过来让她盖了两个章，她全程无事。

快下班的时候，周秘书忽然说道：“今天下班我请大家去 KTV 唱歌，不要不给我面子。”

她说的话在办公室里自然是一呼百应，众人应声道：“只要今天不加班就去。”

陈洛如看了一眼时间，已经下午五点五十分了。看来今天应该没什么事情了，她关掉办公软件，想着一会儿要不要跟同事们去唱歌。

陈洛如感觉有点儿累，上班还真是比她想象中要辛苦多了。

即使在旁人看来，她今天也没做什么事。但是作为职场小新人，她最好还是去参加部门的集体活动，省得别人说她不懂事。

五点五十五分，陈洛如开始收拾东西。

陈筱给她挑的这个包包其貌不扬，但好处是容量够大，能装不少东西。

陈洛如收拾得正欢，周秘书抱了厚厚一沓文件走过来。只听“啪”的一声，这些文件全堆在了陈洛如的桌上。

周秘书略带歉意地笑了笑，说道：“不好意思啊，这是财务部要盖章的文件，他们刚刚才发给我，而且催得很急，说今天就要。”

陈洛如望着那沓文件，厚得有些离谱。

“财务部最近忙疯了，要出半年报，文件特别多。”周秘书说，“那群人还有拖延症，真是连累你了。”

言下之意，今晚的 KTV 之旅不光没有陈洛如的份，她还得留下来加班加点给财务部盖章。

换了平时，陈洛如当然不会干了。可现在她是个新人，必须对前辈的话言听计从。

“哦，没事，你放着吧，我一会儿就盖章。”陈洛如把收拾到一半的东西又原封不动地放回原处。

“回头我单独请你吃饭，辛苦你了。”周秘书的礼仪很到位，让陈洛如抓不出她的把柄。

周秘书转身就走，谁知离开的时候，她的胳膊不小心蹭到了那沓文件，原本码放整齐的文件“哗啦”一声，撒了一大半到地上。

“哎呀，不好意思。”周秘书连忙蹲下身去捡那堆文件。

其他同事却聚集在门口催促道：“周秘书，怎么还不走？我们还等着你请客呢。”

“这……”周秘书看了看门口，又看了看陈洛如，做出一副为难的模样。

陈洛如很懂事地说道：“你去吧，我来弄。”

“麻烦你了，文件上都有页码标注，记得不要把顺序搞错了。”周秘书合掌表示感谢，然后拎上她的包，大摇大摆地离开了。

整个办公室就剩下陈洛如一个人。别人都去唱 KTV 了，只有她留下来加班。

她很纳闷，下午她那么闲不给她派活，一下班却给那么多。这些东西，连整理带盖章，她估计得干到九点。

陈洛如：“我怀疑我遭受了职场欺凌。”

陈筱：“你怎么了？”

陈洛如将她被留下来加班的苦事告诉了陈筱。

陈筱：“呃，你是不是哪里得罪人家了？”

陈洛如：“没有吧？”

陈筱：“你跟我说说你今天都干了些什么？”

陈洛如将她早上九点到晚上六点的日程一五一十地和盘托出。

陈筱：“你还真是……太年轻，太单纯，有时还很幼稚。”

陈筱：“就你下午茶说的那些话，早就把人家给得罪光了。”

陈洛如：“我怎么得罪她了？”

陈筱：“很明显，她说那些话是想让大家奉承她，你不但不奉承，还压了她的风头，她能不对你有想法吗？”

陈洛如：“为什么要奉承啊？就因为她有个包，还养了只猫？”

陈洛如：“我有一面墙的包我说什么了吗？”

陈筱：“好吧，这件事怨不得你，是她们没见过世面。”

陈洛如：“就算她不高兴，干吗在工作上为难我？”

陈筱：“职场就是这样，同事之间钩心斗角，哪有什么真友情，一点点小摩擦都会增加你工作的时间成本。”

陈筱：“那些人明面上跟周秘书好，私下里谁知道。”

陈筱：“如果你们办公室是一场宫斗，我保证你活不过第二集。”

陈洛如把那堆乱七八糟的纸张捡起来，想象自己是个小可怜灰姑娘，没人疼也没人爱，被恶毒同事摧残，直到有一天……

另类都市职场幻想童话还没脑补完，秘书处的门便被人推开了——孟见琛和高骞来了。

她看了看手里已经捡得差不多的文件，故意一撒手，雪片又撒了一地。

孟见琛望着蹲在地上的陈洛如和一地凌乱的文件，不禁皱眉道：“你怎么搞成了这个样子？”

孟见琛捡起脚底的一份文件，高骞凑过来看了一眼，说道：“财务部的文件向来是周秘书在管，怎么到你这里了？”

“刚刚要下班的时候，她说这些文件急着要盖章，今天就要。”陈洛如一边捡文件，一边可怜兮兮地说，“结果这些文件被她碰到地上，她又着急跟同事去 KTV，所以只能我来捡了。”

果不其然，陈洛如这么一卖惨，孟见琛的目光渐深。

高骞忙说：“我这就打电话让周秘书回来。”

陈洛如却说：“不行，谁让我是职场新人，就该留下来加班呢。”

孟见琛没有发火，而是对高骞说道：“你先下班吧。”

高骞向来是孟见琛肚子里的蛔虫，他猜孟见琛是想着机会跟陈洛如说点儿话，立刻识相地收拾东西走人了。

孟见琛替陈洛如捡了几张文件纸，淡淡地道：“还会告状了？”

陈洛如“哼”了一声，原形毕露说：“难道你忍心看我被人欺负吗？”

孟见琛将那些文件搁到桌上，揽上她的肩膀说道：“你说你非要来上什么班？”

“人家想天天见到你呀。”陈洛如卖起乖来也是一流，想要收拾那个周秘书，肯定得孟见琛出马，她当然要先甜言蜜语哄他高兴了。

这话且先不论真假，孟见琛听着极为受用。他伸手捏住她的下巴，轻轻吻上她的唇。

唇舌相抵间，孟见琛哑着嗓子说道：“我考虑一下，在我办公室给你加张桌子。”

“我去你办公室做什么？”陈洛如纤长的睫毛像精致的羽扇，两颗乌溜溜的眸子水波涟漪，惹人心疼。

“你猜？”他的嘴角含着一抹笑。

孟见琛把陈洛如从地上提起来，抱到桌上。

陈洛如害羞地打了一下他的手背，嗔怪道：“我还要盖章呢，财务部着急要。”

她对工作还挺上心，看样子这个小秘书没有白领薪水。

“我刚从财务部过来，他们已经下班了，”孟见琛说道，“明天再弄。”

显然，周秘书对陈洛如说的话不是真的，她只是在故意刁难陈洛如而已。

孟见琛的手指抚过她的脸颊，缓缓说道：“我先给你盖个章。”

京弘大厦位于CBD，整栋大厦高约两百米，共六十层。外层独特的扭曲玻璃幕墙使得京弘大厦成为CBD的地标建筑之一。

高端核心商务区周边商务写字楼和星级酒店林立，各行各业精英络绎不绝，是个寸土寸金的好地方。

夜幕降临，华灯初上，附近大楼的窗户点亮了这座城市。步履匆匆的行人和疲于加班的白领们根本不会注意到某个高层窗户内发生了什么。

陈洛如怎么也想不到，孟见琛前几天还信誓旦旦地跟她说“公司是上班的地方”，现在却自己打自己的脸，还打得“啪啪啪”直响。

办公室的门锁了，百叶窗是半阖的，陈洛如甚至能看见窗外的车水马龙。一辆辆车像会发光的火柴盒子，一个个行人像庸庸碌碌的蚂蚁。

陈洛如委屈极了，他怎么能这样？真把公司当自己家了？

可转念一想，整栋大楼都是京弘的，可不就是他家吗？

陈洛如今天的牺牲有点大，为了给某人吹枕边风，居然依了他的胡作非为。她平复了一下剧烈跳动的心脏，愤然地瞪了一眼正在整理衣着的孟见琛。

他西装革履，一副道貌岸然的模样。

相比之下，她显得狼狈极了。

孟见琛替她擦了擦额头上的汗珠，将纸巾投入垃圾桶，转身去开窗通风。

陈洛如面上难堪，怎么现在却恨不能从门缝里逃走呢？

于是陈洛如拿起桌上一份倒扣的文件：“不跟你闹了，我要盖章了。”

陈洛如翻过那份文件，这才看到文件的正面——是一份京弘生物的临床试验申请书副本。

陈洛如之前听祝明峤提过，于是随便翻了翻，却发现她什么都看不懂。

“这是什么药啊？”陈洛如看得头都大了，一堆专业名词看得她脑门上飞小鸟。

“自主研发的癌症疫苗。”孟见琛道。

陈洛如似懂非懂地点点头，忽然想到孟见琛的母亲是癌症去世的，于是小声问道：“是因为……你母亲吗？”

孟见琛道：“也不全是。”

孟见琛顺遂的人生没有过什么意外，每一步都按照既定的轨道在走。要说有什么人能使他的人生产生偏差，统共也就两个。

一个是他母亲。

孟见琛的母亲名叫庄瑗，是名门庄家的大家闺秀。

孟见琛是含着金汤匙出生的人，他是孟家的长房长孙，从小到大就背负着家人的期望。

万事万物都有两面性，在这样的家庭成长，一方面钟鸣鼎食衣食无忧，另一方面则是要接受家庭的塑造，形成一种所谓的“继承人”人格。

野蛮生长是不可取的，孟见琛从小就受到最严苛的家教。童年里唯一的温暖，大抵就是母亲对他展露笑颜吧。

只可惜，这样的温暖在他十岁时被彻底剥夺了。

孟见琛八岁的时候，庄瑗查出患有乳腺癌。

试想她那样身份的人，此生一直顺风顺水，唯独老天要开她的玩笑。

温婉动人的母亲经历了两年的治疗，一头秀发脱落得一干二净，可最终还是没能打败病魔，遗憾地与世长辞。

就是从那个时候开始，年仅十岁的孟见琛意识到，这个世界上总有无可奈何的事。即使你再有钱有势，都要经历生老病死这一环。功高盖世如秦始皇，也无法做到长生不老。

母亲的早逝成为孟见琛心头抹不去的伤痛，他申请大学的时候，执意要读生物医药专业。

癌症的治疗是全世界亟需攻克的难题，化学疗法伤敌一千自损八百，给病人造成的痛苦是显而易见的。

目前应对癌症最好的方法，依然是早发现早治疗。如果病灶已经转移，病情进入晚期，那就真是回天乏术了。

孟见琛想要的不是治愈癌症的药物，而是预防癌症的试剂。

放在二十年前，这几乎是天方夜谭。可随着医学和科技的发展，类似的事情已逐渐成为现实。

比如，近几年来广受追捧的HPV（乳头瘤病毒）疫苗，给全球女性带来了预防宫颈癌的福音。研究该疫苗的公司在造福人类的同时，创造了上百亿的利润。再比如目前国内已经投入临床研究的HIV疫苗，更是迈出了战胜艾滋病的关键一步。

另一个意外毫无疑问就是陈洛如了。

孟见琛曾经仔细思考过，为何陈洛如能吸引他。大概是同样规规矩矩的人生，她过得与他不太一样吧？

陈洛如虽然从小接受精英教育，可骨子里还是保留着一种纯真活泼的天性。她总是极力在人前表现得很规矩，却在细节的地方透露出独属于她的天真。这些她试图掩盖的东西，恰恰是她最动人的地方。

陈洛如跟孟见琛闹，他从来也不恼。

孟见琛在陈洛如身上寄托了一种补偿心理，因为他的童年不全是快乐的，所以他希望看到她无忧无虑。

她爱闹，正说明她不谙世事，不识人间疾苦即是最大的幸运。

她若懂事，他反而会生出一丝心疼。一个人学会懂事，付出的代价太大，他不希望她经历那些。

陈洛如懂孟见琛这话的意思，原来他在做这么有意义的事。

孟见琛着手帮忙整理桌上的文件，他替陈洛如打开到印章处，她来盖章。

两个人合作，完成得很快，八点钟的时候这沓文件就被搞定了。

陈洛如将公章锁回柜子里，问道："老板，有加班费吗？"

"没有，"孟见琛一只手插在口袋里，另一只手则拿着手机寻找附近的餐厅，"不过可以请你吃个晚饭，就当加班费了。"

孟见琛说到做到，带她去了CBD附近一家高端日料店吃刺身。

陈洛如问："老板，我一个月能拿多少工资啊？"

孟见琛道："你还想要工资？"

陈洛如惊讶道："我怎么不能要工资了？"

孟见琛笑道："我的年薪才一块钱，你想拿几毛？"

陈洛如不怎么相信他的话。

孟见琛没有骗陈洛如，他当总裁的年薪确实只有一块钱。

当初孟祥东退居二线，要将年纪轻轻的孟见琛升为公司新一任执行总裁，董事会成员虽然明面上不说，心里却颇有意见。

虽然孟家在京弘有控股权，但是他们觉得孟见琛还不够成熟稳重。

翻遍 A 股三千家上市公司，也找不出几个这么年轻的总裁。

京弘和其他小公司不同，它是一座巨轮，掌舵的人非常关键。在孟见琛的手底下，京弘会往什么方向发展，一切都是未知数。

在种种质疑声中，孟见琛在董事会做了报告，除了阐述一系列他的规划和战略外，还提出了"一元年薪"计划。

"一元年薪"是西方舶来品，在众多"一元年薪"的商界传奇中，苹果公司的乔布斯是最有名的一位。

京弘的高管年薪以百万起计，像执行总裁这么重要的职位，薪资更是飙升上五千万元。

孟见琛不拿这份应有的年薪，为的是在公司内营造人人平等的氛围，对激励员工有着积极的示范意义。

另一方面，孟见琛也不缺那点儿年薪。

陈洛如无语，老公年薪一块钱，说出去也太……

餐厅厨师用一块鲨鱼皮摩擦板将新鲜的山葵磨成泥，置于味碟中，放到两个人面前。

"一分劳动一分收获，我要点薪水怎么了？"陈洛如说得理直气壮。

"那你想要多少？"孟见琛夹了一块鳕鱼刺身，蘸了些许山葵，放入酱油碟中。

陈洛如想到章以旋的年薪是一百二十万元，每个月折合下来是十万元。

于是她说："一个月给我十万元，不过分吧？"

孟见琛慢条斯理地嚼着那片鳕鱼，然后搁下筷子说道：“大晚上的，不要做白日梦。”

“每天盖个章就能月入十万元，放到招聘网站上，人家会怀疑我们公司是在骗人搞传销。”孟见琛一本正经地解释道。

“那我到底能拿多少钱？”陈洛如不依不饶地问。

“一个月三万。”孟见琛道。

“我不干了！”陈洛如想到自己受苦受累一个月居然只赚三万块，真想骂孟见琛是周扒皮，剥削劳动者的血汗钱。

事实上，一个月给三万元还是看在她是总裁办公室秘书兼老板娘的分上。

总裁秘书的工作内容不一定非常高大上，可门槛之高，远超一般人的想象。

孟见琛的秘书个个学历斐然，一问起码都是国内顶尖院校本科学历再加名校留学经历。

陈洛如只盖盖章就拿三万元，不是因为她现在的工作内容值三万元，而是她的学历和能力值这个价。职场新人都是从打杂的活开始干起，但有点追求的人都不会安于一辈子打杂。

“不干正好，”孟见琛道，“明天你不用来上班了。”

作为陈洛如的丈夫，孟见琛不希望陈洛如为了工作琐事烦恼。

“我一个月三万元，章以旋为什么一个月能拿十万元？”陈洛如不服气，终于将这个问题问了出来。

“她一个月才十万元？”孟见琛显然不知道这件事，他说道，“之前人事部门反映，她在华尔街一年能拿五十万美金。”

言下之意，十万元都是委屈人家了。

“孟见琛！”陈洛如一撂筷子，“你是不是想借着开工资的机会偷偷给她送钱？”

他对老情人还真体贴。

陈洛如每每提到章以旋，都处于半奓毛的状态。

虽说孟见琛不待见那个来路不明的小叔，但是对于这位未来的婶婶，他没有别的想法。

章以旋各项能力摆在这里，愿意拿十万元的底薪在京弘干，算是她的一份心意。

对于一个有轻微脸盲症的总裁来说，孟见琛想不明白章以旋到底哪里惹到了陈洛如。

男人心，一根筋。

女人心，海底针。

陈洛如的心思孟见琛猜不出来。

罢了，管她呢，过两天憋不住自己就说出来了。

第二天一早，陈洛如照常去上班。

九点钟准时到达办公室后，她愉快地打开电脑，打算开始新一天的工作。

半小时后，陈洛如去了一趟洗手间。

洗完手出来，她突然发现一个熟悉的人影走出电梯。

这不就是章以旋吗？

章以旋来五十八层干吗？这一层可全是孟见琛的地盘啊。

陈洛如猫着腰，小心翼翼地趴在洗手间的外墙内侧偷看。

章以旋步履婀娜地走到总裁办公室门口，敲了敲门。不一会儿，门打开，章以旋走进去，顺便将门“吧嗒”一声关上。

陈洛如心中立刻警铃大作。她的脑门嗡嗡作响，手掌心开始冒虚汗。想到孟见琛可能会背叛她，她的心就“扑通扑通”跳快。

陈洛如急得像热锅上的蚂蚁，在走廊边踌躇了几分钟。

她去茶水间接了一杯现磨咖啡，然后去敲孟见琛的门，想看看他们究竟在搞什么鬼。

陈洛如忐忑不安地敲了两下门，门被打开。她深呼吸一口气，推开房门，探出一颗小脑袋往里面看。

孟见琛端坐在办公桌上，衣衫齐整。

章以旋则坐于沙发处，仪态端庄，一点也不像有什么的样子。

“什么事？”孟见琛双手交叠置于桌上，沉声问道。

陈洛如小心翼翼进了门，说道：“孟总，您的咖啡。”

孟见琛并没有叫咖啡，他不知陈洛如又要玩什么花招，可还是让她进了办公室。

章以旋并没有认出陈洛如，陈洛如的伪装很成功。

陈洛如端着咖啡往里走，章以旋接着刚才的话题继续说：“你还是一如既往地忙啊。”

划重点，一如既往。这说明他们之间有点儿过往。

陈洛如觉得章以旋话里有话，但只要她在这里，量孟见琛也不敢胡来。

孟见琛道：“日常工作而已。”

章以旋不得不把话说开：“以前在斯坦福读书的时候，你好像也特别忙。”

“学业紧张，大家都很忙。”孟见琛客套了两句，“章小姐想必也很忙。”

陈洛如就差要伸出脚用高跟鞋的鞋跟狠狠地碾孟见琛的脚了。什么忙不忙的，怎么就没见他以前关心过她学业忙不忙。

陈洛如忘了，以前孟见琛也是问过她的。

婚后第一年，陈洛如过年回国一趟，她爸妈说她必须要去婆家给长辈敬茶，然后才能带着老公回娘家。

果不其然，孟见琛也在。陈洛如哪里会给孟见琛什么好脸色，坐车的时候一言不发，气氛尴尬得很。

于是孟见琛跟她攀谈，开口第一句就是：“你平时学业忙不忙？”

陈洛如闻言，立刻皱起眉头，用怪异的眼光看向他。

这人是不是有病？他是她老公，又不是她爸妈，竟然还想管她学习如何？

退一步讲，就连她爸妈对她的学习都没那么上心，他想干吗？

“你问这个做什么？”陈洛如没好气，她就算每科都考鸭蛋，也跟孟见琛无关。

“关心一下。”孟见琛道。

“不劳你费心，”陈洛如说道，“请不要探听我的个人隐私。”

啧啧，对她聊表关心居然变成了“探听个人隐私”。

后来，孟见琛也就没过问陈洛如这些事了，难道陈洛如考了鸭蛋他就要跟她离婚吗？

怎么可能，别逗了。他要的是老婆，又不是学霸。

“我还好，”章以旋轻笑道，“不然也不会有时间帮人占早课的位子。”

孟见琛听到这话，接过咖啡杯的手一顿。

孟见琛这反应，在陈洛如看来，一定是记起了什么。

章以旋话中的弦外之音，莫不是在暗指她曾经帮孟见琛占过早课的位子？

这个人竟然还说两个人没什么？！

没点儿情分谁做好事帮他占座啊？！

孟见琛的确想起来了，难怪他总觉得章以旋眼熟呢，原来两个人曾经上过同一门课。

这件事的来龙去脉，在孟见琛眼里，是这样的——

他选修过一门法律基础课，开课的教授是法学领域的大牛，学生们上课的积极性很高。

但那门课上课的地点距离他住的地方比较远，他每次到教室的时候，一般也就后排才会有零星的空位。

有一次，他看见有个女生放了一个包在前排的座位上，便问了一句：“这里有人吗？”

女生答道：“没人。”还主动将包撤到一旁，替他空出位子。

孟见琛说了句“谢谢”，便坐下来开始听课。

之后他再来上课的时候，前排总会有一个空座位留给他。

一开始孟见琛还以为只是恰巧，后来次数多了，他觉得这个女生人还不错。课程结束的时候，他送了她两张音乐会的门票，以示感谢。

至于为什么送两张呢？

因为她可以和朋友一起去听音乐会，一个人去显得有点儿寂寞。

孟见琛从来没有问过她叫什么名字，也不知道她是什么院系的。在他看来，她就是一个萍水相逢的校友，根本没有多想。

总裁办公室里的三个人此时此刻各怀鬼胎。

孟见琛是一脸蒙，章以旋是心怀居心叵测，陈洛如是咬牙切齿。

这两个人显然有情况，陈洛如又不好当面质问章以旋为什么要一而再再而三地跟孟见琛套近乎。

陈洛如愤懑地瞪了孟见琛一眼，似乎在埋怨他。

孟见琛立刻会意，对章以旋说道："章小姐，我这里还有公事要处理。"

言下之意，他不能接待她了，要送客了。

章以旋见孟见琛不便与她多说，也没有多做停留，心里想着还是以后单独找机会跟他叙旧好了。

章以旋起身准备离开，孟见琛知这逐客令下得不太合适，又补了一句："欢迎你加入京弘。"

章以旋回以一个笑容，道："阿琛，以后我们就是一家人了，不用这么客气。"

章以旋竟然还敢当面叫孟见琛"阿琛"？

这股子亲密劲让陈洛如不仅浑身起了鸡皮疙瘩，还让她恨不得能拿着刀逼问孟见琛这究竟是怎么一回事。

"章小姐，"孟见琛的声音中似乎透着些许凉意，"在公司你该叫我孟总。"

章以旋垂了垂眼睫。

"还有，"孟见琛又提醒道，"这个称呼是家中长辈的爱称，你尚未和我小叔成婚，这么叫恐怕不妥。"

章以旋显然没想到孟见琛会特意更正她对他的称呼，脸色顿时难看极了。

章以旋悄悄握了一下拳，可回过头的时候依旧是满脸笑意。她说："知道了，孟总。"

章以旋离开总裁办公室后，陈洛如立刻原形毕露。她做了刚刚一直想做却没做的事——踩了孟见琛一小脚。

"怎么了？"孟见琛神色无恙，反而伸手将她抱过来，"今天不太对劲。"

“你还好意思问我？”陈洛如用小拳头捶孟见琛，却被他一把握住小手。

陈洛如：“你还敢说你不认识她？”

孟见琛：“我刚刚才想起来。”

陈洛如冷笑：“看来你也得了选择性失忆症。”

孟见琛没有隐瞒，把他和章以旋的过往和盘托出。

在孟见琛看来，章以旋就是一个萍水相逢的校友，没必要遮遮掩掩。他正大光明，问心无愧，直接告诉陈洛如，省得她整天胡思乱想。

孟见琛三两句话解释清楚，没想到陈洛如不光没消气，火气反而更大了。

“你居然还给她送音乐会的门票？”陈洛如挣扎着从他腿上跳下来，双手叉腰，火冒三丈，“你从来都没送过我！”

孟见琛不知道陈洛如这是吃的哪门子的醋，他虽然没给陈洛如送过音乐会门票，但是他给她送过无数昂贵的礼物，随便一样拿出来，恐怕都能包场音乐会了。

女人啊，甭管你对她有多好，但凡让她察觉到你对别人有一丝好感，她就能立刻将你所有的好忘得一干二净。

你给她金山银山，她却非要跟你计较你施舍给旁人的一毛钱，仿佛那一毛钱比金山银山都重要。

“你想要？”孟见琛道，“那我也送你。”

“孟见琛！”陈洛如很生气，“我要的是这个吗？”

“那你要什么？”

“你就非要每次都问我吗？你就不能问问你自己吗？”

孟见琛沉默了。他要知道，她还会像这样暴跳如雷吗？

见孟见琛沉默了，陈洛如又委屈又愤懑。她道：“你就不该送她门票！”

“不，”陈洛如又改了口，“你就不该坐在她旁边！站着上课能累死你吗？”

陈洛如越说越来劲，继续说道：“你就不该跟她选同一门课！不该跟她上同一所大学！不该……”

“不该跟她生活在同一个地球上。”孟见琛幽幽地补充道。

“哼！你知道就好！”陈洛如很认同这句话。

“事情已经发生了。”孟见琛委婉地道出事实。

“孟见琛，你不要装糊涂。”陈洛如来了脾气，“如果有一个喜欢过我的人天天跟我在一起共事，你还能这样心平气和吗？”

陈洛如说这话的意思，难道是……章以旋喜欢过他？

那他可太冤枉了，他都不记得她的相貌，可见他从来就没把她放在心上过。

“她马上要和我小叔结婚了。”孟见琛提醒道。

“要结婚还不安分，可见她不是什么好人。”陈洛如见过形形色色的女人，女人对女人自然了如指掌。

孟见琛这种大直男懂什么，看见矫情的女人可能还会觉得不做作呢。

孟见琛跟陈洛如讲不通，伸手拂过她耳侧的短发，低声问道：“吃醋了？”

陈洛如偏过头去，这种态度就是默认了。

孟见琛微微勾起嘴角：“这么在意我？”

这话像是点燃炮仗的火星一样，将陈洛如得罪了个干净。

“孟见琛，你不要自作多情。我只是在捍卫自己在婚姻存续期内的各项基本权利！”陈洛如被戳中心事，立刻跳脚。

分明前两天还在跟他闹离婚，这会儿就变成婚姻小卫士了？

“你要是跟她有什么不清不楚的，我就和你离婚！”陈洛如说得掷地有声。

第十一章
落花有意，流水无情

对孟见琛而言不值一提的往事，在章以旋眼中完全是另外一个版本。

那只是一个稀松平常的清晨，阳光一如既往地炽烈，照耀着这片位于太平洋西海岸的金色土地。

平坦的草皮一路铺向远方，整齐的道路两旁栽种着特殊的热带植物，古朴的校内建筑带有二十世纪的风情。

章以旋背着包抱着书走在校园里，去上一堂法律通识课。

授课的教室是一间阶梯大讲堂，此时讲堂内稀稀拉拉坐了些学生。但章以旋知道，十分钟后，这里将人满为患。

她在第二排找了个空位坐下，顺手将包放到一旁。然后她打开手里最新一期的《经济学人》，看知名经济学家如何为美联储近期几项恶名昭著的政策辩解。

等一篇文章读完，教授已经来了。这位教授是法学家的大牛，所以校内各个专业的学生纷纷慕名前来一睹风采。

开课之后，章以旋便将杂志收起来，专心听老师授课。大概三分钟后，她的位子旁边突然多了一抹纯白的衣角。

她听见有个男声用英文问道：“这里有人吗？”

是非常纯正的美式发音，章以旋下意识觉得应该是个本土的学生。没想到一抬头，竟是她熟悉的亚洲面孔。

章以旋身高将近一米七，但是这并不妨碍她觉得这个男生的个子很高，粗略目测，怎么着也得有一米八五左右。

这个男生身穿最简单的白色纯棉T恤，看不出牌子，却很合身，衬得他身材劲瘦有型。

“没人。”章以旋搁下手中的原子笔，将包挪到自己这边。

男生应声坐下，这才取下右边肩膀上背着的一个黑色双肩包。

章以旋瞥过他的包，眼尖地发现包的搭扣上有一个极不起眼的标志。

虽说在名校留学的中国家庭多多少少都挺富裕的，但是随随便便背这样的包，还是极其奢侈的。想必这男生家里不仅仅是富裕这么简单了。

章以旋挺爱社交活动，她见过世面，所以看人看得挺准。可她在脑海中仔细搜寻了一圈，并不记得曾经见过这位亚裔学生。

难道是华人？或者是别的亚洲国家的？章以旋猜测。

这个男生长得简直无可挑剔，轮廓立体，眼神幽深，从鼻梁到嘴唇，是一道优雅而有力的曲线。

课堂上教授爱和学生互动，他上课的时候听得很认真，但极少说话，全程只用眼神和教授交流。

章以旋侧过头悄悄看他，他也毫无察觉。

一节课上完，他背了包便要走，没有任何停留。

章以旋想跟他搭句话，却找不到机会。

可是这么个优质男生，她并不想轻易放弃。

于是，她立刻收拾东西跟了上去。来到室外，她发现那个男生并未走远，而是用蓝牙耳机在跟人说着什么。

章以旋小跑着追过去，走近了，才听清他在讲什么。

是极其标准的普通话，言语间还带着一点点不易察觉的京腔。别说是华人了，就连南方同胞也绝对讲不出这么流利的普通话。

有时候你的口音会出卖你的很多信息，据说耳朵最毒的人，只要你一开口，便能知晓你人生大半的履历。你在哪里出生，在哪里待过，能猜个八九不离十。

章以旋一直觉得自己的英语带着点儿奇怪的江浙沪的口音，这听上去不够高级。所以她留学后拼命练习口语，试图抹去杂音。

可口音这种东西一旦形成了，想改比登天还难。国内有一部分老一辈的老师，教了一辈子书，一开口还是奇奇怪怪的普通话。

更别提英文老师了。这英语本就是舶来品，跟着中国老师学很难练出标准的美音或者英音。

这男生似乎是在跟家中的亲朋好友通话，章以旋跟他隔着一段距离，断断续续听不真切。

章以旋眼见着孟见琛往科研楼那边走去，也就不好再跟。她下节课的教室跟他是反方向，再不去就赶不及上课了。

既然孟见琛上法律通识课，那下次应该还有机会再见面。

既然他是中国人，那么想在留学圈里问出他的底细来应该不是什么难事。

章以旋这样想着，停下脚步，用手机偷偷拍了一张他的背影照，拿去找朋友打听。

别说，还真让她打听着了。还是从她同学一个巨富身家的二代朋友那里得知了他零星的消息。

其实只要一个头衔就能解释清楚了——京弘控股集团的太子爷。

他爸是现任董事长孟祥东，说句话国内商界都要抖三抖的商业巨佬。

这年头只要不是住在消息闭塞的穷乡僻壤，大概没人没听过他爸的名字。

据她同学的二代朋友说，孟见琛这样的人跟他们不是一个圈子里的，人家是自成一圈，跟他们这些人玩不到一块儿。

留学圈中谁家没座金山也有座银山，但任谁也不敢叫嚣着跟这位比。可偏偏人家在学校还很低调，极少抛头露面，也从不大肆炫耀。

俗话说满瓶不响，半瓶哐当。这话说得没错，孟见琛根本不屑于这么做，炫富对他来说就是自降身价——他是教养良好的贵公子，不是咋咋呼呼的富二代。

这位二代朋友还不忘提醒一句："这种人就别想啦，跟咱们不是一个阶级的。"

可有个词叫鬼迷心窍。这样一个完美的男人摆在面前，没有女人会不动心吧？

喜欢一个人是喜欢什么呢？容貌，家境，教养，学识？

人总是逐利的，所以对这样的男人春心萌动，是人之常情。

如果只是单单听说过这种传说中才会有的人物，那大家通常都不会放在心上。可偏偏你发现这个人走下神坛坐到了你身边，你就很难把持住自己。

试试呢？万一……

那绝对不是少奋斗十年的事，那得是一辈子，甚至子子孙孙都将受荫庇。

章以旋开始盼着下次的法律通识课。

盼星星盼月亮，新的一周终于到来了。

她起了个大早，化了妆，描了眉，换上新买的裙子，打扮一新后才出门去上课。

章以旋照例占了第二排的座位，心情忐忑地等着孟见琛过来。她有点儿担心，他会不会像上周那样过来问问她这里有没有人？要是他直接坐到后面去了怎么办？

她正想着，就有人来问："这里有人吗？"

章以旋欣喜地抬头，却发现来人并不是他，而是一个高大的白人男生。

她道："有人。"

那男生露出失望的神情，往后排走去。

开始上课之后，章以旋心里依旧七上八下，教授讲的话也是左耳朵进右耳朵出，她根本无法集中精力听讲。

皇天不负有心人，五分钟后，孟见琛姗姗来迟，但好歹是来了。

他在教室门口用凌厉的目光梭巡一圈，果然发现前排有个空位。

于是孟见琛背着包大跨步走过来，还没开口问，章以旋就主动将自己的包包拿走了。

孟见琛道了一句"谢谢"便坐下了。

今日章以旋特地隆重打扮，期待着他能多看自己一眼。

可孟见琛并未在意她，目光只是从她身上匆匆扫过，就聚精会神地听教授讲起课来。

章以旋试图让自己给孟见琛留下一个勤学认真的好印象。她一直都这样，只是在他面前似乎有些失态。

章以旋将目光重新投向教室正前方，教授正在讲解伊利诺伊州二十年前判的一起法案对现在有着怎样深刻的影响。

案例很独特，讲解很风趣，同学们纷纷提问，可章以旋提不起什么兴致来。

她按了按手中的原子笔，突然有了主意。

“啪”的一声，她的原子笔掉落在地，恰好滚到了孟见琛脚下的地板上。

嘈杂的课堂上，没有人会注意这么轻微的响动，包括孟见琛。

章以旋鼓足勇气，用手指轻轻戳了一下孟见琛的胳膊。

孟见琛转头看她，眼睛里有一丝疑惑，似乎在询问她有什么事。

“我的笔掉了……”章以旋指了指孟见琛的脚，用中文说道，“能不能麻烦你帮我捡一下？”

在异国他乡见到讲中文的人，多多少少在情感上会感到一丝亲近。

孟见琛的目光在她脸上停留了半秒，便弯腰去帮她捡笔。

章以旋伸手去接，孟见琛却直接将笔搁在她的桌子上，全程与她没有任何言语及肢体交流。

那支原子笔孤零零地躺在桌子上，章以旋将它握在手心，感受到一丝残存的暖意。

她握着这支笔直到下课，至于老师讲了些什么，都已经不重要了。

孟见琛下了课就走，显然不懂留学生的“社交礼仪”。

讲道理，发现章以旋也是中国留学生后，或多或少他也该说两句话问候一下。

抑或是他不做无用社交。像他所在的圈子是很封闭的，外人极难进入。

一个仅有一面之缘的中国留学生，根本掀不起孟见琛内心的波澜吧？

孟见琛走后，章以旋又盘算着下一次课。

她苦笑，两个人之间可能也就仅有这么一点点交集了吧。

她就像是一个逐梦少女，追寻着一个虚无缥缈的幻影。

后来的课堂与前几次并无太大差别，孟见琛每次都来得迟走得早，照例会坐在她身旁的空位上，也照例不跟她说话。

章以旋主动跟他搭过几次话，但孟见琛均是反应寥寥。况且是上课期间，她也不好多说什么，只好作罢。

她果然是在做梦，这样的一个男人，不该是她能拥有的。

章以旋是个聪明人，孟见琛再美好，可他不属于她的世界，那对她而言就是无意义的。

人总得拎得清现实，一而再再而三这样，谅她也不敢肖想。

可偏偏孟见琛主动打破了二人之间僵持着的沉默氛围。

最后一次课结束后，他没有像往常那样着急离开，而是从背包里取出一个钱包，用长指从内层里夹出两张门票，推到她面前。

“这是……”章以旋小心翼翼地拿过来一看，是交响团即将举行的新年音乐会门票，还是贵宾座席。

章以旋不可思议地看看门票，又看看孟见琛，一时之间揣摩不透他的意思。

“送你。”孟见琛语气淡淡，面上波澜无惊。

“谢谢。”章以旋如获至宝，他送她两张新年音乐会的门票，是想约她一起去听吗？

而门票上显示的时间，是从晚上九点到十二点。

一起跨年，想想就很浪漫。

再说，那么晚了，也不方便回来吧，他们可能还要在外留宿一宿……

“不用谢。”孟见琛将钱包放回去，背起包便准备离开。

“等等。”章以旋叫住他，孟见琛脚步一顿，回头看她。

“可以留个联系方式吗？”章以旋笑着问了一句。

孟见琛神色微滞，旋即说道：“没有必要。”

章以旋隐隐约约察觉到孟见琛似乎不喜欢太主动的女孩，所以她不敢再多问，而是目送他离开。

孟见琛说“没有必要”，那意思是，他也会去听新年音乐会吗？

他们肯定会再见面的，或许到时候可以正式认识一下。

章以旋原本新年是要回家的，机票都提前订好了。可是孟见琛送了她这两张门票，她特地退了机票，跟爸妈说今年有事暂时回不去了。

为了这次的音乐会，章以旋精心打扮，去商场花小半年的生活费置办了一身行头。

章以旋看着镜子里的自己，重新拾起了信心。

虽说怎么都比不上孟见琛，但是起码不要让自己显得过于寒酸。

章以旋想，自己并不差劲。

她爸妈是知识分子，她从小就是尖子生，高中就读于国际学校，申请上了斯坦福的本科。她爸妈为此还出版了一本亲子教育类的书，大谈特谈育儿经。

章以旋长得也不差，一直以来都努力学习和社交。

她是一个有野心的女人，她不想止步于现在所拥有的东西，她必须往上走。

而现在，孟见琛也许是她此生最快上升的一条捷径。就算她不能成为他最后的身边人，至少可以做一个红颜知己。

有了孟见琛这条人脉，就是打开了通向上流社会的门禁。

跨年夜那天，天空下起了小雪。

这着实很罕见，那边气候干燥，降雨极少，更别提下雪了。

气象专家说这或许与近年来厄尔尼诺现象的出现有着千丝万缕的关系，今年冬天格外寒冷，甚至都下起了雪。

可这一切在章以旋看来，都在昭示着一个不平凡的夜晚。

音乐会九点开始，章以旋七点就到了音乐厅门口。

来听音乐会的大多是情侣，或者家庭，毕竟跨年夜应该陪最重要的人。而孟见琛愿意将这一天匀出来，想必她对他来说，也不是可有可无的吧？

音乐厅从门可罗雀变得门庭若市，再从门庭若市变得门可罗雀。

章以旋从七点等到九点，却始终没有看到孟见琛出现。

雪越下越大，今年冬天的冷出人意料，她买衣服的时候也没有想到这个，专挑要风度不要温度的买——她裸露着后背和双腿，已经冻到快要失去知觉了。

九点钟，音乐会开始了，检票人员上前询问她是否要入场。

章以旋婉言谢绝：“我朋友还没来。”

检票人员道：“您打个电话联系一下？”

章以旋语塞，她根本没有孟见琛的电话。

等到音乐会散场，她也没等到心心念念想见的那个人。其实章以旋连酒店都订好了，可惜她只能落寞地离开。

章以旋向她朋友透露过孟见琛约她去听音乐会的事，一票人士纷纷艳羡，说她真是天降桃花运，竟然能约到孟见琛这样的人。

你看，即使还未与他产生瓜葛，光是一场即将到来的约会就足以让她成为焦点。

如果真能成为他的女友，又该是何等荣光？

被孟见琛放鸽子这件事成了章以旋心头挥不去的阴影，回去之后她就发了一场高烧，她的同学还好死不死地来问她音乐会听得怎样。

章以旋死撑着面子说孟见琛有急事没来，所以她一个人享受了两个人的份。

同学感慨：“果然，传言是真的。”

章以旋问：“什么传言？”

同学道：“我有个姐们儿认识一个富家小姐，据说孟见琛家里想跟她联姻，两个人应该已经开始交往了。”

章以旋宛若晴天霹雳，犹豫着问道：“什么时候的事？”

同学答道：“应该也就最近几天的事吧。唉，你也太不赶巧了。跨年夜人家肯定要陪女朋友啊。”

短短两周不见，孟见琛竟然就有了女朋友，这换了谁都无法接受。

“那女的是什么人？”章以旋不死心地追问。

“说是某地产大亨的女儿，我只知道她姓陈。”

同学看出了章以旋的失落，安慰她道：“这也没办法，家族安排联姻，他应该也不想的。”

这句话似乎给了章以旋希望，她喃喃道：“是吗？”

“我姐们儿说，这是纯粹的商业联姻，一点感情基础都没有的。听说那富家小姐平日里专横跋扈，怎么看也不是孟见琛会喜欢的类型。”

“你的意思是，他是被迫的？”章以旋问道。

“肯定是这样，生在这种人家，婚姻是没法自己做主的。”同学解释道。

这一番话，成功地将章以旋对孟见琛的失望转变为对那位陈家小姐的妒火。

章以旋相信，孟见琛是因为有某种难言之隐，所以才没来陪她听音乐会。这一切并非他的本愿。

可是她有什么办法呢？她甚至连他的联系方式都没有。

章以旋整个冬天都郁郁寡欢，新学期开学后，她再也无缘得见孟见琛。

她硕士毕业后就离开了斯坦福，去了华尔街工作，而孟见琛还留在斯坦福攻读博士学位。

据说他同陈家小姐结了婚，每天在实验室做实验前都会将那枚婚戒先行褪下，离开实验室的时候再重新戴上。

她还听说他们夫妻关系闹得很僵，一年都未必见上一次面。但更多消息她也无从得知了，她只是从朋友们的闲聊中偶尔听得只言片语。

前尘往事似旧梦，东边不亮西边亮。

章以旋没想到，她再次跟孟见琛产生奇妙的交集，是因为她在华尔街工作时遇到了他的小叔。

孟见琛的小叔名叫孟建泽，年长她十岁，在华尔街做金融。

章以旋本以为他是定居这里，却没想到他竟是被孟家要求不能回国。

不管怎样，姓孟便是孟家人。章以旋错过了一个孟见琛，又怎舍得再放弃一个孟建泽呢？

她从孟建泽口中知道了许多孟家不为人知的事。比如孟见琛过世的母亲，比如孟建泽见不得光的身世。

而且章以旋听得出来，孟建泽不甘心这辈子都被安排在国外。

孟家庞大的财富，谁不想跟着分一杯羹呢？

同是有野心的人，他们能成为最好的拍档。

两个人一拍即合，在一场精心策划下，孟老爷子终于松了口，准孟建泽在他八十大寿时带未婚妻回国。

章以旋辞了华尔街高薪的工作，跟着孟建泽一起回国。

这一回来，她便不打算再走了。

时隔四年，章以旋再次见到了孟见琛。只不过这次孟见琛身旁多了一个玲珑身段的美人。

他的太太比她想象中要年轻得多，也漂亮得多。

漂亮到让章以旋怀疑，孟见琛真的能对这样的美人无动于衷吗？就算她骄横无礼，孟见琛也会原谅她的吧？

两个人在外人眼中，就是一对璧人的模样。

陈洛如笑着说话，孟见琛侧耳倾听。

章以旋注意到孟见琛看陈洛如的眼神，始终带着一丝温柔的光，这是她从未见过的。

不是一直传闻二人夫妻不和吗？章以旋竟然看不出一丝破绽。

章以旋心中燃烧着不甘的妒火。

如果不是因为这个女人，她当初怎会白白在冰天雪地的音乐厅外等上一宿？

如果不是因为这个女人，她跟孟见琛之间是不是也不会到如今相见不敢相认的地步？

章以旋并不爱孟建泽，见识过风光霁月的孟见琛，被安排在外的孟建泽就像孟家最见不得光的一块伤疤一样丑陋，她又怎么会毫无保留地倾心于他呢？

何况孟建泽大她十岁，能给她的东西也很有限。

再看孟见琛，岁月待他如此温柔，将他雕琢得更加成熟稳重，如芝兰玉树一般熠熠生辉。

这样的男人，才是她真正渴望的。

孟见琛中午又有应酬，陈洛如在食堂吃了午饭，就来总裁办公室休息。上床之后，陈洛如想到章以旋，气不打一处来，打开微信跟陈筱抱怨。

陈洛如：“这就是他跟我说的。”

陈筱：“听上去很正常啊。”

陈洛如：“这哪里正常了？要是他对她没点儿想法，会送她音乐会的门票吗？”

陈筱：“他愿意对你坦诚，说明他坦坦荡荡啊。他要是心里真有鬼，完全可以选择不告诉你。”

陈洛如：“我不信。”

陈筱：“你啊，别想太多了。人家马上都要当婶婶了，你还怕他们乱来？”

陈洛如：“不是我多想，我就觉得她不像好人。”

陈筱：“好人坏人又不会写在脸上。”

陈洛如：“孟见琛还给她开了一年一百二十万元的底薪！他肯定是怕她过得不好，想给她送钱！”

陈筱：“呃……你们公司法务部还缺人吗？我不要一百二十万元，给我开个零头就可以。”

陈洛如：“你来啊！你帮我盯着她！看看她想搞什么幺蛾子！”

陈筱：“我倒是想啊，可你们公司也太难进了，呜呜呜。”

陈洛如：“总觉得他还瞒着我一些别的。”

陈筱：“什么别的？你是说他的过去？”

陈洛如：“不是，我刚才仔细想了想，发现我对他根本就不了解。”

陈筱：“怎样算了解？知道生日、星座、喜欢的颜色和明星吗？”

陈洛如：“我根本不知道他有多少钱啊，如果他背着我在外面给别的女人花钱，我上哪里去知道？”

陈筱：“前一个问题很好解决，我公司里有最新的《财富论》，这一期有新鲜出炉的国内五百富人榜。”

陈洛如：“嗯？”

陈筱：“我帮你查了一下，你老公的家族名列前茅。”

说完，陈筱拍了张照片发过来。

陈洛如一看，还真是这么回事。这些财经杂志用的是公开口径的数据，事实上孟家许多资产并非是对外公开的。

陈洛如还注意到，陈家的排名从前几年的前一百跃升至前二十，可见跟京弘的合作对岭盛大有裨益。

陈家在国内算是傲视群雄，可惜跟孟家还是没得比。

陈洛如：“这是他的家族，不是他个人。”

陈筱：“上面写的这个数据，又不是说手里真有那么多钱。个人财产一般都是存放在银行账户、名下房产、股票基金这些地方。”

听陈筱这么一说，陈洛如发现自己对家里有多少钱一点儿概念都没有。

前段时间她看财经新闻，有位互联网大佬娶了一个貌美如花年纪快能当他女儿的妻子。

大佬说他只负责管理公司，家庭理财则是交给了他的太太。甭管人家说的是真是假，起码人家太太是管着一点钱的。

而陈洛如，除了花钱，从来没有管过家里的钱。

按理说，结婚以后他们俩的财产都是共同财产。虽然婚前他们有协议，但是她不信婚后这段时间，孟见琛一毛钱的收入都没有。

陈洛如知道，光是孟家的家族信托，每年分给孟见琛的钱就是一个天文数字，还不算其他来源的收入。

有时候一个男人挣得太多，未必是一件好事。他可以用这些钱养着老婆，也能出去养别人。

最好是他挣的钱只够你一人花的。可惜陈洛如使出天大的本领，也花不完那么多钱。

陈洛如平时买买东西花的钱在孟见琛这里都是小数目，小到他从来都懒得过问。

陈洛如不禁生出疑问，孟见琛把这些钱都拿去干吗了？

陈洛如不是惦记着她老公的金库，而是在想，要是孟见琛敢在别的女人身上花钱，他就完蛋了！

陈洛如睡不着了，孟见琛的金库在她看来就是一枚隐形核弹。她要是调查不清楚他那些钱的去向，今晚肯定要失眠。

想到这里，陈洛如从床上爬了起来。

趁孟见琛不在办公室，赶紧查查他的底细。

陈洛如的目光落到孟见琛办公桌的那台电脑上，他平时有事没事就看电脑，从这里面肯定能查出点东西来。

她去碰他的电脑，果然设置了密码。

陈洛如自然猜不出密码，于是她发消息给孟见琛，问他电脑密码是多少，她想从网上下载一个东西。

三分钟后，孟见琛发了一串密钥过来，坦荡到让陈洛如怀疑这电脑是不是分体式的。

据说现在有厂商研发出分体式电子设备，不同的密码输入进去，看到的东西不一样，受到无数已婚男士的追捧。

陈洛如输入密钥，成功地打开了电脑。

孟见琛的电脑是英文系统，想必还保留着在国外时的习惯。

桌面上除了一个新建文件夹，别的什么都没有。文件夹打开后，全是公司的相关文件，陈洛如对此不感兴趣。

陈洛如点开快速启动板列表，里面是密密麻麻的应用程序，她发现了几款跟理财有关的软件。

陈洛如点开某家证券公司的应用程序，孟见琛的密钥是自动保存的，所以她轻而易举地就登录进去了。

陈洛如从来都没接触过炒股软件，这面板看得她头晕目眩。

各种奇奇怪怪的数据跳来跳去，红红绿绿的阳线和阴线一上一下，穿梭前行，好似医院的心电图。

陈洛如摸不着头脑，于是只能拍照请教陈筱。

陈筱："点这里看看他的持仓。"

陈筱用一个红圈标注出来。

陈洛如点开一看，一长排的列表，红多绿少，看样子行情还不错。

孟见琛持仓最多的是京弘控股，剩下那些花花绿绿的公司，应该是他自己私下的一些投资。陈洛如扫了一眼，涉及的领域大多聚集在高科技行业。

陈洛如对着这一长串列表陷入沉思，原来孟见琛把钱拿去炒股了。

她平时花钱买点东西，好歹也算是实体投资，还能落个包包啥的。他这要是亏了，连一点空气都不剩。

陈洛如点开孟见琛在京弘控股的持仓。

这是他以个人名义持有的股票，余量高达五十多万，依照京弘目前每股四百左右的价格来看，光是这些股票，市值就近两亿。

陈洛如想退出去再看看别的，不知怎么的点到了一个奇怪的按钮。窗口莫名其妙地跳了两下，系统提示她成功卖出十手，获利三十八万七千六百九十元。

呃……陈洛如眨了眨眼，她居然把孟见琛的股票给卖了？

十手是多少来着，陈洛如查了查，也就一千股，孟见琛应该不会发现吧？

少了一千股而已，从面板上来看，根本看不出什么差别啊。

再说了，这钱还在他的账户里，她又没有偷走，应该不碍事吧？

陈洛如想了想，万一孟见琛发现她偷偷看了他的股票账户，好像有点麻烦。

于是陈洛如又买进十手，成交总价三十八万三千二百一十元。短短几分钟，她就帮他赚了四千四百八十元，她还真是个理财小能手。

陈洛如退出股票软件，四下寻摸着又看了看，没看到什么更有用的东西。

孟见琛名下的资产太过庞大，就她这东一榔头西一棒子的调查法，简直是盲人摸象不见泰山。

再一看电脑上的时间，已经一点一刻了。

陈洛如关了孟见琛的电脑，蹑手蹑脚地出了办公室去隔壁上班。

下午两点左右，孟见琛正在回公司的路上，突然接到了公司证券事务代表的电话。

证券代表说他的股票账户先卖出后买进十手京弘控股的股票，构成短线交易，违反了相关规定。

孟见琛："我没有操作过。"

证券代表："那您是否将您的股票账户交给您的家人或者朋友打理？"

孟见琛立刻想到了陈洛如。

刚刚陈洛如发消息问他的电脑密码，他也没多想就给了，谁知道她会跑去看他的股票账户。

其实陈洛如随便看看也没事，其他不相关的公司股票她随便买卖也没事，偏偏京弘控股的股票是不能动的。

孟见琛是公司董事兼高级管理人员，在法定期内不能买卖京弘控股的股票，否则将涉嫌内幕交易。

孟见琛一个电话打了过去："你刚刚是不是动我的股票账户了？"

陈洛如："呃……"

孟见琛怎么这么快就发现了？她明明掩饰得很好啊？

"京弘的股票不能买卖，"孟见琛说道，"你想上公告吗？"

"什么公告？"

"上交所上市公司最新公告。"

陈洛如问："那是什么？"

孟见琛揉了揉太阳穴道："你今晚就知道了。"

"我就是……不小心按了一下，"陈洛如小声辩解道，"我还帮你赚了四千多块钱呢。"

孟见琛发出一声闷笑，说道："这钱得充公。"

"那怎么办呀？"陈洛如有点慌。

"这事你不用管了。"说完，孟见琛就挂断了电话。

下午五点半，公司上上下下都在讨论这件事。

京弘在上交所发布了一条最新公告，公告的全名叫《京弘控股（集团）股份有限公司关于董事因误操作导致短线交易情况的公告》。

陈洛如打开一看，傻眼了。

京弘控股（集团）股份有限公司（以下简称“公司”）于 20×× 年 7 月 21 日收到公司董事兼执行总裁孟见琛先生因误操作导致短线交易的说明及致歉函，现将有关情况公告如下：

一、本次误操作情况

孟见琛先生家属于 20×× 年 7 月 21 日下午登录其账户通过集中竞价交易方式减持公司股份（减持计划公告公司已在 20×× 年 5 月 17 日披露）1000 股，成交均价为 387.69 元 / 股，成交金额 387690 元；同时还误操作买入公司股票 1000 股，成交均价 383.21 元 / 股，成交金额 383210 元。

孟见琛先生发现家属上述操作后，当即制止家属继续进行任何操作，并出具了本次违规买入的情况说明及致歉函。

二、本次事项的处理情况

1. 根据《证券法》第 47 条规定及《证券交易所股票上市规则》的规定，孟见琛先生因误操作买入公司股票的行为构成短线交易。经公司核查，上述交易行为不在公司披露定期报告的敏感期内，不存在因获悉内幕信息而交易公司股票的情况；本次误操作造成的短线交易获得收益 4480 元按规定归公司所有。

2. 孟见琛先生已深刻认识到了本次短线交易的严重性，对本次短线交易而给公司和市场带来的不良影响，向广大投资者致以诚挚的歉意。孟见琛先生郑重承诺，他将认真教育其家属，确保此类事件不再发生，同时学习相关法律、法规，勤勉尽责，重视并履行自己的职责和义务。

看完这段文绉绉的公文，陈洛如又听见秘书处的同事纷纷在讨论——

“孟总的家属，谁啊？”

“应该是他老婆吧？”

“啊？孟总老婆，你们谁见过？”

“我见过，长得挺漂亮的。”

“孟总居然放心把股票账户给自己的老婆，我听说他老婆好像不管事啊？”

“嗐，谁知道呢。这下整个证券业估计都知道这件事了，啧啧。”

陈洛如："呃……"

所以现在大家都知道孟见琛有个会误操作他股票账户的老婆了？

天哪，可不可以挖个坑把她给埋了？丢脸丢到了证券交易所官网，她还做不做人了？

下班后，陈洛如闷闷不乐地去往地下停下场，孟见琛的车开了过来。

她拉开车门坐上去，孟见琛端坐在车后，正在看前方车载显示屏上的财经新闻。

上车以后，向来聒噪的陈洛如一言不发，等着孟见琛数落她。

做错了事，确实该接受批评。

那个公告上白纸黑字写的是孟见琛的名字，她只是被称为"孟见琛先生的家属"而已。

要说丢人，其实孟见琛更丢人。

可孟见琛没有跟她说话，陈洛如她以为他生气了，于是只好主动开口认错。

"那个……对不起啊，"陈洛如双手抓着包，手指不安地抠着包包边上的流苏饰物，"我真不是故意的，我只是手滑。"

"我当时想着，不小心卖出去买回来就好了，没想到会这样……"陈洛如在孟见琛面前从来没有这样低声下气过。

一朝手滑，铸下大错，一颗高傲的心摔得稀巴烂。

孟见琛瞥了陈洛如一眼，道："你看我的股票账户做什么？"

"我……"陈洛如吞吞吐吐道，"我就是好奇，点进去看看。"

唉，谁知道查个小金库能闯出这么大个祸，见孟见琛不说话，陈洛如有些慌。

"老公，人家知道错了。"陈洛如放下包，主动贴过去。

孟见琛垂眸便见她一双盈盈翦水秋瞳，好似天上星。

其实吧，这件事也算不上什么大事。

家属误操作导致短线交易不是陈洛如独创，每年股市都要发生好多起，大部分股民也就当个茶余饭后的谈资而已。

中国股市和港股美股都不一样。

俗话说，隔行如隔山。陈洛如常年生活在海外，从来没有接触过这些东西，孟见琛也没跟她交代过，所以她不懂很正常。

你现在从大街上抓一个人来问他短线交易是什么，十个人里面都未必有一个人知道。

可陈洛如觉得，公告都挂出来了，肯定是闯了大祸才值得上公告。就像学校里张贴违纪处罚决定一样，得是打架斗殴那种恶劣行为才值得张贴。

实际上，上交所每天的公告有成百上千条，上市公司屁大点儿事情都要披露，她这件事连屁大点儿都算不上——只是听上去有点搞笑。

孟见琛勾了勾嘴角，难得陈洛如这么乖，他都不好意思告诉她说这件事不用放在心上。

趁着陈洛如对他抱有歉疚之意，他终于可以在老婆面前挺起腰板做几天男人了。

“道歉有用的话，还要警察干什么？”孟见琛缓缓说道。

“什么？我要被抓起来了？”陈洛如心惊胆战，现在逃还来得及吗？

“不是，”孟见琛道，“警察不会抓你的。”

“那你要被抓了吗？”陈洛如又问，毕竟那是他的股票账户，出了事难道要抓他？

陈洛如突然想到一个问题：“你要是被抓了，我们是不是就得离婚？”

孟见琛：“你想得美。”

事到如今，她竟然还满脑子想着离婚，真是欠教育。

到家之后，陈洛如吃完晚饭洗了澡，躺在床上跟陈筱聊天。

陈洛如：“今天丢人丢大发了。”

陈筱：“不用你说，我都知道了。我们公司的人都在讨论，你已经出名了。”

陈筱在证券公司上班，京弘是明星企业，京弘太子爷孟见琛更是万众瞩目的焦点。

这天莫名其妙出了乌龙事件，大家都在讨论孟见琛的家属是谁。肯定不是他爸孟祥东，那八成就是他那个从来没露过面的老婆了。

陈洛如：“人怕出名猪怕壮。”

陈筱：“啊？”

陈筱：“这句话不是这么用的吧？”

陈洛如：“我老公好像很生气。”

陈筱：“呃，不至于吧。”

在陈筱看来，这种事犯不着，批评教育一下就得了。

孟见琛对陈洛如那么包容，怎么会揪着这么点儿小事不放呢？

正聊着天，孟见琛从浴室里走了出来。

他正拿一块毛巾擦着半湿的头发，陈洛如连忙把手机收了起来，摆出一副温顺的模样，娇滴滴地叫了一声“老公”。

孟见琛“嗯”了一声，在床边坐下来。

陈洛如巴巴地凑过去，伸手接过他的毛巾，替他擦头发。

她默默叹了口气，发觉自己在家中越来越没有地位了。怎么会变成这个样子？都怪她手贱，唉！

“看到今晚的公告了吗？”孟见琛冷不丁问了一句。

“看到了。”陈洛如喏喏地答，全公司的人都看见了，她怎么可能没看见。

“确实该好好教育教育你。”孟见琛掀了一下眼皮，看向陈洛如。

虽然这件事并不算什么大事，但是孟见琛还是得给董事会一个交代。

这么一搞，也不知道明天早上股市开盘，股价会不会出现什么小波动——市值波动个上百亿都很正常，因为京弘的市值基数太大了。

陈洛如擦着他头发的手渐渐慢了下来，睁大一双桃花眼，纤长的睫毛轻颤，水色的唇瓣微张，小声问道：“怎么教育啊？”

孟见琛见陈洛如这副楚楚动人的模样，心软了一下。

他伸手抚过她的脸庞，手指轻蹭她的嘴唇，说道：“你觉得呢？”

室内的氛围突然有些暧昧。

孟见琛问：“你准备好了吗？”

陈洛如羞怯地点头。

孟见琛道："那好。"

在陈洛如期待和忐忑的目光下，孟见琛拉开床头柜抽屉，拿出两本书。

一本叫《公司法》，一本叫《证券法》。

孟见琛："这是你新的睡前读物。"

陈洛如："呃……"

谁睡觉前要看这个！

孟见琛把《证券法》往她手里一塞，道："今晚就看这个，我跟你一起看。"

孟见琛果真践行了自己的承诺——"认真教育其家属，确保此类事件不再发生，同时学习相关法律、法规，勤勉尽责，重视并履行自己的职责和义务。"

陈洛如欲哭无泪，却也只能硬着头皮看。谁让她今天做了蠢事呢？

孟见琛拿过两个枕头垫在床头，一只手揽着她的肩膀，另一只手搭在书上。

好一幅夫妻恩爱的画面啊，简直跟宝玉、黛玉共读《西厢》有得一拼呢。

可惜把《西厢记》换成《证券法》，真是太煞风景了。

孟见琛翻到第四十七条，说道："这就是今天违反的那条法令。"

陈洛如仔细看了一遍，终于明白为什么孟见琛的股票不能乱动了。谁让他是公司高层呢，跟普通的散户简直天差地别。

孟见琛倒是很有耐心，一条一条跟她讲，仿佛他是她的同学或者学长。

陈洛如比孟见琛小了六岁，这样的行为举止仿佛一下子将两个人之间的代沟抹平了。

陈洛如看了快一个小时，跟着学了不少新知识。

果然，活到老学到老，才能避免犯傻啊。

孟见琛趁着陈洛如在看书，用手机拍了一张照片，发到朋友圈。

照片是《证券法》，陈洛如并没有露脸，但是可以看到有一只属于女人的柔嫩小手搭在这本书的边缘，而另一只小手握了一支笔，在上面圈圈画画。

孟见琛万年不发朋友圈，这次不光发了照片，还配了一句话：连夜教育家属。

有心人能看出，这张照片拍摄的背景是在床上——因为露出了被子的一角。

这条朋友圈炸出无数条回复，大家都在“哈哈哈”。

更有甚者将这条朋友圈截图，发到了网上。

“刚刚京弘总裁孟见琛发朋友圈，说连夜在教育老婆，为什么我闻到了满满的狗粮味……”

“好甜是怎么回事？”

“床上看《证券法》，是不是想笑死我？”

“看来真的有好好教育家属，哈哈。”

“他老婆是谁啊？呜呜呜——我好羡慕她啊，我也想当孟见琛的老婆。”

“他这样的人应该挺宠老婆的吧，从来没听说过绯闻哎。”

一时之间，网络上热闹非凡。

第二天早晨，股市一开盘，京弘的股价便一直往上涨，大有涨停的趋势。

股价的影响因素有很多，在市场上，与其说股价反映的是企业的真实价值，倒不如说反映的是市场对企业价值的期望更合适。

有时候毫无根据的传闻，却能影响某些公司股价的走向。

然而如果每个股民都是理性之人，那么京弘的股价这天也不至于波动如此之大。

万年不露面的孟见琛发了条朋友圈“秀恩爱”，在股民看来是在释放利好信息——京弘总裁家庭和睦，而家庭和睦则对事业大有裨益。

当初孟祥东让孟见琛二十四岁的时候就结婚，除了跟陈家联姻进行战略合作外，还有另一个考量。

孟见琛想让公司和外界信服，有一个已婚身份更合适。已婚身份能显得人成熟稳重有责任感，企业家的婚姻状况也是投资者考虑的因素之一。

昨天发生的这起“家属乌龙指”事件，恰恰牵连出众人最津津乐道的话题——孟见琛的私人生活。

陈洛如平日里在家作天作地作威作福，可外界又不知道她是谁。

只有孟见琛所在圈子里的人知道陈洛如是他妻子，而这些人不会大嘴巴去外面瞎说，这是上流社会的基本操守。

只能说，这场恩爱秀得妙。恰到好处地透露出孟见琛稳定的婚姻状况，还显示出他“认真履行承诺”。

而他的妻子晚上睡觉前还在学习《证券法》，可见她相当温柔懂事——犯了错不要紧，改正的态度好，反而更加分。

第十二章
秘书处的日常

这天，秘书处的同事们也一直在讨论孟见琛的私人生活——

“哎哟，你们看见昨天孟总发的那条朋友圈了吗？”

“谁没看过啊？都看见了。”

“孟总可真疼他老婆。”

自从上次陈筱分析了她的迷惑行为后，陈洛如便一直很注意分寸。

“话说他老婆到底是什么来头啊？我进公司时间不长，都没怎么听说过。”

“他老婆是岭盛置业董事长的女儿，姓陈。”

有人打趣道：“陈小小，跟你一个姓呢。”

陈洛如讪笑：“是啊，好巧。”

“唉，同姓不同命啊。”不知道是谁这么说了一句，“我姓马，首富也姓马。”

“唉，干得好不如嫁得好啊。”又有人感慨了一句，“我看咱们办公室，还是数周秘书过得最舒坦。”

话题不知怎么的又拐到了周秘书头上，而周秘书对这番“彩虹屁”很受用。

她说：“哪有啊，我最近就有不少烦恼。”

“你能有什么烦恼啊？”同事们十分好奇。

“这不是家里准备买房子吗？”周秘书说道，“我老公忙，让我负责去看房。这差事可不好做，要跑好几家中介呢。”

"你家又要买房子啦？"同事们惊讶，"你家的复式不好吗？"

"好是好，可不是学区房啊。"周秘书故作忧虑，"要是生孩子，肯定要考虑孩子以后的教育问题啊。"

"你们准备要孩子了？"

"只是有这个打算，"周秘书笑了笑，"对了，你们知道哪里的房子好吗？给我推荐推荐。"

同事建议道："学区房不用买太大，买个上学资格就行。"

"好点儿的学区房一平方米得十四五万，何必呢？"

"这很贵吗？"周秘书佯装惊讶，"我家那套房子一平方米现在也值十多万呢。"

众人啧啧感慨，果然是财大气粗不差钱啊。

陈洛如面对这个话题根本插不进什么话，虽然她家就是搞房地产开发的，但主要还是在南方做，她对这里的房地产市场行情并不算了解。

于是陈洛如默默地坐在办公桌前看电脑。

周秘书想到上次在陈洛如那里吃的瘪，便主动叫陈洛如："陈小小，你有什么建议吗？"

陈洛如蒙了，怎么忽然就点到她了呢？

"哦，对了。我忘了问你，"周秘书假装不经意地提起，"你现在住哪里啊？"

陈洛如还没说话，周秘书又道："你刚毕业，应该还在租房住吧？"

陈洛如想说是，可是她怕周秘书再问她租的什么房、月租多少钱，那样她会露馅的。

所以陈洛如道："没有租房，是自家的。"

一圈同事很惊讶，刚毕业就买了房。

周秘书显然没想到陈洛如一个年纪轻轻的小姑娘竟然能买房子，于是道："哦，多大的房子呀？"

提起这个，陈洛如顿时有了怨气，愤懑地说道："太小了，我从来都没住过那么小的房子。"

周秘书心领神会地一笑，在心里估计陈洛如住的是三四十平方米的小户型单身公寓。

于是她说道："没事，你现在一个人住，有个小公寓凑合凑合就行。像我家那两三百平方米的房子，打扫起来还挺麻烦，我倒宁愿住小点的房子呢。"

陈洛如想了想，说道："呃，两三百平方米？那也太小了，再小点你们一家人够住吗？"

周秘书："呃……"

怎么回事？这个陈小小是认真的吗？

普通人家住上两三百平方米的复式高档住宅，早就乐疯了好吗？

其他同事面面相觑，他们发现这个陈小小真不简单。陈洛如说话不像周秘书那样阴阳怪气，反倒是很自然，不像装的。

于是有人特地问了一句："陈小小，你住的房子多大啊？"

陈洛如如实说道："也就两千平方米。"

众人全哑了火，万一陈小小说的全都是真话，那她究竟是哪家的千金来京弘锻炼啊？

跟孟家关系好的、姓陈的人家，好像也就只有岭盛了。

于是有人说道："陈小小，你不会是孟总亲戚吧？"

陈洛如："不是。"

老婆也算亲戚吗？陈洛如觉得不算。

周秘书本以为能把上次吃的瘪给讨回来，没想到被反杀得更彻底。她才不信陈洛如说的是真话，两千平方米的房子，她以为她跟孟见琛一样，住在琅岳壹号吗？

吹牛不打草稿，她这种新人明显就是缺教育。

可周秘书还没来得及教育陈小小，高骞便带着人事部的决议过来了——周秘书被调到京弘文旅做资产部负责人。

"周秘书，恭喜升职啊。"不知道是谁这么说了一句，周围同事纷纷送上祝福。

周秘书的脸色差极了，谁都清楚这是明升暗降，偏偏当面还要装出这是一件好事的模样。

去下面当个部门负责人，哪有在总部当总秘舒服。

京弘在CBD的大厦有六十层之高，可京弘文旅并不在京弘总部，而是在大兴。这意味着，周秘书以后连上班都得绕远路。

周秘书是有苦说不出。她在旁人眼中嫁了个好丈夫，工作不必那么拼，做什么都只是打发时间。

其实并不是这样。

周秘书家是某准一线城市的中产。她嫁的老公虽然算是个金融精英，但他出身农村，骨子里很多观念不是教育能改变的。

周秘书跟婆婆的关系闹得很僵，双方互相嫌弃。

她老公又是个大孝子，遇到什么事都无理由站他妈那边，周秘书受了不少窝囊气。

这也就罢了，她老公毕竟是搞金融的，精明得很，赚来的钱拿得死死的。周秘书想让他给自己买点什么东西都得央求好半天，一点儿尊严也没有。

那她丢掉的尊严从哪里找补回来呢？当然是在其他人面前了。

周秘书特别沉迷于向其他人炫耀她恩爱的婚姻和大方的老公，在朋友圈伪造一个幸福富太的人设。

她老公年入成百上千万，她结婚后还要出来工作，一年拿个三五十万。

这是因为她在这段婚姻里没有什么保障，不靠自己赚点钱，以后万一婚姻有变，那她就惨了。

所以即使被调任到子公司当部门负责人，她也必须咬着牙坚持上班。

她没有这个权利说“不”。

周秘书不得不做出一副淡然的模样，笑道：“以后不能给你们买奶茶喝了，好遗憾。”

陈洛如得意地冷哼一声，心想孟见琛动作还真快。前天她刚被周秘书刁难，今天就把周秘书调走了。

好事不出门，坏事传千里。

京弘员工私下里也在讨论这次的调任令，可谁也说不出个具体原因来。

总结来总结去，兴许真的是因为京弘文旅缺个部门负责人吧？

周秘书跟着高骞出了门后，办公室里清静了不少。

陈洛如心情很愉悦，嘴里哼着小调，盖章都盖得更快了。

其他同事则接着刚才的话题旁敲侧击问陈洛如：“陈小小，你见过孟总的老婆吗？”

“这个……”陈洛如很警惕，难道她的身份暴露了？

同事们实际上并不是怀疑陈小小是孟总太太，而是怀疑她是孟总太太的亲戚。

陈家上上下下那么多人，她是某个旁系亲属很正常——空降总裁办公室这件事，现在想想还挺不正常的。

陈洛如一犹豫，大家便觉得这件事肯定没跑了。

于是他们——立刻抓住这个机会拼命挖八卦！

“孟总老婆是陈董事长的小女儿，可当初……”那人故意压低了语气，小声说道，“我听说跟孟总订婚的是大女儿，这件事是真的假的啊？”

陈洛如：“呃……”

“啊，难道是陈漾陈总吗？”

“就是她啊，不知道怎么结婚的时候新娘就成了她妹妹。陈小小，你知道是怎么回事吗？”

陈洛如脸上写着“我不知道，你别问我”。

“我看孟总好爱他老婆啊，天天又是送这个又是送那个的。”

“对啊，随随便便过生日都送天价的粉钻，一点也不像商业联姻。”

“也有可能是婚后培养出感情了。”

“唉，孟总年轻帅气事业有成，他老婆真好命。”

“这样的男人谁不想要，可惜他眼里只有他老婆一个人。”

陈洛如傻傻地问：“你们怎么知道孟总喜欢他老婆？”

“孟总去哪里都戴着婚戒，而且私生活很干净。我给孟总当秘书两年，从来没见过他身边有可疑的女人。”

陈洛如：“他结婚了，在外面有小情人才不正常吧？”

“这你就不懂了吧？像孟总这样的男人从不乱来，要么是他特别自律，要么是他特别在意他老婆。”

“而且啊，他们婚后不是异国分居四年吗？四年时间，憋都憋死了吧？”

陈洛如冷笑，怎么就憋死了，他这不是活蹦乱跳的吗？

陈洛如说道：“我没觉得他有多喜欢他老婆。”

在这件事上，她才是最有发言权的。听这群人给孟见琛吹“彩虹屁”，吹得她都替他尴尬。

“我也不觉得他老婆好命，被家人逼着嫁给他，没有婚姻的选择权。”陈洛如继续说道，“他除了给钱，别的什么都不会。这种日子有什么意义？”

一众同事只觉得陈小小的脑回路不同寻常，有钱的生活没有意义吗？他们也想过这么没有意义的生活！

讲道理就算陈小小是陈家的哪个小亲戚，她为孟总太太的遭遇鸣不平，也不能那么说孟总吧？

陈洛如又道：“他一点儿也爱他老婆，他娶她只是为了商业联姻……”

她的话还没说完，同事们的脸色瞬间变了变，刚刚还在小声讨论的几个人顿时噤了声。

因为孟见琛正站在门口，脸上像是结了一层霜。而正在说坏话的陈小小本人，对此事毫无察觉。

孟见琛方才从电梯口下来，本想直接回总裁办公室，可他突然想看看陈洛如平时上班是一种什么状态，于是就过来了。

谁知他正好撞到陈洛如在办公室激情演讲，演讲主题为“孟见琛之七宗罪”。

秘书们你看看我，我看看你，想着要不要提醒陈小小一下。可转念一想，反正孟见琛听都听到了，吃点亏补补脑也挺好。

上一个敢在公司大庭广众编排孟总和他老婆的人，已经被派去索马里开拓市场了。

唉，可怜的陈小小。她们默默为她祈祷。

“商业联姻哪有感情可言，就算他老婆是一只丑小鸭，他也得闭着眼睛娶。”

陈洛如做了盖棺陈词，她讲得太好了，简直想给自己鼓个掌呢，可这些同事都像傻了一样看她。

居然敢说孟总老婆是丑小鸭，这真是吃了熊心豹子胆了。

孟总有多在意他老婆，她们这些当秘书的都看在眼里。人家老婆是妥妥的白天鹅，陈小小这是吃不到葡萄说葡萄酸吧？

大家对孟见琛的老婆一般都是抱着羡慕的态度，而不是嫉妒。

因为她的生活是普通人可望而不可即的，就像你看成绩比你高一百分的学霸，只能仰望，而看成绩比你高几分的同学，往往是不服和嫉妒。

而陈小小的态度，明显是嫉妒，而不是羡慕。

“丑小鸭？”她身后冷不丁传来一个低沉的男声，言语里不知是调侃还是压抑着愤怒。

陈洛如登时头皮一麻，转过身去，跟孟见琛四目相对。

孟见琛冷嗤一声，对围观群众说道：“上班时间，开什么茶话会？”

众人顿时作鸟兽散，回到工位开始干活，同时观察着孟见琛和陈小小。

“你出来。”孟见琛冷声道。

被抓包的陈洛如怎么会想跟他出去，她并不觉得自己有错，上次匿名给营销号投稿确实有些颠倒黑白，可这次她说的都是大实话。

孟见琛可不就是这样的人吗？他敢做还不让别人说他了？

但是，陈洛如想到自己现在的身份是孟见琛身边最没有地位的一个小秘书。

所以陈洛如只得硬着头皮跟他出去。

孟见琛想把她关到总裁办公室好好训诫一番，这一天天的，没一个时候让人省心的。

昨天刚犯了个不大不小的错误，本以为她能消停几天，今天就被他逮了个正着。

孟见琛以为陈洛如上班是来盯梢的，没想到她是来公司散播谣言的。在办公室里说他坏话说得那么起劲，也不知道是何居心？

想为离婚做好舆论准备吗？做梦吧。

两个人走到总裁办公室门口，孟见琛把门一推，说道：“进去。”

“我不进。”陈洛如脚底像是生了钉子一般，怎么也不肯进去。

孟见琛拉着她的胳膊就要往里拽，陈洛如眼明手快地抱住门口的一个青花大瓷瓶。

“就不去。”陈洛如搂着那个瓷瓶细窄的瓶颈，大有要跟那个瓷瓶同归于尽的架势。

拉拉扯扯间，她被孟见琛一把抱进怀里。

陈洛如恼羞成怒——这男人还真是飘了，天天听着下属的彩虹屁，都不知道自己几斤几两了。

别人把他当成个宝贝，她才不稀罕呢。

两个人僵持间，走廊另一头突然传来一声短促的惊叫。

陈洛如转过头一看，那不正是秘书处的马秘书吗？

显然，马秘书是被两个人拥抱的姿势给惊得呆若木鸡。这……这两个人是什么情况？

说好的宠爱老婆对婚姻忠贞呢？怎么一扭头就跟别的女人抱到一起去了？

马秘书记得很久以前，孟见琛和老婆分居异国，曾有女秘书仗着有几分姿色，结果连手都没碰到，人就被解雇了。

对，解雇，不是调任。

后来的女秘书都很有自知之明，谁也不敢打孟见琛的主意。

马秘书的眼珠子都不敢转动一下，大脑在飞速运转。联系到陈小小近来奇怪的举动，她终于想清楚了一系列事情的来龙去脉。

原来，陈小小是孟见琛的地下小情人。

孟见琛在家要陪老婆没有空，于是只能把小情人安插进公司。

难怪刚刚陈小小那么贬低孟总和他老婆，又说两个人没感情又说人家老婆是丑小鸭。

真是没想到，这个新来的小秘书心思如此之深。之前秘书处的人还说陈小小是个傻白甜，这样一看，她哪里是傻白甜？

这么一来，周秘书被调任的事便也有了合理的解释。

周秘书给陈小小穿小鞋，陈小小向孟见琛告了状，所以周秘书被火速调任了。孟总这是在护着自己的小情人呢，看来再好的男人也有变渣的一天。

唉，什么世道啊。

孟见琛顺着陈洛如的目光看过去，马秘书心中警铃大作。亲眼撞见，这饭碗还保得住吗？

马秘书假装四处看风景，脸上写着“我什么都没看见，你们继续”，然后迅速闪回了秘书处。

孟见琛现在是骑虎难下。明明他抱的是自己的亲老婆，却被属下误会成这样，他这总裁还怎么当？

一点威信都没有了。

陈洛如得意扬扬地看着孟见琛，觉得这角色扮演的游戏有趣极了。

谁让他非要抱她，你看看，抱出事了吧？！这下看他怎么收场。

孟见琛无视陈洛如狐狸般狡黠的目光，拖着陈洛如进了秘书处办公室。

就那帮人的嘴，甭管他下多死的命令，不到一天谣言肯定会传遍了整个公司。

秘书处的人看见两个人手挽手进来，眼珠子都快吓掉了，大气不敢喘一声。

陈洛如愤怒地看了孟见琛一眼，孟见琛却道：“回你的位子上班去。”

他这就摆起谱来了，真把自己当她上司了。

陈洛如道：“我不干了。”

天天盖章盖得手腕都痛了，那些人还嫌她盖章盖得慢，一直催催催的。这份工作做着着实没什么意思。

孟见琛道：“辞职也好。”

回家待着好好当她的孟太太比什么都强，陈洛如才刚来三天，就已铸就“丰功伟业”，再待几天，估计京弘大厦的屋顶都要被她给掀了。

秘书们纷纷交换了一个眼神，搞不懂现在是唱的哪一出。

剧情有些太复杂，脑子快跟不上了。

正巧这会儿高骞从外面回来，见孟见琛拉着陈洛如的手站在秘书处。

孟见琛冷着一张脸，陈洛如脸上是大写的“不服”——这是高骞最熟悉的画面，前几天搞得怪怪的，连他都不太习惯。

“孟总，”高骞冲孟见琛点了点头，然后又对上陈洛如。他没有丝毫犹豫，叫了一声“太太”。

陈洛如自然懒得搭理高骞，以鼻息轻哼一声，表示她已经听见了。

而高骞这声音不大不小的一声“太太”，犹如平地一声雷，把秘书处炸开了花。

敢情这是总裁夫人微服私访深入群众啊，一群人从头皮到脚尖都发麻了。他们前几天应该没有得罪总裁夫人吧？

陈洛如说要辞职，孟见琛竟然真的让她卷铺盖走人。她对孟见琛生有反骨，他让她往东，她就偏偏要往西。

陈洛如：“我偏不。”

高骞是孟见琛的喉舌，他立刻心领神会，对陈洛如说道：“太太，您想做什么都可以。”

陈洛如：“我觉得在这儿上班挺好的。”

她眼睛往四周一扫，大眼瞪小眼看戏的秘书们顿时都缩回了脑袋。

孟见琛无奈地看着陈洛如像只骄傲的小公鸡一样走回工位，只得叮嘱高骞两句，这才回了总裁办公室。

总裁夫人在秘书处微服私访的消息不胫而走，不到一个小时，整栋京弘大厦都传遍了。

陈洛如对于被迫脱下马甲的事感到很苦恼，因为昨天她刚刚闹出一个“乌龙指”事件，现在大家都知道干这事的人就是她了。

就连来找她盖章的员工，看她的眼神都怪怪的。

陈洛如总觉得孟见琛是故意想让她丢人。

然而那些员工哪里敢那么想，对于孟见琛这位从来没露过面、只在传闻里听说过的太太，大家的好奇心和敬畏心一样旺盛。

陈洛如拿了公章，员工就很识相地接过去，说道：“我来盖章就行，您歇着，别累着。”

陈洛如也没跟他争，索性拉了把椅子坐在旁边，监督他盖章。

员工将章盖完之后，仔细地收好印泥和公章，交还给陈洛如，临走的时候还不忘说一句：“您辛苦了。”

陈洛如沉默了。其实她全程什么事都没干，果然身份不同了，待遇也水涨船高。

五十八层总裁办向来是全公司最威严的地方，大家都是能少来就尽量少来，这日却一反常态。

好多员工纷纷闻风而来，不为别的，就为一睹总裁夫人真容。搞得秘书处熙熙攘攘一片，盖个章都要排长队。

陈洛如想，今天着实该打扮漂亮点过来的。

然而陈洛如不知道，略施粉黛的她摘下眼镜之后，容貌清丽可人，简直就是男人心目中的初恋女神脸。

要是打扮得太过贵气，反倒会生出距离感。她这样，刚刚好。

经历了这么一遭，秘书处的人说话做事都变得谨小慎微起来。

以前她们直呼“陈小小”的名字，现在都不知该如何称呼她——从同事变成老板娘，这身份转换跳跃也太大了。

结束了一天的工作，陈洛如准备回家好好过个周末。

秘书们不敢跟她说话，她也觉得无所谓，反正她来上班的初衷也不是为了交什么朋友，她只是想盯着孟见琛而已。

陈洛如收拾好东西，第一个走出秘书处。

不想却在走廊里看到一张熟脸——周秘书竟然回来了。

周秘书来搬她没带走的东西，得到调岗的命令后，她心中憋着一团火无处发泄。

刚巧陈洛如跟她擦身而过，有意无意地碰到了她的肩膀。现下刚好有个现成的出气包，不用白不用。

周秘书叫住陈洛如：“陈小小。”

陈洛如停下脚步，偏过头问道：“你有什么事？”

周秘书趾高气扬道：“你见了同事连声招呼都不打的吗？”

在周秘书心里，她跟陈小小可算不上同事。虽然她已经被调岗，但是论级别还是比陈小小高出不少，说她算陈小小的半个领导也不为过。

“没注意。”陈洛如不想跟她过多纠缠。

这句轻飘飘的“没注意”让周秘书生出一股无名之火，她这才刚调岗，竟然连秘书处一个最没品阶的小秘书都不把她放在眼里。

她今日若被陈小小看扁了，那以后在公司还怎么混？

周秘书拎起她心爱的包包，检查了一下包身有没有被陈洛如那个包包搭扣上的铆钉刮花：“你也太不懂规矩了。”

陈洛如在心底冷笑，她还用得着周秘书教规矩吗？

不过既然遇见了，不妨看看周秘书想干吗。

“你刚入职，我得多教教你。”周秘书露出一个假笑，“第一，见到上级要主动问好；第二……”

“可你没有跟我问好啊。”陈洛如打断了周秘书的话。

周秘书瞥了她一眼，继续说道：“第二，别人说话不能随便插嘴，更不能打断。”

陈洛如点点头，用眼神鼓励她继续说。

“第三……”周秘书的话还没讲完，就又被人打断了。

这次不是陈洛如，而是刚刚出门的马秘书。

马秘书见到周秘书，问道：“周秘书，你怎么回来了？”

周秘书讪笑道：“过来拿一下东西，正巧看到新人不懂事，教她两句。”

“呃……”马秘书看看陈洛如，又看看周秘书，说道，“周秘书，这位是孟总的太太。”

（未完待续）